神々と戦士たち

IV
聖なるワニの棺

GODS AND WARRIORS
THE CROCODILE TOMB

MICHELLE PAVER
TRANSLATION BY YUKIKO NAKATANI
ミシェル・ペイヴァー＝著
中谷友紀子＝訳

あすなろ書房

GODS AND WARRIORS BOOK IV

by Michelle Paver

Map by Fred Van Deelen

First published in Great Britain in the English language by Penguin Books Ltd.

Japanese translation rights arranged with
PENGUIN BOOKS LTD.
through Japan UNI Agency, Inc., Tokyo

神々と戦士たちの世界

マケドニア
アルザワ
アルカディア
ミケーネ
アカイア
メッセーニア
ラピトス
リュコニア
リュカス山
黒曜石諸島
タラクレア
背びれ族の島
女神の館
白い山脈
ケフティウ
エジプトへ
N
W
E
S

エジプト

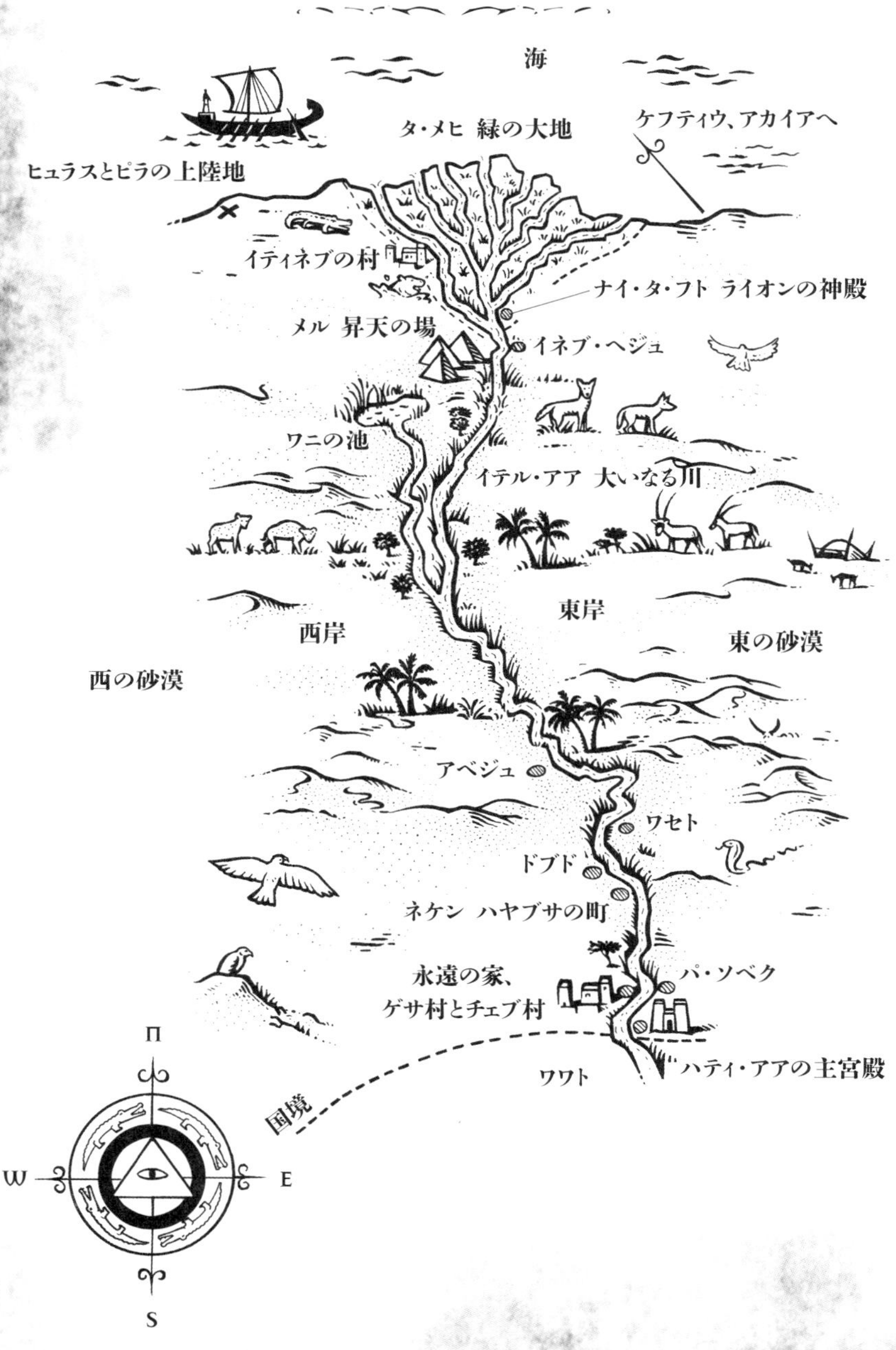

海
タ・メヒ 緑の大地
ケフティウ、アカイアへ
ヒュラスとピラの上陸地
イティネブの村
ナイ・タ・フト ライオンの神殿
メル 昇天の場
イネブ・ヘジュ
ワニの池
イテル・アア 大いなる川
東岸
西岸
東の砂漠
西の砂漠
アベジュ
ワセト
ドブド
ネケン ハヤブサの町
パ・ソベク
永遠の家、
ゲサ村とチェブ村
ワワト
ハティ・アアの主宮殿
国境
N
W
E
S

目次

おもな登場人物

ヒュラス　よそ者と呼《よ》ばれるヤギ飼《か》いの少年

ピラ　ケフティウの大巫女《おおみこ》の娘《むすめ》

イシ　ヒュラスの妹

ユセレフ　エジプト人の奴隷《どれい》。ピラの世話係

ネベツク　パ・ソベクの書記。ユセレフの兄

ヘリホル　サフ職人《しょくにん》

レンシ　シャブティ職人

イティネブ　村の医術師《いじゅつし》

ケム　ワワト人の逃亡奴隷《とうぼうどれい》の少年

メリタメン　パ・ソベクの支配者《しはいしゃ》の妻《つま》

ペラオ　エジプトの神王

ケラシェル　ペラオの使い

テラモン　ヒュラスの親友。コロノスの孫

コロノス　ミケーネの大族長

テストール　リュコニアの族長。テラモンの父

ファラクス　テラモンのおじ

アレクト　テラモンのおば

イラルコス　副官

ヤササラ　ケフティウの大巫女《おおみこ》。ピラの亡《な》き母

アカストス　謎《なぞ》の男

神々《かみがみ》と戦士たち

GODS AND WARRIORS

THE CROCODILE TOMB

Ⅳ 聖なるワニの棺

プロローグ

ヒョウは目を閉《と》じて床《ゆか》に寝《ね》そべり、太い尾《お》を黒檀《こくたん》の椅子《いす》の脚《あし》に巻《ま》きつけていた。梁《はり》の上にはサルがしゃがみこんでいて、横たわった怪物《かいぶつ》におびえながらも、卓上《たくじょう》にある緑のガラス鉢《ばち》の中身をしきりにねらっている。ザクロやイチジクやナツメヤシの実が、どっさり盛《も》られているのだ。

歯をむきだして必死に細長い腕《うで》をのばしてみるものの、果物にはとどかない。サルは手を引っこめ、くやしげに歯ぎしりをした。ヒョウは片耳《かたみみ》をぴんと立ててようすをうかがいながら、寝たふりをつづけている。サルは気づいていない。目は果物に釘《くぎ》づけになっている。

今度は、片足《かたあし》で梁にぶらさがって、両腕《りょううで》を下へのばす。そこへ、ヒョウが襲《おそ》いかかった。黒と金のかたまりがさっと動いたかと思うと、悲鳴があがり、なにかがくだける音がして――終わりがおとずれた。

アレクトが笑い声をあげ、ヘンナでいろどられた両手を打ちあわせた。「でも、あっけなく死にすぎだわ！」となりにすわった高貴《こうき》な身なりの太ったエジプト人の男に向かって、そう文句《もんく》を言う。「ちっとも苦しまなかったじゃないの！　もう一匹《ぴき》つかまえてきてもらえるかしら？」

いくつものくさび形の飾《かざ》りがついた金の冠《かんむり》に、腰《こし》のくびれた黄色い絹《きぬ》のドレス。この上なく美しいその姿《すがた》は、エジプト風のいでたちとはまるでちがっている。「おおせのままに、アレクトさま」声をかけられたケラシェルは深々《ふかぶか》と頭をたれ、なまりの強いアカイア語で答えた。

「そんなひまはないんだ、ケラシェル」せかせかと歩きまわりながら、テラモンは口をはさんだ。「とらえた者をここへ連れてくるはずでは？」

エジプト人がうなずくと、アレクトはテラモンに向かってからかうようにおじぎをした。「まあ、たのもしいおいっ子だこと！」

テラモンはアレクトをにらみつけた。年はいくつもちがわないのに、わざと〝おいっ子〟呼《よ》ばわりをして、子ども扱《あつか》いしているのだ。「とらえたのは、たしかにあの者なんだな」テラモンはケラシェルにたしかめた。

「そのように聞いています」ケラシェルはかすかにむっとしたような顔を見せながらも、ていねいに答えた。「ですが、おさがしの者の顔を知っているのはあなただけなのですから、ご自分でたしかめていただかないと」

テラモンは足を止めずにきいた。「いつ来るんだ？」

「もうすぐです」

「いつだって〝もうすぐ〟じゃないか」テラモンはつぶやいた。

エジプトにはうんざりだった。暑さにも、泥《どろ》だらけの川にも、目の前にいる褐色《かっしょく》の肌《はだ》の太っちょにも。ケラシェルの首には宝石《ほうせき》をちりばめた首輪が巻《ま》かれ、まぶたに塗《ぬ》られた緑の粉は汗《あせ》ではげかけている。〝ペラオ（ファラオ）〟と呼ばれるエジプトの神王の使いで、短剣《たんけん》をさがす手伝いをするために同行しているが、愛想笑いの裏《うら》でこちらをばかにしているのは明らかだった。細かなふさに分かれたかつらをかぶり、つるつるの顔には化粧《けしょう》までしていて、女みたいに見えるのも気に入らない。おまけに、奴隷《どれい》たちのすねの毛までそりあげさせている。

こんなところに来るはめになったのはヒュラスのせいだ。テラモンの胸《むね》に怒《いか》りがこみあげた。ヒュラスとピラが短剣を盗《ぬす》んだりしなければ、そして、ピラの奴隷がそれをエジプトに持って逃《に》げたりしなければ……。

アレクトがお気に入りの新しいおもちゃに向かって指を鳴らした。ヒョウは獲物《えもの》からはなれて近づいてくると、血にまみれた頭をアレクトのひざにのせた。「もっとえさをやりたいわ。それに、今度は獲物が死ぬところをゆっくり見せてちょうだい！」アレクトは血に染《そ》まった獣《けもの》の頭に美しい顔を近づけ、細くとがった舌《した》で鼻づらをなめた。

ケラシェルがぼうっとした顔でそれを見つめながら、だらしなく口を開けた。アレクトの美貌《びぼう》にすっかりまどわされたように見える。よだれでもたらしそうだ、とテラモンは不快《ふかい》に思った。

アレクトが目を合わせ、思わせぶりに笑った。テラモンはしかめっ面《つら》を返した。おばにもうんざりだった。しょっちゅう自分をばかにして笑ったり、戦士たちの前でけなしたりするからだ。かわりにおじのファラクスと来られたらよかったのに。そう考えるのは、もう百っぺん目だった。

でも、もしそうだったら、この遠征《えんせい》の隊長は自分ではなく、ファラクスだったはずだ。テラモンは心のなかでつぶやいた。隊長はおまえなんだ、テラモン。アレクトがどう思おうと。おまえはミケーネの大族長、コロノスの孫なんだ。おまえならできると思われたからこそ、このエジプトへ送りだされたんだ。

部屋《へや》の外で足音が聞こえ、鎧《よろい》がぶつかる音がした。

ヒョウが尾《お》をくねらせ、アレクトは椅子《いす》のひじかけをにぎりしめた。

「やっと来たか」テラモンは言った。

＊

テラモンの足元には、とらわれた者が土下座《どげざ》させられていた。若《わか》い男で、うす汚《よご》れたキルト（巻《ま》きスカート）をまとい、後ろ手にしばられている。番兵のひとりが乱暴《らんぼう》に上体を引き起こしたとたん、テラモンははっと息をのんだ。「こいつだ！　短剣《たんけん》は持っていたか？　見つかったのか？」

「持っていたのはこれでした」ケラシェルが答えた。もうひとりの番兵が骨《ほね》の柄《つか》に銅《どう》の刃《は》がついた安っぽいナイフをさしだした。

テラモンはうなり声をあげ、それを投げすてた。「これじゃない！」

ケラシェルが小さなため息をもらした。「それでは、この者を問いただして――」

「いや」テラモンはさえぎった。「ぼくがやる、アカイア語は通じるはずだから」そして、とらわれた若者《わかもの》に向かってきいた。「短剣はどこだ」

答えはない。相手は、ヒョウがサルのどす黒いはらわたを引きちぎるところを見つめている。

「こっちを見るんだ！」テラモンは怒鳴《どな》りつけた。「コロノス一族の短剣はどこだ」

たいていのエジプト人と同じように、若者は頭をそりあげ、目のまわりにくまどりを入れている。端整《たんせい》な顔に、なんの表情《ひょうじょう》も浮《う》かべまいとしているようだ。黒い目がテラモンに向けられ、首が左右にふられる。

「どこにあるか、知っているはずよ」獲物《えもの》をねらうヘビのように若者を見すえながら、アレクトが言った。

「では、パピルスの束のようにたたきのめすことにしましょう」ケラシェルが答えた。「もしも、白《はく》状《じょう》しなければ……」指輪をはめたぶあつい手が、番兵たちのかまえた三日月形の斧《おの》や、先端《せんたん》に銅の鋲《びょう》がついたむちを指ししめす。

アレクトはくちびるをゆがめ、興奮《こうふん》したように身をふるわせた。「あら、もっといい方法があるわ」

アレクトがいてよかった、とミケーネをはなれて初めてテラモンは思った。自分は拷問《ごうもん》がきらいだが、アレクトなら喜んでやる。まちがいなく口を割《わ》らせるだろう。

じきに短剣がこの手にもどる。テラモンの胸《むね》は高鳴った。あの長くするどい刃と、柄をにぎったときに体をかけめぐる、コロノス一族の力……。

「さ、はじめましょ」とアレクトがつづけた。ほおには赤みがさし、美しいくちびるは半開きになっている。

「まだだ」テラモンは冷ややかに言った。そしてしゃがみこんで、手首につけた紫水晶《むらさきずいしょう》にきざまれた小さなハヤブサを若者につきつけた。奴隷《どれい》の顔が悲痛《ひつう》にゆがんだ。その印章はピラのものだったからだ。

「ユセレフ」テラモンは静かに話しかけた。「短剣のかくし場所を教えたら、苦しまずに死なせてやる。魂《たましい》が先祖《せんぞ》のところへ行けるように、ちゃんとともらいの儀式《ぎしき》もさせてやる。でも、断《ことわ》ったら……力ずくで白状させるぞ。死体はカラスにくれてやるから、魂は永遠《えいえん》にさまようことになる。だから、楽なほうを選ぶんだ」

ユセレフの目がもう一度向けられる。首が横にふられる。ただの奴隷のくせに、たいした度胸《どきょう》だ、とテラモンは驚《おどろ》いた。

背後《はいご》でケラシェルが身じろぎをした。「一度、さがらせましょう――」

「だめだ。これ以上、時間をむだにしたくない」テラモンは立ちあがりながら、アレクトに目をやった。おばはおとなしくテラモンの言葉のつづきを待っている。それでいい。自分こそが上に立つ者、神々《かみがみ》に選ばれし者なのだ。じきに、コロノス一族の短剣《たんけん》をこの手ににぎることになる。ヒュラスもピラも、はるか遠いケフティウにいるから、今度ばかりは手を出せないはずだ。もうだれにもじゃまはさせない。

テラモンは腰《こし》に手を当て、肩《かた》をそびやかした。「さあ、はじめようか」

01

置きざり

「こんな景色、初めて見たな」ヒュラスはつぶやいた。「まるっきり、なにもない」太陽の下で音もなく横たわる海のほかには、はてしなく広がるまぶしい赤い砂《すな》の大地しか目に入らない。

「ここはエジプトじゃなさそうよ。ユセレフの話だと、エジプトの真んなかには大きな川が流れていて、両岸に畑とか村とか神殿《しんでん》があるそうだから。そして……」ピラはくちびるをなめた。「そして、その外には赤い大地がはてしなくつづいているって。たしか……デシュレトって呼《よ》んでたわ」

「砂漠《さばく》のことか」ヒュラスは言った。

ピラが目を合わせてつづける。「そこに死者を埋葬《まいそう》するんだって」

デシュレト。

太陽は見たこともないほど激《はげ》しく照りつけ、肺《はい》に入ってくる空気は煙《けむり》のように熱い。ぎらつく日ざしに目を細めながら、ヒュラスは熱気で揺《ゆ》らめく大地を見わたした。村もなければ、川もない。立ちならぶ岩や砂ぼこりをかぶったちっぽけな木々《きぎ》がぽつんぽつんとちらばり、つむじ風に巻《ま》きあげられた砂が、幽霊《ゆうれい》のように地上をただよっている。

かなたの海の上には、ふたりが乗ってきた船が小さな点のように見えている。「やつら、エジプトまで乗せていく気なんてなかったんだな」ヒュラスはくやしがった。「金《きん》だけ巻《ま》きあげておいて、こんなところにほうりだして、のたれ死にさせるつもりだったんだ」

「殺されて海に捨《す》てられなかっただけましよ。それに、武器《ぶき》は取りあげられなかったし」

「へえ、なら、運がよかったっていうのか？」

「いいえ、でも、命は助かったでしょ」

たしかにそうだ。それでも、ヒュラスは怒《いか》りをぶちまけたかった。卑怯《ひきょう》なうそつきのフェニキア人たちに、悪態《あくたい》を投げつけてやりたかった。ひと月ものあいだ、ふたりはエコーとハボックといっしょにケフティウの山に身をひそめながら、エジプト行きの船をひたすら待ちつづけていた。乗せてくれるという船がようやく見つかったものの、風に流されて進路がくるうと、船乗りたちはそれをふたりのせいにした。「見なれない人間はわざわいのもとだ」船長にはそう言われた。もっとも、あやしく思うのも無理はないかもしれない。なにしろこちらは、奇妙《きみょう》な金色の髪《かみ》をして、若い雌《めす》ライオンをしたがえたアカイア人の少年と、ほおに三日月形の傷《きず》あとがあり、手首にハヤブサを止まらせたケフティウ人の少女のふたり連れなのだから。

ハボックがヒュラスを追いこして先へ進み、こっちでいいの？　とたしかめるように後ろをふりかえった。自分がすっかり大きくなったのに気づいていないのか、いまだにしぐさは子どもっぽいままだ。ずっと船酔《ふなよ》いしていたせいで体はやせこけてうす汚《よご》れ、おまけにいまはハエにまとわりつかれている。かわいそうに、それを追いはらおうと耳をよじりながら、ゼイゼイと荒《あら》い息を吐《は》いている。

水袋《みずぶくろ》の結び目をほどき、碗《わん》の形にした手に少しだけ水を注いでやると、ハボックはざらざらの舌《した》を出し、てのひらの皮がむけそうなほどの勢《いきお》いでそれをなめた。「これっぽっちでごめんよ」ヒュラスは声をかけた。水袋はもう半分空っぽだ。長くはもちそうにない。

「エジプトは案外近くかもしれないわ」とピラが言った。「川は海に注いでるわけよね。海岸ぞいに歩いていけば、河口《かこう》が見つかるかもしれない」

「方向をまちがえて、砂漠《さばく》の奥《おく》に入りこんだりしなけりゃな」

頭上を舞《ま》っていたエコーが、急に陸地の奥をめざして飛びはじめた。「あの子、エジプトがどっちにあるか、わかるのかも」ハヤブサを目で追いながら、ピラが言った。

ヒュラスはだまっていた。エコーは水がなくても何日もつづけて飛んでいられる。人間はそうはいかない。ピラもそれに気づいたような顔をした。「行こう」ヒュラスは口を開いた。「穴《あな》を掘《ほ》ったら、わき水が出るかもしれない」

波打ちぎわをはなれて陸の奥へ歩きだすと、熱風が吹《ふ》きよせ、目にほこりが入った。汗《あせ》が背中《せなか》を流れ落ち、肩《かた》にかけた縄《なわ》の束にしみこむ。生皮のサンダルをはいていても、焼けつくような地面の熱さが伝わってくる。空気も揺《ゆ》らめき、自分の影《かげ》が勝手に動いているように見える。頭がズキンと痛《いた》んだ。日ざしのせいでありますようにとヒュラスは祈《いの》った。霊《れい》が見える前ぶれの頭痛《ずつう》ではありませんように。

海岸から五十歩ほどはなれたところで、ふたりはひざまずき、両手で地面を掘りだした。下へ下へと、一心に砂《すな》をかく。まもなく、穴の底に水がしみだした。ヒュラスはそれをなめてみて、すぐに吐きだした。「しょっぱい」まったく、いやになる。

ピラがあたりを見まわした。「あそこのしげみに実がなってる。食べられるかしら」

ヒュラスはとまどった。野山で育ったから、アカイアの草木ならひとつ残らず知っている。でも、その実は見たことがない。「知らない」ばつの悪さをおぼえながら、そう答えた。「やめておこう、毒かもしれない」

ハボックがしげみまで歩いていって、ちっぽけな日陰《ひかげ》の下にもぐりこみ、前足でハエを追いはらいはじめた。

そのとき、しげみからシューッという声があがった。

ハボックがぱっと飛びあがり、後ずさる。

ふたりが声の正体に気づくより先に、ヘビが一匹《ぴき》、しげみの下から飛びだしてきた。くるりと向きを変えると、ハボックに向かって鎌首《かまくび》をもたげ、黒い頭を平たく広げて左右にふり立てながら、毒々《どくどく》しい汁《しる》を吐《は》きかける。ハボックが飛びすさり、汁は目をそれて鼻にかかった。ヒュラスはナイフを投げた。刃《は》はヘビの頭をつらぬき、地面に串刺《くしざ》しにした。のたうちまわるヘビを、ピラが石でしとめる。

ぼうぜんとした沈黙《ちんもく》が流れた。

ハボックがくしゃみをして、鼻づらを砂《すな》にこすりつけた。ヒュラスは地面につき刺さったナイフをぬき、ヘビの頭を切り落とした。

「ヘビがあんなことするの、見たことある?」ピラが息を切らしたままきいた。

「いや」ヒュラスはぼそっと答えた。

ふたりは顔を見あわせた。新しい土地に来て最初に出会った生き物を殺すなんて、縁起《えんぎ》が悪すぎる。それに、どんな神々《かみがみ》がここをおさめているかは知らないが、このヘビはその神の聖《せい》なるしもべにちがいない。

ハボックはおもしろ半分に前足で死骸《しがい》をつつきまわしている。ヒュラスはハボックを脇《わき》におしやり、鼻づらにこびりついた毒汁《どくじる》をチュニックのすそでふいてやった。

「このヘビ、食べられるかしら」ピラがきいた。

「知らない」そう答えたとたん、怒《いか》りがのど元にこみあげた。「知るわけないだろ！」声を張《は》りあげ、ナイフでしげみを指ししめす。「草のことも、生き物のことも、まるで知らない！　あの実が食べられるかどうかも知らないし、鎌首をもたげて毒汁を吐くヘビだって見たこともなかったんだ！」

「ヒュラス、やめて、ハボックがこわがってる」

ハボックはピラのうしろにかくれ、耳をぺたんと倒《たお》してヒュラスのようすをうかがっている。

「ごめん」ヒュラスはぽつりと言った。

ハボックがやってきて、毛むくじゃらのほおをヒュラスの太ももにこすりつけた。ヒュラスはハボックと自分の両方を安心させるために、大きな金色の頭をなでた。

「初めて会ったとき」とピラが落ち着いた声で言った。「わたしたち、食べ物も水もない島に取りのこされちゃったのよ。でも、なんとか生きのびたじゃない」

「あれは話が別だ」

「そうね、でもここで生きのびられる人間がいるとしたら、それはあなたよ」

エコーがピラの肩《かた》に舞《ま》いおり、甘《あま》えるようにくちばしで黒髪《くろかみ》のふさを引っぱった。ピラは黄色いウロコにおおわれたハヤブサの足を人さし指でなでた。

ハボックも、大きな金色の瞳《ひとみ》で、信じきったようにヒュラスを見あげている。

「うん、そうだな。いま手元にあるのは、水が袋《ふくろ》に半分、ナイフが二本、投石器、縄《なわ》がひと巻《ま》きだ。それと、ヘビの死骸も。食べられるかどうかはわからないけど」

「食べても平気かどうか、動物ならわかるんじゃない？　ハボックとエコーがだいじょうぶだと思ったら……」

「ためしてみよう」ヒュラスはうなずいてヘビの尻尾《しっぽ》をひとかけ切りとり、ハボックに投げてやってから、やや小さめのかけらをピラににぎらせた。エコーがピラのはめた生皮の籠手《こて》の上に飛びおり、肉を引きちぎって、飲みこんだ。ハボックのほうも、さっそく自分の分を噛《か》みくだきにかかっている。

「だいじょうぶみたいね」

「それと、海に魚もいるかもしれない」

ピラはにっと笑った。「それに、フェニキア人たちに金《きん》を残らず巻《ま》きあげられたわけじゃないし。チュニックの下に首飾《くびかざ》りをかくしておいたの。だから、どこかで食べ物を売ってさえいたら、だいじょうぶよ！」

ヒュラスは噴《ふ》きだした。

じきに真昼になる。暑さがきびしくなってきた。

「さっきのハボックのまねをしよう。日陰《ひかげ》に入るんだ」

ピラは遠くの海岸ぞいに立ちならぶ大岩を指さした。「あの岩のどれかに、洞穴《ほらあな》があるかもしれないわ」

「行こう」

ヒュラスは少し気分がしゃんとした。それでも、大岩をめざして歩きながら、考えずにはいられなかった。エジプトをさがすのは後まわしだ。ユセレフも、コロノス一族の短剣《たんけん》も。

まずは、生きのびないと。

02

人間、それとも……

ふたりはチュニックのすそを細く切りとり、海の水でぬらして、頭に巻きつけた。水を吸《す》った布《ぬの》はひんやりとして気持ちがよかったが、じきにかわいてしまい、ピラはなぐりつけるような日ざしを頭に感じていた。目はチクチクするし、舌《した》は砂《すな》のかたまりのように干《ひ》からびている。ポタポタという音が聞こえるようなのに、水はどこにも見あたらない。死のような静寂《せいじゃく》につつまれた砂漠《さばく》が広がっているだけだ。

ヒュラスも横をとぼとぼと歩きながら、顔をしかめ、こめかみをもんでいる。またまぼろしが見えるんだろうかとピラは心配だった。見えるとしたらなにが？　幽霊《ゆうれい》だろうか。それとも魔物《まもの》？　その気になれば打ちあけてくれるだろう。でも、こちらからはきかないほうがいい。ヒュラスはその話をするのをひどくいやがっているから。「おっかないし、痛《いた》いんだ」一度、そう言っていた。「いつ見えだすかもわからない。とにかく、こんなのもういやなんだ」

いつまでたっても大岩に近づかない。大岩が本当にそこにあるのか、ピラは自信がなくなってきた。ひょっとして、神々《かみがみ》のいたずらかも。

神々のいたずら……。

ピラは足を止めた。「ヒュラス、これじゃだめよ」

「なにが？」ヒュラスがかすれた声できく。

「この土地をどんな神々《かみがみ》がおさめているかは知らないけど、捧《ささ》げ物《もの》をしないかぎり、助けてはもらえないわ」

ヒュラスはあっけに取られたようにピラを見た。「なんてことだ、すっかり忘《わす》れてたよ」

「わたしも。岸にあがってすぐにしなきゃならなかったのよ。でないと、なにをやってもうまくいかないわ」

ヒュラスは顔の汗《あせ》をぬぐうと、ひもをつけて首にさげたライオンのかぎ爪《づめ》をピラにわたした。ピラもウジャトを首からはずした。ユセレフが残していった目玉の形をしたお守りで、ケフティウをはなれてからずっと肌身《はだみ》はなさず持っている。短い祈《いの》りを捧げると、ピラはしげみを見つけ、枝《えだ》のあいだにヘビの頭をおしこんだ。エコーは狩《か》りに出かけているから、荒《あ》らされることはないだろう。先を歩いているハボックも気づいていない。ふたつのお守りで捧げ物にふれてから、ピラはヒュラスのそばにもどって、ライオンのかぎ爪を返した。

「だれに捧げ物をしたんだ？」また歩きだしながら、ヒュラスがきいた。

「わたしのことは女神《めがみ》さまにお願いしたわ。あなたのことは〈野の生き物の母〉に。それと、エジプトのなかでとくに偉大《いだい》なふたりの神さまにも」

「なんていう神だい？」ヒュラスは投石器に使うための小石がないかと地面を見まわしている。

「ハヤブサの頭をしたヘル神と、雌《めす》ライオンの頭をしたセクメト神よ。エコーとハボックのこともお願いしようと考えてて、思いだしたの」

ヒュラスは腰《こし》にさげた小袋《こぶくろ》に小石をすべりこませた。「ほかにも神はいるのか？」

「ええ、たくさん。小さいころ、ユセレフがよく話して聞かせてくれて……」ピラは言葉につまった。赤《あか》ん坊《ぼう》のころから世話をしてくれていたユセレフのことが、恋《こい》しくてたまらなかった。十四年のあいだずっと、ユセレフはピラの遊び相手になってくれただけでなく、しつけ役として、面倒《めんどう》に巻《ま》きこまれないようにといつも気をくばってくれた。愛する祖国《そこく》のエジプトのこともたくさん話して聞かせてくれた。ユセレフはただの奴隷《どれい》なんかじゃない。実際《じっさい》には持つことができなかった、兄さんのような存在《そんざい》だった。

「ピラ？」とヒュラスが呼《よ》びかけた。「ほかにはどんな神がいるんだ？」

「ええと……ジャッカルとかいう動物の頭をした神さまとか。たしか、キツネみたいなものだったと思う。それから、カバの頭の――」

「なんだ、それ？」

「まるまると太ってて、鼻づらがすごく大きくて、川のなかに住んでるの。ほかにも、ワニに似《に》た神さまもいるそうよ。ワニってなにかしら」

ヒュラスは考えこむような顔をした。「鉱山《こうざん》で奴隷にされたとき、仲間のひとりにエジプトから来たやつがいて、そのワニのことを話してたんだ。ばかでかいトカゲみたいなもんで、背中《せなか》が鎧《よろい》みたいにかたくて、人間を食うんだって。てっきり、つくり話だと思ってたよ」

「ほんとにいるはずよ」

答えはなかった。ヒュラスは目をこらして、四十歩ほど先にある岩のほうを見やっている。「きみのほうが目はいいだろ。岩に人がのぼっているのが見えるか？」

ピラの胸《むね》が高鳴った。揺《ゆ》らめく空気の向こうに、岩のあいだを動きまわる小さな黒っぽい影《かげ》がいくつも見えている。「捧げ物のおかげね！　助かったわ！」ピラはかすれた声で叫《さけ》んだ。

そばに近づくにつれて、ヒュラスは不安になった。人間たちはびっくりするほどすばしこく動きまわっているが、みんな四つん這《ば》いだ。

ヒュラスはピラの腕《うで》をつかんだ。「あれは人間じゃない！」

ピラは片手《かたて》を目の上にかざした。「それじゃ、なんなの？」

＊

それは人間のようにも、犬のようにも見えた。体は灰色《はいいろ》がかった茶色の毛皮にびっしりとおおわれ、太い尾《お》と、長く力強そうな腕と、幅《はば》のせまい骨張《ほねば》った赤い顔をしている。

魔物《まもの》だろうかとヒュラスは思った。めまいがするし、熱気のせいで岩も自分の影《かげ》もゆらゆら揺《ゆ》れて見える。でも、焼けるような指でこめかみをおさえられたような痛《いた》みは感じない。まぼろしが見えるときはいつもそうなるのに。

と、急に視線《しせん》を感じた。

「見て！」はっとしたようにピラが言った。

ふたりの右側の、二十歩ほどはなれたところに大岩がひとつあり、そこにも同じ獣《けもの》が一頭、しゃがみこんでいる。ほかの仲間たちよりも体が大きい。きっと親玉だろう。がっちりとした胸《むね》には血がこびりつき、間隔《かんかく》のせまい小さな黄色い目の上に、太い眉《まゆ》がせりだしている。こちらをにらみつけている。

「走るなよ」ヒュラスは低く言った。「背中《せなか》を向けたら、獲物《えもの》だと思われる」

ふたりはそろそろと後ずさりしはじめた。

獣は大きな白い牙《きば》をむきだし、けたたましい吠《ほ》え声をあげた。警告《けいこく》を発するような、恐《おそ》ろしいひびきだ。

ほかの獣たちは岩の前に集まっていた。親玉の鳴き声を聞いて顔をあげたが、すぐにしとめたばかりの獲物に向きなおった。長い螺旋状《らせんじょう》の角《つの》が生えた大きな白い動物の死骸《しがい》がちらりとのぞいている。人間のものに似《に》たいくつもの力強い手が、そのあばら骨《ぼね》をへし折り、腹《はら》を裂《さ》いて、ぬらぬら光るはらわたを引っぱりだしている。一頭が獲物の後ろ足をつかみ、ウズラの翼《つばさ》でも扱《あつか》うように、楽々《らくらく》と引きちぎった。

大岩の上では、親玉がふりかえり、激《はげ》しく吠えだした。ヒュラスとピラに向かってではない。ヒュラスの胃がきゅっとした。

ハボックが死骸のほうへしのびよっている。獣たちを追いはらって、獲物を横取りしようとしているのだ。キツネやテンでも相手にしているつもりなのだろう。

でも、キツネなんかじゃない。

「ハボック、もどってこい！」ヒュラスは叫《さけ》んだ。

呼《よ》ばれたのはわかっているくせに、ハボックは聞こえないふりをした。船旅のあいだは満足にえさをもらえなかったし、ヘビの肉を二、三切れ食べたくらいでは、とても足りなかったのだろう。血のしたたる肉のにおいに、がまんできなくなったにちがいない。

「ハボック！」ヒュラスとピラは声をそろえて叫んだ。

ハボックはだっと飛びだし、うなり声をあげながら、前足をつきだした。ちりぢりに逃《に》げだすかと思いきや、獣たちは激しく吠えたて、牙をむきだして、ハボックに向かってきた。岩の高いところにある穴《あな》から群《む》れの仲間がさらにあらわれ、するするとおりてきて、攻撃《こうげき》に加わる。おまけに、親玉までが猛然《もうぜん》とかけよっていく。

そちらへとかけだしながら、ヒュラスは叫《さけ》び声《ごえ》をあげて投石器で次々《つぎつぎ》と小石を放ち、ピラも手あたりしだいに石を拾って投げつけた。

ハボックはへまをしたことに気づき、尻尾《しっぽ》を巻《ま》いて逃《に》げだした。ヒュラスとピラもすぐにつづいた。

走りながら、ヒュラスは後ろをふりむいた。獣《けもの》たちは追ってこない。岩の前でぴょんぴょんとはねながら、こぶしで地面をたたいている。

親玉は地面にしゃがみ、自分の砦《とりで》にずうずうしく入ってきたじゃま者たちをにらみつけていた。

さっさとあっちへ行け！　二度ともどってくるな！

＊

「ヒヒよ」しばらくして、ピラが肩《かた》で息をしながら言った。「ユセレフから聞いたことがあったけど、名前を思いだせなかったの」

「ヒヒの神ってのもいるのか？」ヒュラスも荒《あら》い息できいた。

「たぶん。信じられないくらい利口で、こわいものなしだそうよ」

「だろうな！」

じきに日が沈《しず》むが、あいかわらず焼けつくような暑さだ。ふたりは、フェニキア人たちに置きざりにされた海岸ぞいを引きかえし、ヘビをしとめた場所を通りすぎ、別の大岩のほうへ用心深く近づいているところだった。そこなら日ざしをさえぎれるかもしれない。ヒヒだらけでなければ。

ヒュラスは投石器をかまえ、岩めがけて石を放った。

怒《おこ》ったうなり声はあがらず、犬のようにも人間のようにも見える獰猛《どうもう》な獣も襲《おそ》ってはこない。

ピラに待っていろと告げると、ヒュラスは大岩によじのぼった。岩には洞穴《ほらあな》の入り口らしき場所が見つかった。奥《おく》にかくれているものをおびき出そうと、石を投げこんでみる。暗がりのなかからコウモリが二匹《ひき》飛びだしてきたが、それだけだった。

「だいじょうぶだ」とピラに声をかけ、荷物を入り口に置いてから、ヒュラスは洞穴に這《は》いこんだ。なかはきゅうくつだが、日ざしをさえぎれるだけでもありがたい。

ピラももぐりこんできて、横向きに倒《たお》れこんだ。顔は砂《すな》ぼこりと汗《あせ》にまみれている。サンダルをぬぐと、足にはひものあとがくっきりと残っていた。

海までは遠くないが、ふたりともくたびれはてて、体を洗《あら》いに行く元気もなかった。それでも、残った力をかき集めて、わなをしかけないといけない。

ヒュラスは洞穴から這いだした。岩の上から見わたすと、それほど遠くないところに、岩だらけのなだらかな丘《おか》があった。その向こうには、赤い砂漠《さばく》が地のはてまでつづいている。

聞きなれない遠吠《とおぼ》えが風に運ばれてきた。ジャッカルだろうか。きっと砂漠の生き物たちは、日ざしをさけて夜のあいだに動きまわるのだろう。ハボックも夕暮《ゆうぐ》れを待って狩《か》りに出かけていった。ねらうなら、いるかどうかはわからないが、トカゲかウサギくらいにしておいて、ヒヒに近づいたりしなければいいのだが。

洞穴の奥にいるピラがせきをして、ほこりまみれの髪《かみ》を指でとかした。「水はあとどのくらい残ってる？」

ヒュラスは水袋《みずぶくろ》を持ちあげて重さをたしかめ、洞穴の入り口に置きなおした。「一日分はある。二日はもつかも」

ピラはだまったまま、ひび割《わ》れたくちびるを舌《した》でなめた。

「ここでちょっと休んでいこう。でも、朝までは寝《ね》られない」

「どうして？」

「太陽のせいさ、ピラ。昼のあいだに歩くのは失敗だったんだ。これからは夜に移動《いどう》することにしよう。でないと、じきに黒こげだ」

「でも、どっちへ行けばいいの」ピラが小さく言った。「さっきのヒヒたちに見つからないようにしながら、また西へ行ってみる？　それとも、川につきあたるようにって祈《いの》りながら、東へ進む？」

ヒュラスは答えられなかった。どっちも、たいしていい案には思えない。

それで、ヘビの肉の残りを腰《こし》の袋《ふくろ》から取りだし、ピラにほうった。「しげみから枝《えだ》を取ってきて、火をおこすよ」

ピラは肉の切れ端《はし》を見おろした。「食欲《しょくよく》がわかないわ」

「でも、食べとかないと。焼けばなんとかなるよ」

火の玉のような真っ赤な太陽が沈《しず》みかけているが、暑さはまだやわらがない。地面におりると、目の前の丘《おか》が熱気で揺《ゆ》らめき、背後《はいご》に落ちた自分の影《かげ》が奇妙《きみょう》な形にゆがんで見えた。

「なにも見つからなかったらどうする？」ピラの声が追いかけてきた。「どこまで行っても砂漠《さばく》だったら？」

「わからない」

目の端で、自分の影が勝手に動きだすのが見えた。

いや、影じゃない。影みたいに真っ黒な少年だ。

そう気づいたときには、少年は水袋《みずぶくろ》を引っつかんで、逃《に》げだしていた。

03

少年ケム

盗人《ぬすっと》は水袋を背負《せお》って丘のほうへかけていく。岩と岩のあいだに逃げこまれてしまうと、見つけようがない。

ヒュラスはあとを追いながら、投石器をふりかぶり、石を放った。盗人は悲鳴をあげて倒《たお》れこみ、すねをおさえた。飛びかかって組みふせようとしたが、相手は力が強く、体をよじって股《こ》間《かん》にひざ蹴《げ》りを入れてくる。ヒュラスはそれをかわし、ひじをのどに食いこませた。盗人がグウッとうなり、ヒュラスの下から這《は》いだそうとする。その髪《かみ》に手をのばしたが、毛を刈《か》ったばかりのヒツジのように短いせいで、うまくつかめない。盗人がよろよろと立ちあがり、二《に》の腕《うで》にくくりつけたさやから火打ち石のナイフをぬいた。それをふりかざしながら、丘のほうへと後ずさっていく。水袋は背負ったままだ。

「水袋をはなせ！」ヒュラスは怒鳴《どな》り、自分のナイフをぬいて、するどくとがった青銅《せいどう》の刃《は》をかざしてみせた。「殺したくはないけど、容赦《ようしゃ》はしないぞ！」

盗人はなにやら意味のわからない言葉を吐《は》きすてて、さらに丘のほうへしりぞいていく。

ピラがその後ろにまわりこんで、逃げ道をふさごうとした。だが、盗人はピラをつきとばし、丘へとかけだした。ヒュラスもあとを追った。

そのとき、丘《おか》のてっぺんになにか動くものが見えた。ハボックが盗人《ぬすっと》を見おろしている。盗人はわっと叫《さけ》んで、脇《わき》へ逃《に》げようとした。ハボックはたったの二歩で追いつき、上からのしかかった。

「ナイフを捨《す》てるんだ！」ヒュラスは叫んだ。

「エジプト語で言ってみるわ！」とピラが言い、大声でなにやら呼《よ》びかけた。

ハボックはおさえつけた獲物《えもの》の頭を前足のあいだにはさんで、おもしろ半分にこづいている。盗人はひっくりかえされたコガネムシのように、じたばたともがいている。さいわい、ハボックは本気ではないらしく、爪《つめ》は引っこめたままだ。

「ナイフを捨てないと、ぼくのライオンに爪を立てさせるぞ！」ヒュラスはすごんだ。

ヒィッと悲鳴をあげて盗人はナイフを投げすてた。ヒュラスはそれを脇へ蹴《け》りとばしてから、水《みず》袋《ぶくろ》をうばいかえし、ピラにほうった。「アカイア語も通じるみたいだ」

＊

「あなた、名前は？」ピラがアカイア語できいた。

少年はにらみかえすだけで、答えない。

エジプト語らしき言葉できいても、やはり返事はない。ピラはお手上げだというように両手をかかげた。「どうして答えないのかしら」

「なにも言わないほうが安全だからさ。ぼくがこいつでも、そうする」

ピラが取ってきた縄《なわ》でヒュラスが腕《うで》をしばりあげたあと、ふたりは盗人を洞穴《ほらあな》まで引きずっていった。まもなく夜のとばりがおりたので、しげみの枝《えだ》で小さな火をおこした。盗人は洞穴の奥《おく》にうずくまり、入り口のところで鼻をひくつかせるハボックを見つめている。警戒《けいかい》はしているが、もうおびえてはいないようだ。よっぽど肝《きも》がすわっているか、まぬけかのどちらかだ。まぬけそうには見えないな、とヒュラスは思った。

年はヒュラスと同じくらいだろうか。肌《はだ》の色は真っ黒かと思っていたが、みがきあげたクルミの木のようなこげ茶色だった。これほど濃《こ》い色の肌を見るのは初めてだ。ちぢれた黒い髪《かみ》は頭にへばりつくように生えていて、高いほお骨《ぼね》についた真っすぐな傷《きず》あとは、わざと入れたしるしのように見える。むきだしの足はざらついてかたくなり、腰《こし》に巻《ま》いた布《ぬの》のほかには、なにも身につけていない。でこぼこの刃《は》をした火打ち石のナイフは、とくにめずらしいものではない。ヒュラスもずっと似《に》たようなものを使ってきた。でも、腰に差してあるのは、山型に折れまがった木の切れ端《はし》だ。そんな武器《ぶき》は初めて見た。

ピラがあごをしゃくって、ヒュラスを脇へ呼びよせた。「仲間がほかにもいると思う？」

「そうじゃないことを祈《いの》ろう。もしいたら、いま以上に面倒《めんどう》なことになる。それにしても、こいつは何者なんだ？　エジプト人じゃないことはわかる。あんなに濃い色の肌、見たことあるか？」

ピラはうなずいた。「エジプトの近くの国に住んでる、砂漠《さばく》の民《たみ》よ。ケフティウにもときどき取引にやってきてたから。信じられないくらいたくましくて、弓矢の名手なの。それに、勇敢《ゆうかん》だと思ってたけど」少年に聞こえるようにわざと声を張《は》りあげる。「水袋を盗《ぬす》むなんて、意気地《いくじ》なしのやることよ」

痛《いた》いところをつかれたのか、少年がピラをにらみつけた。

ピラがヒュラスに顔を寄《よ》せ、声をひそめてつづける。「この子、どうする？　しばりつけたままで置きざりにはできないけど、もし自由にしたら……」

ヒュラスは歩いていって少年の前に立ち、ぶっきらぼうにきいた。「ひとりか？」

少年はそっぽを向いた。両のこぶしをにぎりしめると、腕《うで》の筋肉《きんにく》がもりあがった。背中《せなか》には、何本も傷《きず》あとが走っている。ほおに入れられた傷あととはちがって、打ちすえられてできたものらしい。見おぼえのある傷だ。ヒュラスにも同じようなものがある。

見ているうちに、ふと気づいた。ヒュラスはしゃがみこんで、少年と目を合わせると、おだやかに言った。「きみ、奴隷《どれい》だったんだろ」

こげ茶色の顔は無表情《むひょうじょう》のままだ。

「ぼくも、前は奴隷だった」ヒュラスは言って、腕をつきだし、ジグザグ形の入れ墨《いずみ》を見せた。「これはぼくの敵《てき》のしるしなんだ。ずっと北のほうにある、アカイアという土地で強大な力を持ってる一族の。カラス族って呼《よ》ばれてる」

少年のまぶたがぴくりと動いた。その名前を知っているのだろうか。あるいはしるしを。

「カラス族だ」ヒュラスはくりかえした。「二度前の夏まで、ぼくはリュカス山でヤギ飼《か》いをしていた。アカイアにある山だ。でも、カラス族に野営地《やえいち》を襲《おそ》われて、飼い犬を殺された。妹ともはぐれた。ぼくは十二で、妹は九つだった。親友のテラモンが、そのカラス族だったんだ」ヒュラスははっとして口をつぐんだ。そこまで話すつもりはなかったのに。「そのあとカラス族につかまって、奴隷にされた。鉱山《こうざん》ではたらかされたんだ。でも、逃《に》げだした」相手が話をのみこむのを待つために、またひと呼吸《こきゅう》おく。「きみも逃げてきたんだろ」

少年はしぶとく無表情をつづけているが、話を聞いているのはたしかだ。「名前はなんていうんだ？」

長々《ながなが》とした沈黙《ちんもく》。「ケム」少年はうなるように言った。「勝手につけられた名前さ」苦々《にがにが》しげな口調だ。「黒いって意味だ。それと、おれは意気地《いくじ》なしなんかじゃないぞ！」

「本当の名前は？」ピラがきいた。

気はたしかか、という顔でケムがピラを見る。教えるとでも思ってるのか？

「それじゃ、ケムと呼ぶことにする。どこに行こうとしてるんだ？」

また間《ま》があった。「おれの故郷《こきょう》へ。おまえたちの国じゃ、ワワトって呼ばれてる。エジプト人は、〝黒いよそ者の国〟って呼んでる」

「自分たちはなんて呼ぶんだ？」

ケムはなにやらややこしい言葉を口にした。

「逃げだしてからどれくらいになる？」ヒュラスはきいた。

ケムは肩《かた》をすくめた。「五、六日」

「あなたの国って、どこにあるの」つづいてピラもきく。

「エジプトの南。川をずっとさかのぼったところさ」

ヒュラスとピラは目と目を見交《みか》わした。「それって〈大いなる川〉？　エジプト人がイテル・アアって呼んでる川のこと？」

なんてまぬけなんだという顔で、ケムはピラを見つめた。「決まってるだろ！　ほかに川なんてあるか？」

ピラはむっとしたが、ヒュラスがすかさず割《わ》って入った。「なら、行き先は同じだ。ぼくらも川をさがしてる」

「だから？」ケムが吐《は》きすてるように言う。

「友だちを見つけなきゃならないんだ。ユセレフっていうエジプト人の。大事なものを持ってるんだ」

「でも、居場所《いばしょ》がわからないの」ピラが口をはさむ。「わかってるのは、パ・ソベクっていうところが生まれ故郷《こきょう》だってことと、兄さんのネベツクが書記をしてるってことだけ」

ケムは話にならないというように鼻で笑った。「それしか知らないくせに、友だちだって言えるのか？」

ピラがにらみつける。「ユセレフは子どものころに奴隷《どれい》として売られたの。家族のことをそれはそれは恋《こい》しがってて、口にするのもつらそうだった……あなたの知ったことじゃないでしょうけど！」

「まあ待てよ、ピラ」ヒュラスはそう言ってから、ケムに向きなおった。「パ・ソベクに案内してくれるか？」

「なんでだよ」

「もし断《ことわ》ったら、しばったままここに置きざりにしてやる。のどがかわいて死んじゃうぞ」

はったりだろうと疑《うたが》うように、ケムが黒い目でさぐりを入れる。「でも、おれとちがって、おまえたちは砂漠《さばく》を知らない。おれを置きざりにしたら、そっちも死ぬ」

ヒュラスはゆっくりとうなずいた。「たしかに。でもな、ケム、助けがいるのはそっちも同じだ」

またフンと鼻が鳴る。「なんでだ？」

答えるかわりに、ヒュラスはハボックを呼《よ》んだ。若《わか》いライオンはそばにやってきて、ヒュラスに顔をこすりつけた。それから大あくびをひとつして、巨大《きょだい》な牙《きば》をむきだした。ヒュラスがその大きな金色の頭に手を置いてふりかえると、ケムはかくしきれない恐怖《きょうふ》の色を浮《う》かべた。

「なんでかって？」とヒュラスはにっこりして言った。「パ・ソベクに案内するのを断ったら、このハボックが腹《はら》ぺこだって騒《さわ》ぎだすぞ」

ふたりの目と目がぶつかった。ヒュラスの言葉がただの脅《おど》しかどうか、ケムはまたさぐろうとしている。やがて、ぐっと頭をのけぞらし、ハハッと笑った。「よし！　助けあいっこだな」

＊

「なんでアカイア語がしゃべれるんだ？」あごにこびりついたヘビの肉の脂《あぶら》をぬぐいながら、ヒュラスがきいた。

ケムは指を三本つき立てた。「塩の湖で、三年も塩を掘《ほ》らされてた。おまえの国から来た友だちもいた。いっしょに逃《に》げたとき、そいつは湖でおぼれて死んだんだ」淡々《たんたん》とした口調だった。悲しんでいるとしても、顔にはあらわれていない。

「気の毒に」ヒュラスが言った。

ピラはだまっていた。ケムのことが気に入らなかった。頭のにぶい小娘《こむすめ》だとでも思っているのか、ろくに返事をしようともしないからだ。「塩を掘るなんて、聞いたことがないわ」

「海の塩とはちがう」ケムが言いかえした。「神聖《しんせい》な塩で、エジプト人はヘスメンって呼んでいる。いろんなことに使うんだ。体を清めたり、病気をなおしたり、永遠《えいえん》の命を与《あた》えるために、なきがらにまぶしたり」じょうぶな白い歯のあいだにはさまった肉のかけらをほじくりだす。「でも、おれの友だちには、ヘスメンを使ってもらえなかった。なきがらは捨《す》てられて、ジャッカルのえさになった」

「ひどいな」ヒュラスが言った。

ケムはせきばらいをして、痰《たん》を吐《は》きだした。「エジプト人は、エジプト人さえよけりゃいいんだ。ワワト人みたいなよそ者なんか、人間とも思ってない」

あんまりだ。ピラはかっとなって言った。「ユセレフはエジプト人だけど、そんな人じゃないわ！」

「へえ、そうか？」ケムがあざけるように言った。

「そうよ！」

「ほんとか？　だいたい、ユセレフってだれなんだ？　その顔の傷《きず》をつけたやつか」

「傷のことはほっといて！」

「やめろよ、ふたりとも」ヒュラスがさえぎった。

ピラが怒《おこ》っているのを感じたのか、エコーが舞《ま》いおりてきて、肩《かた》に止まった。ハボックも近づいてきて、ピラに寄《よ》りそい、ケムをにらみつける。群《む》れに割《わ》りこんできたじゃま者が、やはり気に入らないのだろう。

ケムがハボックからヒュラス、ピラへと視線《しせん》を移《うつ》す。そして、楽しくもなさそうに笑った。「最初は、ふたりとも神さまかと思った。おまえはライオンを連れてるし、その子はタカを連れてるから」

「ハヤブサよ」ピラは冷ややかに言った。「なのに、水袋《みずぶくろ》をうばったのね」

「ああ、でも殺すのはやめておいたぜ」

ピラは言いかえそうと口を開いたが、ヒュラスにさえぎられた。「〈大いなる川〉までは、どのくらいだ、ケム？」

こげ茶色の肌《はだ》の少年は肩をすくめた。「三、四日。おとなしくおれの言うことを聞いたらな」口をゆがめてにやりと笑う。「砂漠《さばく》は危険《きけん》がいっぱいだ。ヒョウとか、サソリとか。意気地《いくじ》なしには無理だぞ」そう言って、ちらりとピラのほうを見た。

「サソリってなによ」ピラはいらだちを嚙《か》み殺しながらきいた。

答えるかわりに、ケムはたき火のなかから棒《ぼう》を一本拾いあげ、洞穴《ほらあな》の奥《おく》の地面をつつきまわり、なにかに石を投げつけると、それを棒の先にぶらさげてもどってきた。「これがサソリさ」そう言って、ピラの目の前でふってみせる。

ピラは尻《しり》ごみしそうになったが、ぐっとこらえた。それは黒い小さなザリガニに似《に》ているが、恐《おそ》ろしげな針《はり》のついた尾《お》をさかだてている。「へえ、驚《おどろ》いた」そっけなくそう言った。「いいから、パ・ソベクへの行き方を教えなさいよ」

「そんなの、わけないさ」ケムは皮肉っぽく言って、サソリを火のなかに投げこんだ。「まずは砂漠を横切って、それから国境《こっきょう》を抜《ぬ》ける。そこには番兵たちがいて、よそ者とか逃《に》げた奴隷《どれい》がいないか見張《みは》っているんだ。ひとり殺すごとにその証拠《しょうこ》を見せれば、ほうびをもらえるから」

「それから?」ヒュラスがうながした。

ケムはむっとしたようにふたりを見た。「ほら、これがエジプトさ!」上下がさかさを向いた三角形を砂《すな》に指で描《えが》き、その下に真っすぐな縦《たて》の線をつけ足す。細長い茎《くき》の先に咲《さ》いた花みたい、とピラは思った。ケムはさかさになった三角形のてっぺんの平らな部分を指さした。「これが海。ここが」と三角形をなぞり、「河口《かこう》だ。緑の大地、タ・メヒって呼《よ》ばれてる。パピルスが生えただだっ広い沼《ぬま》地《ち》で、おっかない獣《けもの》がうようよしてる。コブラとか、カバとか、ワニとか」その目がピラに向けられる。「ワニって知ってるか?」

「もちろんよ」ピラはピシャリと言った。

ケムは疑《うたが》わしそうにフーンとうなった。「緑の大地をすぎると、お次は川だ」指で茎を下までなぞる。「すごく長くて、すごくおっかない。おだやかに見えるけど、岩とか流れがきついところとか、砂が積もったところがあちこちにある。カバもワニもずっと多くなるし、どこもかしこも人でいっぱいだ。戦士やら、役人やら、番人やら。エジプト人は食べ物には困《こま》らないけど、いつも調べられて、見張られてる。作物はどのくらいとれたか、どこに行くつもりか、ってな。川は小舟《こぶね》だらけだけど、それでも、見なれない船が——たとえば、でっかい黒い帆《ほ》がついたようなのが——川上へのぼっていこうものなら、たちまち見つかっちまう！」最後に、ケムは茎《くき》のいちばん下のところを指でつき刺《さ》した。「ほら、ここがパ・ソベクだ」

ピラは息をのんだ。「それで、あなたの故郷《こきょう》のワワトは、パ・ソベクの南にあるの？」

ケムがうなずく。

ヒュラスは下くちびるを指でなぞった。「いまいるのは？」

ケムは緑の大地の左側にある海岸を指で示《しめ》した。「ここさ」

沈黙《ちんもく》が落ちた。たき火がパチンとはぜ、外では砂漠《さばく》の静寂《せいじゃく》が広がっている。

ヒュラスはあぐらをかき、両手をひざに置いた。「なんで、見なれない船のことなんか持ちだしたんだ？」静かにそうきいた。

ピラはめんくらって、ちらっとヒュラスを見た。

ケムは肩《かた》をすくめた。「パ・ソベクに行くんなら、舟《ふね》を盗《ぬす》むしか――」

「でも、でっかい黒い帆《ほ》がついた見なれない船って言ったろ。なにか心あたりがあるんだな」

ケムがだまりこむ。

「ケム、なにかかくしてることがあるんだろ」ヒュラスが腕《うで》に入れられたカラス族の入《い》れ墨《ずみ》をつついた。「前にもこれを見たことがあるんだな。ちがうか？」

ケムが身じろぎをし、やがて、決心したような顔をした。「奴隷《どれい》同士で、いつもうわさ話をしてたんだ。前に、見なれない船が来たって話を聞いた。友だちの故郷の、アカイアの船が。黒い帆で、戦士たちが乗ってたって。青銅《せいどう》の武器《ぶき》に、黒いマント、盾《たて》にはおまえのと同じしるしがついてたそうだ」

ピラは息が止まりそうになった。カラス族の戦士たちの汗《あせ》のにおいと、肌《はだ》に塗《ぬ》りたくったつんとする灰《はい》のにおいがよみがえる。

炎《ほのお》がぱっと燃《も》えあがり、ぼうぜんとしたヒュラスの顔が浮《う》かびあがった。二の腕の傷《きず》あとを指でいじくっている。二度前の夏、カラス族の矢尻《やじり》を引きぬいたあとだ。「なにをしに来たか聞いたか?」その声はかすれていた。

ケムがまた肩をすくめる。「ペラオに青銅を持ってきたとか。ペラオってのは、エジプトでいちばんえらいやつだ。敵《てき》と戦うために、青銅をほしがってる。だから、船がやってきたとき、ペラオは青銅を受けとって、川上へのぼるのを許《ゆる》したんだってさ——」

「いつ?」ピラは口をはさんだ。「その船が来たのは、いつのこと?」

「ずいぶん前だ」

「ずいぶんって?」ヒュラスとピラは同時に叫《さけ》んだ。

「ふた月近くになるかな」

04

ハティ・アアの宮殿《きゅうでん》

テラモンは馬にむちをくれ、二輪戦車を全速力で走らせながら、獲物《えもの》を追っていた。レイヨウの群《む》れは必死に砂漠《さばく》を逃《に》げているが、戦車との距離《きょり》はだんだんちぢまり、やがて一頭の雌《めす》がおくれはじめた。

手綱《たづな》とむちをイラルコスにあずけると、テラモンは弓に矢をつがえて放った。首を射《い》られた雌レイヨウは、もんどり打って倒《たお》れた。

イラルコスが赤い砂《すな》ぼこりをあげながら馬を止め、テラモンは戦車を飛びおりて、ナイフで獲物の息の根を止めた。

「お見事です、若君《わかぎみ》」イラルコスが息をはずませて言った。

テラモンは空に向かって勝ちどきをあげそうになったが、子どもじみているように思え、そっけなくうなずくだけにした。

狩《か》りについてきた家来たちが、テラモンがしとめたほかの獲物をかついでかけつけた。ダチョウが一羽に、ヒョウとその子どもも二匹《ひき》。

朝のあいだにこれだけしとめられれば上出来だ。テラモンはそう思い、爪先《つまさき》でレイヨウをつつきながら、イラルコスに言った。「角《つの》だけ持って帰ればいい。あとはまかせた。ぼくはもどる」

昇《のぼ》りゆく朝日のなか、テラモンは砂漠をかけぬけた。川の西岸に横たわる崖《がけ》の谷間を通りぬけ、農民や墓職人《はかしょくにん》が身を寄《よ》せあうように暮《く》らす村々《むらむら》や畑を通りすぎて、川岸へ出ると、パ・ソベクの支配者《しはいしゃ》、ハティ・アアのはしけが待っていた。

戦車をおりて、くたびれきった馬たちを奴隷《どれい》にまかせて馬屋へ連れていかせてから、テラモンははしけの踏《ふ》み板をわたり、こぎ手たちにパ・ソベクへもどれと命令した。

意気揚々《ようよう》と天蓋《てんがい》の下に腰《こし》をおろし、ようやくのびかけてきたほおひげに手をやる。兜《かぶと》をぬいで、その表面に張《は》りつけられたイノシシの牙《きば》のかけらをほれぼれとながめた。

「ぼくの兜だ」テラモンは得意な気持ちでひとりごちた。十二頭のイノシシを自分でしとめ、その瞬間《しゅんかん》、ついに一人前の戦士になったのだ。

手首につけたピラの印章に目を落とす。紫水晶《むらさきずいしょう》には小さなハヤブサがきざまれている。「よくもばかにしたな」そうつぶやいた。「〝カラス族〟なんて呼《よ》んだりして。でも、侮辱《ぶじょく》するのは許《ゆる》さないぞ、ピラ。ぼくは〝カラス族〟なんかじゃない、コロノス一族の戦士だ。エジプト全土をおさめるペラオから、通行手形だってもらっているし、ハティ・アアからも、毎晩《まいばん》ごちそうでもてなされている。どうだ、おそれ入ったか？」

東岸が近づくにつれ、緑の果樹園《かじゅえん》と実り豊《ゆた》かな畑が目の前に広がりはじめた。ナツメヤシと呼ばれる奇妙《きみょう》な木々《きぎ》の下には、背《せ》の高い白壁《しらかべ》の家々《いえいえ》やにぎやかな市場がならんでいる。玄武岩《げんぶがん》でできた巨大《きょだい》なハヤブサの像《ぞう》が、石づくりの桟橋《さんばし》と広々《ひろびろ》とした並木道《なみきみち》を守るように、ずらりと置かれている。その向こうには、壁《かべ》にかこまれた広大な神殿《しんでん》がそびえている。

少しはなれた川岸には、ハティ・アアの宮殿《きゅうでん》が建っている。テラモンの祖父《そふ》が支配《しはい》するミケーネの城塞《じょうさい》よりもずっと大きく、りっぱな建物だが、そこは主宮殿《しゅきゅうでん》ではない。主宮殿はさらに川上の、ワワトとの国境《こっきょう》のそばにある。テラモンとアレクトが長々《ながなが》と待たされているこの宮殿は、ハティ・アアが神殿《しんでん》に用があるときだけ滞在《たいざい》するためのものだ。

だからって、気後《きおく》れなんかしないぞ、とテラモンは心に決めていた。エジプト人など、どうってことはない。想像《そうぞう》もつかないほど裕福《ゆうふく》らしいが、まともな戦士がまるでいない。ハティ・アアは大勢《おおぜい》の兵をしたがえているが、だれも兜《かぶと》や鎧《よろい》をつけていないし、二年ほど前までは、武器《ぶき》でさえ青銅製《せいどうせい》ではなく、もろい銅製《どうせい》のものばかりだった。

ハティ・アアの興味《きょうみ》は、もっぱら植物に向けられているらしい。木や花を植え、池までこしらえた〝庭園〟とかいうものがあり、その手入れだけをする奴隷《どれい》もいるという。宮殿の中庭にまで、小さな〝庭園〟がつくられている。なぜ？　なんのためだ？

ハティ・アア本人にはまだ会っていない。体のぐあいが悪いそうで、客人の相手は年若《わか》い妻《つま》のメリタメンがつとめている。たった十四歳《さい》の小娘《こむすめ》にまかせきりにするなんて、いったいどういうつもりだろう。

宮殿に足を踏《ふ》み入れると、中庭にはツバメが飛びかっていた。パピルスの花をかたどった柱に、緑と黄色のタイルの壁《かべ》がつづくひんやりとした廊下《ろうか》。石膏《せっこう》の床《ゆか》はみがきあげられ、ハエよけにスイートクローバーがまかれている。

目の前の〝庭園〟では、ザクロの木と青いヤグルマギクがみごとにしげっている。緑の大理石でできた池に浮《う》かんでいるのは白いスイレンだ。ハティ・アアの妻とその妹が、放し飼《が》いにされた動物たちとたわむれている。テラモンが入っていくと、ふたりは遊ぶのをやめてふりむいた。

妹のほうは六歳だ。髪《かみ》は片側《かたがわ》のこめかみの横のふさだけを残してそりあげていて、青いビーズのべルト以外にはなにも身につけていない。姿《すがた》を見かけるたびに、決まってネコといっしょにいる。

ハティ・アアの妻のメリタメンは、きれいな顔立ちだが、そばにいるガゼルにどことなく似《に》ているようにも見える。大きな黒い目のまわりに黒いくまどりを入れ、前髪《まえがみ》を眉《まゆ》のところで切りそろえ、細かく編《あ》んだ無数の髪のふさを背中《せなか》に垂《た》らしている。ひだのある白い亜麻布《あまぬの》でつくられたほっそりとしたドレスが、肩《かた》から足元までをおおっている。

平然とした態度《たいど》を示《しめ》そうと、テラモンは兜を地面に置き、池の水で髪と手を洗《あら》った。

妹のほうがネコを抱《だ》きあげて、後ずさった。メリタメンはかばうようにその頭に手を置き、小さな声で言った。「狩《か》りはどうでした、テラモンさま?」一族のなかで、メリタメンだけが乳母《うば》に習ったため、アカイア語を話せる。だが、しゃくなことに、めったにテラモンの顔を見ようとしない。こんなにいい男なのに、なんで気づかないんだ?

「ヒョウを一頭と、その子どもを二匹《ひき》」と答えながら、テラモンは戦士流に編んだ髪の水気をしぼった。

そのとき、妹がくぐもった笑い声をあげた。メリタメンは視線《しせん》を脇《わき》に移《うつ》し――はっと息をのんだ。テラモンは凍《こお》りついた。ひっくりかえした兜のなかに、ガゼルの糞《ふん》がこんもりと山になっている。テラモンの耳の奥《おく》で血がドクドクと音を立てる。「こいつめ……」蹴《け》りつけようとしたが、ガゼルはさっさと廊下の奥へ逃《に》げこんだ。

妹はネコの毛皮に顔をうずめて、必死に笑いをこらえている。二階のバルコニーにいた奴隷がぷっと噴《ふ》きだし、両手で口をおさえた。

「ご、ごめんなさい、テラモンさま」あわてたメリタメンが指を鳴らして合図すると、奴隷の少女が飛んできて、兜をひっくりかえした。

それを引ったくって立ち去るあいだも、テラモンの耳の奥《おく》では奴隷《どれい》や女官たちの笑い声がわんわんひびいていた。

階段《かいだん》をのぼり、男性用《だんせいよう》の部屋《へや》がある一画へとたどりつくのに、はてしなく時間がかかった気がした。部屋に入ると、テラモンは汗《あせ》にまみれたチュニックをぬぎすて、水とワインを持ってこいと大声で言いつけた。いままで以上に、エジプトのことが憎《にく》らしく思えた。だれもかれもが自分のことをばかにして笑っている。

あの奴隷のユセレフでさえ笑った。打ちすえられ、血だらけになりながら、テラモンの目の前で堂々《どうどう》と笑ったのだ。おまけに、まんまと逃《に》げられてしまった。

短剣《たんけん》の行方《ゆくえ》は知れないまま、いまいましい砂漠《さばく》の砂《すな》のように時が流れるばかりだった。

＊

「今日の獲物《えもの》は？」宴《うたげ》の席でアレクトがきいた。「そろそろライオンをしとめられたころかしら？」

テラモンはかっとした。そうでないことは知っているくせに、わざと口にさせようとしているのだ。「ヒョウならしとめました。あなたのお気に入りだったのとそっくりなやつを」

アレクトは笑った。少し前、そのヒョウに手を引っかかれたので、のどをかき切らせたのだ。

「なにかわかったことは？」テラモンは声をとがらせた。

アレクトはケラシェルのほうを向いてイチジクを受けとり、にっこり笑いかけた。ケラシェルの顔から汗が噴《ふ》きだす。「ええ、もう少しでつかめそうだったんだけど。わたしの奴隷が、なにか知っていそうな農民を見つけたの。でも、あっけなく心臓《しんぞう》が止まってしまって」それを思いだしたのか、アレクトはくちびるをめくりあげ、ゆがんだ笑《え》みを浮《う》かべた。そういう表情《ひょうじょう》をするのは、だれかに苦《く》痛《つう》をあたえることを考えているときか、実際《じっさい》にそれを目にしているときと決まっている。たとえば、人がなぐられるところや、傷口《きずぐち》がつつかれたり縫《ぬ》いあわされたりするところを。痛《いた》みが激《はげ》しければ激しいほど、アレクトには望ましい。人の苦しみこそが喜びなのだ。

今夜のアレクトはいつにもまして美しかった。深紅《しんく》の絹《きぬ》のドレスに、金箔《きんぱく》をほどこした子牛革《こうしがわ》のベルトをしめ、黒髪《くろかみ》には金でできたヘビの飾《かざ》りをつけている。おばのことはきらいで、恐《おそ》れてもいるが、それでも、祖父《そふ》コロノスが、ファラクスではなくアレクトを自分に同行させたのは正解《せいかい》だったとテラモンは気づいた。「エジプトでは、力など役に立たん」と言われたのだ。「エジプト人は美をあがめる。アレクトのほうがファラクスよりも役に立つはずだ」

それを聞いたテラモンはおじけづいた。「でも、どうやってそんな連中に短剣をさがさせればいいんです？」地のはてにあって、想像《そうぞう》もつかないほど豊《ゆた》かで、そしてえたいの知れないエジプトなんかで、どうしてやっていけばいいのだろう。それも、船一隻《いっせき》と四十人ばかりの家来だけで。

「ペラオは強大な力を持っておる」コロノスはそう言った。「それでも、完全に安泰《あんたい》なわけではない。二年ほど前、ペラオは東の領土《りょうど》から異邦《いほう》の民《たみ》を追いだした。わたしの助けを借りてな。武器《ぶき》に使う青銅《せいどう》が足りないというので、売ってやったのだ。手みやげに青銅を持っていけば、短剣をさがす手助けをしてくれるにちがいない」

そのとおりだった。船一隻分の青銅と引きかえに、テラモンの一行はワセトの町にある壮大《そうだい》な宮殿《きゅうでん》へと通され、そこでペラオ本人から、通行の自由とケラシェルの協力を約束された。そしてケラシェルの密偵《みってい》たちが、このパ・ソベクで奴隷のユセレフをさがしだしたのだ。だが、それからもうひと月以上がすぎている。

はだかの奴隷の少女が、ドームヤシの実が入った皿をさしだした。テラモンはいらないと手をふり、飲み物を持ってこいと言いつけた。

スパイス入りのザクロワインが、黒いスイレンが描《えが》かれた青い石の杯《さかずき》に注がれて運ばれてきた。テラモンはそれを無理に飲みほした。宴《うたげ》にはすっかりあきてしまった。笛の調べにも、お香《こう》にも、ダチョウの羽根の扇《おうぎ》にも、褐色《かっしょく》の手足をむきだしにした踊《おど》り子たちにも。焼いた牛肉にはシナモンとゴマがこれでもかというほどまぶされ、白いパンもナツメヤシの実で甘《あま》く味つけされている。

テラモンはペラオから受けとった通行手形を思いうかべた。それはアシを編《あ》んでつくられた〝巻《まき》物《もの》〟だそうで、意味のわからない細かな絵が描《か》きこまれただけの、くだらない代物《しろもの》に思えた。巻物なんていらない、ほしいのはコロノス一族の短剣《たんけん》だけだ。体じゅうの筋肉《きんにく》に力をみなぎらせ、血をわきたたせてくれる、あのパワーを感じたいだけだ……。

「あなたの兜《かぶと》、とんだ災難《さいなん》にあったそうね」アレクトが言った。

テラモンは冷たい目でにらみつけた。「農民たちを痛《いた》めつける以外に、今日はなにかしたんですか」

アレクトは黒ずんだイチジクの皮を爪《つめ》で引きさいて、紫色《むらさきいろ》の果肉のにおいをかいだ。「メリタメンはまだほんの子どもだし、たよりにはならない。でも、なにか知っているらしいわ」

「なんでもっと早く気づかなかったんです」

「まあお待ちなさいな、おいっ子のぼうや――」

「もう待つのはうんざりなんだ！」テラモンがガシャンと音を立てて杯を置くと、音楽がやみ、広間にいる人々《ひとびと》がふりむいた。「いくらなんでも、時間がかかりすぎだ。これからは、ぼくのやりかたでやる！」

＊

「もう待てない」広間にいた人々をさがらせると、テラモンは言った。残ったのはアレクトとケラシェル、そして落ち着かなげにハティ・アア用の黒檀《こくたん》の椅子《いす》にすわったメリタメンだけだ。「短剣はきっと神殿《しんでん》のなかにある。これ以上、ぐずぐずしてはいられない。なかをたしかめさせてもらう」

メリタメンがちらりと目を向けると、ケラシェルはうんざりしたような笑《え》みを浮《う》かべた。テラモンがあまりにばかげたことでも言ったかのように。「テラモンさま」とケラシェルは口を開いた。「わたしやメリタメンさまでも、それはできぬこと。神殿に足を踏《ふ》み入れること自体、許《ゆる》されてはおりません！　なかに入れるのは、神々《かみがみ》につかえる神官たちだけなのです。その者たちは、あなたのお守りを持ってはいないと誓《ちか》っております」

「短剣だ」テラモンはそう正した。

ケラシェルは自分の言いまちがいに気づいても、肩《かた》をすくめただけだった。

アレクトがメリタメンに声をかける。「短剣がかくされていないなら、なぜ神殿のまわりに大勢《おおぜい》の人間がやってきているのかしら」

口をはさまれて、テラモンはむっとした。そのうえ、メリタメンの答えは許しがたいほど的はずれだった。「毎年」と言葉を選ぶようにメリタメンは話しはじめた。「神々は川をあふれさせます。それが何日もつづいて、あたり一帯は水に沈《しず》みます。それをアケト――洪水《こうずい》の季節と呼《よ》んでいるんです」

テラモンはいらいらと身じろぎをした。

「水が引いてしまうと」とメリタメンがつづける。「畑には豊《ゆた》かな黒い泥《どろ》が残されます。そのおかげで、エジプトは太古の昔からつねに生まれ変わりつづけてきた――」

「それが短剣とどう関係が？」テラモンはさえぎった。

「洪水のはじまりは」とケラシェルが答えた。「新たな一年のはじまりでもあり、もっとも大切な季節なのです。ですから、盛大《せいだい》なヘブを――祭りを――行います。あと数日で〈はじまりの日〉のヘブがやってくるのです」

「それで」メリタメンがまたゆっくりと話しだす。「神殿《しんでん》に人々《ひとびと》が集まっているというわけです」

「だとしても」とアレクトが言う。「パ・ソベクの支配者《しはいしゃ》の妻《つま》として、あなたが神官たちに命令すればいいことではなくて――」

「めっそうもない！」ケラシェルが黒檀《こくたん》のハエ払《ばら》いをふりながら、あきれたように言った。「神官たちは、メリタメンさまにではなく、神々《かみがみ》につかえているのです！」

テラモンはいらだちをおさえきれなくなった。「わかってないな。ぼくはコロノスの孫だ。ミケーネの大族長の。おばのアレクトは大族長の娘《むすめ》なんだぞ」

メリタメンはめんくらったような顔をした。「でも……そうはいっても……」

「最後まで聞いてもらおう」テラモンは嚙《か》みしめた歯のあいだから言った。

メリタメンがくちびるをなめた。ケラシェルも笑《え》みを引っこめる。

「短剣《たんけん》を取りもどすのに協力するようにと、ペラオはお触《ふ》れを出された」テラモンはつづけた。「それで、このケラシェルの助けを借りて、このパ・ソベクまでやってきたんだ。それなのに、さがすつもりはないって言うのか」

よし。ふたりとも、すっかり真顔になった。

「川の水かさが増《ま》しはじめるまでに、この手に短剣がもどらなければ、お触れが守られなかったとペラオに知らせてやる」テラモンはそこで言葉を切った。「責《せ》められるのはきみだ、メリタメン。きみがだれだろうと関係ない。ペラオにとっては、きみやハティ・アアよりも青銅《せいどう》のほうが大事なんだ。祖父《そふ》がひとこと言えば、きみたちは罰《ばつ》を受けることになる。ペラオの怒《いか》りを買ったら、ハティ・アアの一族なんて、砂嵐《すなあらし》に巻《ま》かれた亜麻《あま》畑も同然だ。ひとたまりもないぞ」

ケラシェルの目には、これまでになかった畏敬《いけい》の色が浮《う》かんでいる。メリタメンも鼻の下に汗《あせ》の粒《つぶ》を浮かべ、おののいたようにテラモンを見つめている。

テラモンは立ちあがった。「よく考えるんだな」

*

テラモンが寝室《しんしつ》への階段《かいだん》をのぼろうとしていると、メリタメンが手まねきをした。

まわりでは奴隷《どれい》たちが宴《うたげ》の後片《あとかた》づけをしている。テラモンはがらんとした控《ひか》えの間《ま》に案内された。壁《かべ》には青と黄色の水鳥が描《えが》かれ、スギ材の椅子《いす》のそばには、香油《こうゆ》がたかれた雪花石膏《せっかせっこう》のランプ台が置かれている。

「それで?」テラモンはきいた。メリタメンがケラシェルのいないところで話をしようとするのが意外だった。初めてのことだ。

メリタメンはヘンナでいろどられた小さな手を組みあわせ、小声で言った。「一族を危険《きけん》にさらしたくはないの」

「なら、短剣を見つけるんだ。アレクトは、きみがなにか知っていると思ってる」

メリタメンはとまどった。「どこにあるか知っていたら、ちゃんとお返しします。でも、知らないんです」

「だったら、さがすんだ」

答えがないので、テラモンはつづけた。「なぜケラシェルのいないところで話そうとするんだ?」

ためらいが顔に浮かぶ。「ケラシェルはペラオだけにつかえているから。密偵《みってい》たちも、このパ・ソベクの人間ではないの」

テラモンはひと呼吸《こきゅう》おいてからきいた。「なにか知っているんだな」

メリタメンは眉《まゆ》をひそめた。「その短剣《たんけん》が……なぜそんなに大切なんです？」

「それがあるかぎり、ぼくたち一族は無敵《むてき》だからだ」よそ者がそれをふるうときコロノス一族がほろびるというお告げのことは、言わずにおいた。ヒュラスこそが、そのよそ者なのだ。かつての親友が。それでも、自分が、このテラモンが、ヒュラスを倒《たお》して一族を救わなくてはならない。

「わたせるものなら、とっくにわたしています。でも、持っていないのよ！」

「そんなはずはない。あのユセレフという奴隷《どれい》の故郷《こきょう》はパ・ソベクだ。ここに友人や家族がいるはず――」

「ひとまず国へ帰ってもらって、もし見つかったら、こちらから送ることにしては？」

「ほかにもさがしている者たちがいる。短剣をこわして、一族をほろぼそうとしているやつらが」

「いったいだれが？」

「少年だ」テラモンは奥歯《おくば》を噛《か》みしめた。「黄色い髪《かみ》のよそ者で、片方《かたほう》の耳たぶの先が切り落とされている。それと、ほおに三日月形の傷《きず》あとがある、ケフティウ人の少女と。ふたりとも、ぼくの敵《てき》だ。殺すと誓《ちか》ったんだ」

最後に見たヒュラスとピラの姿《すがた》が目に浮《う》かんだ。亡《な》くなった母親の豪奢《ごうしゃ》な紫色《むらさきいろ》の衣《ころも》をまとい、生きたヘビを腕《うで》に巻《ま》いたピラと、そこへ舞《ま》いおりてきたハヤブサ。そして、血まみれで戦うヒュラスと、助けにかけつける若《わか》い雌《めす》ライオン。

「やつらがエジプトまで来られるはずはない」とメリタメンに向かって言いながら、テラモンは自分にもそう言い聞かせた。「でも、密偵《みってい》たちがなにかうわさを聞きつけたら、すぐに知らせるんだ。いいな」

メリタメンはゆっくりとうなずいた。そして顔をあげ、真っすぐにテラモンを見た。「一族を危険《きけん》にさらすわけにはいかないわ」意外なほどに断固《だんこ》とした口調だった。「ケラシェルはパ・ソベクの民《たみ》のことなど考えていない。わたしはちがうわ。わたしが短剣を見つけます。どうやって見つけるか、ケラシェルには教えないつもり」

「だったら――」

「あなたにも教えるつもりはありません、テラモンさま。短剣はおわたしします。でも、この土地の民はわたしが守る。それも、わたしのやりかたで」

05

飛べない鳥

月明かりに金髪《きんぱつ》を輝《かがや》かせたヒュラスが、ピラの横にならんで歩きだした。「ケムの話だと、緑の大地はそう遠くないらしい」

ピラはフンと鼻を鳴らした。「それ、信じるわけ？」

「だって、あいつがいなかったら、ふたりともとっくに死んでるぜ」

みとめるのはしゃくだけれど、そのとおりだった。この三日、ケムは疲《つか》れた顔も見せず、ふたりを連れて夜どおし砂漠《さばく》を歩きつづけていた。まぶしさをしのぐために目の下に炭を塗《ぬ》らせ、のどがかわききらないように、口にふくむ小石もわたしてくれた。飢《う》え死《じ》にしないだけの食料もかき集めてくれた。たいていは苦い味の根っこや、とげだらけのぶあつい植物の葉といったもので、一度、ヤマアラシまで狩《か》ってきたときは、さすがにぎょっとした。今夜は、なにかは聞かされていないが、もっと大きな獲物《えもの》をさがしているようだ。

それでも、ピラはまだケムを信用できずにいた。「ひょっとしたら、しょっちゅう話に出てくる国境《こっきょう》の番兵のところに連れていくつもりかもしれないわ」

「なんのためにだよ」ヒュラスが声をとがらせた。「ケムだってつかまるだろ」

ピラは答えなかった。空腹《くうふく》とのどのかわきがつらく、おまけにサンダルがこすれて水ぶくれができているのに、サソリがこわくてぬぐこともできない。それに、ユセレフのことが心配でたまらなかった。カラス族がエジプトに上陸してからずいぶんになる。もしつかまってしまっていたら？　ユセレフが打ちすえられ、痛《いた》めつけられている姿《すがた》が頭をよぎった。そんなこと、とてもたえられない。

ヒュラスが肩《かた》にふれた。「見ろよ！　ケムが足跡《あしあと》を見つけたみたいだ」

先を行くケムが、しゃがみこんで地面をしげしげとながめている。黒っぽい肌《はだ》は薄闇《うすやみ》にとけこんでいる。

「またヤマアラシじゃなきゃいいけど」ピラはつぶやいた。

静かに、と荒々《あらあら》しい身ぶりでピラをだまらせてから、ケムは山型に折れまがった投げ棒《ぼう》をつきだし、首をぐいっと曲げてヒュラスについてこいと合図した。ピラのことは狩りの役には立たないと思って無視《むし》する気だ。

ハボックも獲物に気づいている。月明かりの下で銀色に照らされながら、待ち伏《ぶ》せをするつもりか、じりじりと左の方向へ進みはじめた。頭を肩よりも低くして、音も立てずに歩いていく。と、片《かた》方《ほう》の前足を宙《ちゅう》に浮《う》かせたまま、ぴたりと立ちどまった。

遠くでなにかが動いた。できるだけ足音をしのばせながら、ピラはヒュラスのそばまで行った。ヒュラスはあっけに取られている。「なんなんだ、あれ」ひそめた声でそう言った。「なんてばかでかい鳥なんだ！」

人間よりも背丈《せたけ》のある鳥の群《む》れだ。先が二股《ふたまた》に分かれた巨大《きょだい》な両足でゆっくりと地面を踏《ふ》みしめながら、白っぽい首をのばしてくちばしで砂《すな》をつついている。

「たぶん、ダチョウだと思う」ピラもひそひそ声で返した。女神《めがみ》の館《やかた》にあった巨大な卵《たまご》を思いだし、グウッとおなかが鳴った。「おいしい肉だといいけど」

ヒュラスはしのび足で右側へ進みはじめた。左側にはハボック、正面にはケム、これで包囲完了《ほういかんりょう》だ。ピラはナイフをぬき、どちらへ行こうかと迷《まよ》った。

そのとき、一羽《わ》のダチョウがぱっと頭をあげた。たちまち群《む》れ全体が動きだし、信じられないような速さで砂《すな》の上を走りはじめた。向かう先にはヒュラスがいる。ヒュラスとケムはぱっと立ちあがり、群れに向かってかけだした。ヒュラスは次々《つぎつぎ》と石を放ち、ケムのほうは棒《ぼう》を投げつける。だが、巨大《きょだい》な鳥たちの勢《いきお》いにはかなわない。群れはいっせいに向きを変え、今度はハボックのほうへ向かいはじめた。ハボックは体を低くして、飛びかかる瞬間《しゅんかん》を待っている。群れはそれに気づかないのか、先頭のダチョウはもう、ハボックの手のとどきそうなところまでせまっている。前足をひとふりすれば、倒《たお》せそうだ……。

ところが、初めて見る巨大な鳥に恐《おそ》れをなしたハボックは、尻尾《しっぽ》を巻《ま》いて逃《に》げだした。

群れがまた向きを変えたので、今度はピラもかけだし、その前に立ちふさがった。投げ棒がヒュンと飛んできたが、とどかずに地面に落ち、ケムがくやしそうに叫《さけ》んだ。ヒュラスもつづけて石を放つが、やはりとどかない。群れは猛然《もうぜん》とピラに向かってくる。ピラはナイフをにぎりしめ、両足を踏《ふ》んばった。

ナイフをつきだすまもなく、先頭のダチョウがすさまじい勢いで横をかけぬけていき、残りの群れもつづいた。最後の一羽が真っすぐピラのほうへ突進《とっしん》してくる。

「そこをどくんだ！」ケムが叫んだ。

ピラはその場に立ちつくしていた。ダチョウの力強い足が石鎚《いしづち》のように地面を打つ。大きな二股《ふたまた》の足先も見える。でも、ただの鳥なんかに、踏みつぶされたりはしないはず。

いや、やっぱりあぶない。ピラが脇《わき》に飛びすさると、ダチョウは小石をはねちらしながらそこをかけぬけた。

「なにやってるんだ」息をはずませながらケムが言った。「蹴《け》られたら、スイカみたいに真っぷたつだぞ！」

「早く言ってよ！」ピラは怒鳴《どな》りかえした。

ケムはお手上げだというしぐさをして、荒々《あらあら》しく歩み去った。

「ありがとう、味方をしてくれて」ヒュラスに引っぱりおこされながら、ピラはいやみを言った。

ヒュラスはそれを聞き流した。「けがしてないか？」

「ええ」うそだった。体にはあざができ、片方《かたほう》のひざもすりむけている。それに、ばつが悪くてたまらない。女の子なんて役立たずだというケムの思いこみを証明《しょうめい》してしまったのがくやしかった。

ハボックもばつが悪そうにしている。ヒュラスのところへかけよってきて、顔をこすりつけ、なぐさめてとうったえるようにクーン、クーンと鼻を鳴らした。ヒュラスはため息をついた。「これじゃだめだ。大きくなるにつれて肝《きも》がすわってくるはずなのに、かえって弱虫になってる」

「まだまだこれからよ」ピラはむっとしたまま言った。

「でも、もうすぐ二歳《さい》になるんだ、ピラ。ほんとなら、自分で大きな獲物《えもの》をしとめられるようになってるはずなのに。トカゲばっかり食べてるわけにもいかないだろ」ヒュラスはしゃがんでハボックの耳の後ろをかいてやった。「おまえはもう、ちびっ子じゃないんだぞ、ハボック。すっかり大きくなったんだ。わかってないのか？」

ピラは思わずハボックが気の毒になった。「いろいろ、大変な思いをしてきたんだもの。おじけづいちゃってるのよ」

ヒュラスもうなずいて顔をくもらせた。生まれてからほんのわずかなあいだに、ハボックは両親を亡《な》くし、噴火《ふんか》や、地揺《じゆ》れや、大波に襲《おそ》われ、そのうえきびしい冬をひとりぼっちで生きぬかなければならなかったのだ。「おまけに今度は砂漠《さばく》だ。ヒヒやら、コブラやら、ハイエナやら……」

「そのうちなれるわ」

「なれてもらわないと、それもすぐに」ヒュラスがピラを見た。「早く度胸《どきょう》をつけないと、ひとりで狩《か》りもできないままだ。いつまでたっても自立できない。一人前のライオンになれないんだ」

＊

いらだちと恥《は》ずかしさでいっぱいになりながら、子ライオンはこそこそと闇《やみ》のなかへ逃《に》げこんだ。こんなところ、大きらい。燃《も》えるような砂《すな》のせいで肉球が痛《いた》むし、ハエが四六時中まとわりついてくる。飲み水はないし、爪《つめ》をとごうと思っても、木もほとんど見あたらない。それに、群《む》れに割《わ》りこんできた黒い少年がちょっかいを出してばかりいるので、子ライオンの大事な少年が、鼻づらをなでてくれるのをときどき忘《わす》れてしまうのだ。

もっと悪いのは、自分がおびえていることだった。毒々《どくどく》しい汁《しる》を吐《は》きかけてくるヘビ。歯を嚙《か》み鳴らしながらわめき声をあげる、人間のようで人間でない、毛むくじゃらの獣《けもの》。そして今度は、ばかでかい鳥まで……。シカの死骸《しがい》にむらがる犬の群れにも出くわした。追いはらおうとしたのに、逆《ぎゃく》に追いはらわれてしまった。見たこともないほど奇妙《きみょう》な犬たちで、丸い背中《せなか》にはブチがあるし、あざ笑うような、感じの悪い声で鳴きたてていた。笑う犬なんて、いったい……？

風に乗って、新しいにおいが運ばれてきた。ウサギだ。よかった、それなら知っている。おかしなことに、においはとげだらけの木のところでぷっつりと消えていた。鼻をひくつかせてみると、ウサギは枝《えだ》の上にいるらしいとわかった。どういうことだろう。ウサギが木にのぼれるなんて、ちっとも知らなかった。

木の幹《みき》に飛びついてみたものの――荒々《あらあら》しいうなり声が聞こえ、後ずさりをした。

高いところから、ライオンがにらみつけている。いや、ライオンじゃない。もっと小さいし、においもちがっていて、おまけに、毛皮には一面黒いブチがある。

ブチのあるにせライオンは、牙《きば》をむきだしてフーッとうなった。これはおれの獲物《えもの》だ、あっちへ行け！

おなかをすかせたまま、子ライオンはすごすごと退散《たいさん》し、群れの人間たちをさがしに行った。

ライオンは、犬なんかにびくついたりしちゃいけない。ブチがあるとはいえ、自分より体の小さなライオンにも。もちろん、鳥にも。

なんて恐《おそ》ろしいところなんだろう。子ライオンは居心地《いごこち》が悪くてたまらなかった。

＊

なんてすてきなところなんだろう、と最初のうちハヤブサは思っていた。赤と紫《むらさき》の色をした砂がさらさらと地上を流れるのを見るのも、さえぎるもののない大空を自由に飛びまわるのも楽しかった。

けれど、じきに居心地が悪くなってきた。あまりに暑すぎるし、どんなにせっせと羽づくろいをしても、砂ぼこりがもぐりこんできてしまう。海で水浴びをしてみても羽がべたつくばかりだし、砂浴びはいっそうひどかった。アリだらけだからだ。ヒナのころに巣から落っこちてからというもの、アリは大の苦手だった。

群れの人間たちが、ねぐらで休むはずの〈闇〉のあいだに歩きまわるようになったのも、やっかいだった。自分もゆっくり休んではいられず、たびたび飛びたってあとを追わないといけないからだ。飛べない人間たちはのろまなので、すぐに見つけられはするけれど。

なによりもいやなのは、えさになる鳥がぜんぜんいないことだった。おかげで、ちっぽけでかたいトカゲやら、砂《すな》まみれのネズミやらでがまんしないといけない。一度、コウモリを見つけたけれど、それを追って大岩に近づくと、大きなハヤブサに襲《おそ》われそうになった。これはおれのコウモリだ、とそのハヤブサはかん高い声で鳴いた。ここはおれの岩だ、あっちへ行け！

片方《かたほう》の翼《つばさ》をかたむけ、ハヤブサは風に乗って月のほうへと舞《ま》いあがった。

地上でなにかが動いている。それがなにかわかったとき、体がぞくっとして、風の流れから落っこちそうになった。

そこにいるのはどう見ても鳥なのに、ぞっとするほどへんてこな姿《すがた》をしていた。体はシカよりも大きく、おまけにちっぽけな翼をむなしく羽ばたかせながら、地面をかけている。あの鳥たちは、飛べないのだ！

そんなに異様《いよう》なものを見るのは初めてで、ハヤブサは胸《むね》がざわつき、気持ちが悪くなった。それで、キーッとひと声鳴くと、円を描《えが》いて飛びながら少女をさがした。あの子ならきっとわかってくれる。空を飛べない人間だけれど、ハヤブサと同じように、燃《も》えるような魂《たましい》を持っているし、ときには自然に気持ちが通じあうこともある。

じきに少女が見つかった。その手首に舞いおりて、ゆっくりとしたやさしい声を聞いていると、胸のざわつきはおさまった。

それに、少女はもう一方の手に白い殻《から》のかけらを持っていて、そのなかにはハヤブサの大好物が入っていた。卵《たまご》の黄身だ。ハヤブサはむさぼるようにそれを飲みこみながら、子ライオンからも目をはなさないようにした。こっそりしのびよろうとするくせも、ずいぶんましになってきたものの、それでもたまに忘《わす》れてしまうからだ。けれど、子ライオンのほうも卵が気に入ったようで、自分の分をたいらげるのに夢中《むちゅう》になっていた。

全員が食べ終わると、太陽がちょうど目をさまし、ハヤブサはすっかり元気になった。さっと羽づくろいをすませて、少女の髪《かみ》をやさしくついばんでから、見まわりに行こうと飛びたった。

上向きの熱風に乗って高みにのぼると、赤い砂だらけの干《ひ》からびた大地の向こうに、目にもあざやかな緑が広がっているのが見えた。

胸がおどり、羽の付け根がぞくぞくした。これでもうトカゲを狩《か》らなくてもいいし、へんてこな飛べない鳥もいなくなる。一面の緑のなかには、たくさんの翼がはためいているのが見える。カモに、白いハト、灰色《はいいろ》のハト……。見たこともないほど、いろんな鳥がいる。

やがて、一面の緑の端《はし》のほうに、なにかほかのものがいるのに気づき、ハヤブサはそれをよく見ようと、横向きに空をすべり、そちらへ近づいた。

人間たちだ。手には長い飛ぶ爪《つめ》を持っていて、それが日の光を受けてギラギラ輝《かがや》いている。

少女と少年は、そちらのほうへ真っすぐ進もうとしている。

06

緑の大地

「エコーのやつ、どうしちゃったんだ?」ケムのあとを追って歩きだしながら、ヒュラスは言った。

「またダチョウでも見つけたんじゃないの。いやがる気持ちはわかるわ。飛べない鳥なんて、ほんと、おかしいもの!」

「でも、卵《たまご》を見つけたのはよかっただろ」満腹《まんぷく》になったおかげで、ヒュラスは生きかえったような気分だった。後ろにいるハボックは、大きな卵を四つもたいらげたせいで、地面にくっつきそうなほどふくらんだ腹《はら》をして、よたよたと歩いている。

「おくれるな!」ケムがかすれた声でせかした。「それと、岩と岩のあいだに気をつけろ。角《つの》の生えたヘビがいっぱいいるから!」

「どうせまた、へんてこなヘビなんでしょ」ピラはしかめっ面《つら》をして、ひび割《わ》れた地面を歩きながらそう言った。「角が生えてるって? そりゃそうよね、ここにいるのはなんだってふつうのものより〝おっかない〟って決まってるんだから!」

ピラはぷりぷり怒《おこ》っている。さっきもまた、顔の傷《きず》あとがなぜついたのかとケムにきかれたからだ。「しつこいわね。みにくくなろうとして、自分でつけたのよ。会ったこともないどこかの族長の息子《むすこ》と結婚《けっこん》しろって母に言われたから、そうしなくてすむように。どう、これで満足？」

だが、ケムは信じられないというように首をふった。「みにくいって？　へえ、おれの国じゃ、そんなふうに思わないのに！」

ピラはからかわれたと思いこみ、誤解《ごかい》だとなだめるヒュラスにも食ってかかった。「どっちの味方なのよ？」

空は白《しら》みはじめているが、前を行くケムは岩だらけの斜面《しゃめん》を這《は》いのぼるのをやめようとしない。その先にはやはり岩だらけの小高い丘《おか》があり、あちらこちらにイバラがしげっている。

後ろにいるハボックがうなった。耳をそばだて、尻尾《しっぽ》をぴんと立てて、鼻をひくつかせている。そして、ケムのほうへ飛んでいった。

「なにをかぎつけたのかしら」

「わからない。でも、こわがってはいないみたいだ。興奮《こうふん》してる」

ケムはすばやく丘のてっぺんまでのぼり、ふたりを手まねきした。

ヒュラスもようやく上までたどりついた。息がすっかりあがっている。

見おろすと、赤い砂漠《さばく》はすぐそこで終わり、その先には、風にそよぐ緑のアシ原が、地平線のかなたまでつづいていた。まるで巨大《きょだい》な生き物かなにかのように、輝《かがや》き、揺《ゆ》らめいている。水鳥たちが鳴きかわし、カエルの大群《たいぐん》がのどを鳴らし、あちらこちらで水がきらめいている。

「なにが見えるの？」ピラも息をはずませながら、後ろからのぼってきた。「ねえ……」はっと息をのむ音がした。

沼地《ぬまち》のなかにピンク色の雲があらわれ、それが分かれて、ふしぎな姿《すがた》をした何百もの鳥になった。

バラ色をしたハクチョウのように見えるが、下向きに曲がった奇妙《きみょう》なくちばしをしている。エコーはすっかり警戒《けいかい》をといて、いかにも楽しそうに鳥たちを追いまわしている。と、くるりと宙返《ちゅうがえ》りをして、アシ原につっこみ、今度はあわてふためいたカモたちを追いたてはじめた。

夢中《むちゅう》で飛びまわるハヤブサをながめながら、ヒュラスはケムにきいた。「これが――」

「そうだ。タ・メヒ。緑の大地さ」ケムの声には、おびえがまじっていた。

水のにおいをかぎつけたハボックが、丘《おか》をかけおりていった。三人も用心しながらそのあとを追った。「アシ原に着いたら、はなれないようにして、端《はし》を伝って歩くんだ。奥《おく》に入ると、たちまち迷《まよ》っちまう。いろんなものが、ひっきりなしに動きまわっているから」

「たとえば？」ピラがいらだったようにきいた。

ケムはためらった。「パピルスも、水の通り道も。それに、獣《けもの》もたくさんいて、すごく――」

「――おっかないんでしょ、わかってるわよ」

丘のこちら側の斜面《しゃめん》にはイバラが一面にしげっている。半分ほどおりたあたりで、ヒュラスは足を止め、かかとに刺《さ》さったとげをぬいた。下までたどりついてみると、ほかのふたりは先に行ってしまったのか、姿《すがた》が見えなかった。

目の前につづく砂地《すなじ》はほんの二十歩ほどだが、さえぎるものがなにもないので、足を踏《ふ》みだすのがためらわれた。その向こうにはカサカサと風にそよぐ緑のアシ原が、ヒュラスをこばむ壁《かべ》のようにそびえている。

「ピラ？」ヒュラスは小声で呼《よ》びかけた。「ケム？　ハボック？」みんなもうアシ原に入っていってしまったのだろうか、それともまだこの近くのしげみの陰《かげ》にいるのだろうか。

と、レイヨウが一頭、赤い砂ぼこりをあげながらいきなり目の前をかけぬけた。白っぽい尻《しり》が汗《あせ》で黒ずんでいる。必死で逃《に》げているようだ。

ヒュラスはしげみの陰に飛びこんで、ナイフをぬいた。

長くは待たなかった。数頭の犬たちがレイヨウのあとを追ってかけぬけていった。目の前を通りすぎるとき、ごわごわの赤い毛皮と鋲《びょう》のついた青銅《せいどう》の首輪が見えた。猟犬《りょうけん》だ。なら、戦士もいる。そう思ったとたん、姿が見えた。犬たちを追って、半分はだかの男たちが、砂ぼこりをあげながら、猛然《もうぜん》とあらわれた。

その姿が見えなくなりかけたところで、列の最後尾《さいこうび》にいた男がかけもどってきて、地面にしゃがみこんだ。ヒュラスのいる場所から、十歩とはなれていない。

戦士はがっしりとしたたくましい体つきで、赤茶色の手足にはいくつもの戦傷《いくさきず》がきざまれている。砂は焼けつくような熱さなのに、はだしのままで、重たそうな亜麻布《あまぬの》のキルトと、その上から巻《ま》いた生皮の帯ひも以外には、なにも身につけていない。黒い髪《かみ》は肩《かた》までの長さで、前髪《まえがみ》は眉《まゆ》のところで切りそろえられている。ひげは生やしていないが、皮膚《ひふ》は砂漠《さばく》の岩のようにごわごわで、目のまわりに入れられた黒いくまどりのせいで、無表情《むひょうじょう》な冷たい顔に見える。長い弓と草で編《あ》んだ矢筒《やづつ》、がんじょうそうな槍《やり》、そして三日月形の刃《は》がついた大きな青銅の剣《けん》をたずさえている。首にさげたひもの先には、干《ひ》からびた人間の耳が五つぶらさがっている。

ヒュラスは吐《は》きそうになった。ケムから聞いた話が頭をよぎった——よそ者や逃げた奴隷《どれい》をひとり殺すごとにその証拠《しょうこ》を見せれば、ほうびをもらえるのだという。目の前に情景《じょうけい》が浮《う》かんでくる。戦士が証拠として奴隷の耳をそぎ落とし、その死体をジャッカルのえさにするところが……。

いきなり腕《うで》をつかまれ、もう少しで悲鳴をあげそうになった。黒い目を見ひらいたピラがとなりにいた。

ふたりは戦士が体を起こしてあたりを見まわすのを、だまって見つめていた。

別の戦士がかけよってきて、エジプト語でなにか言った。ひとり目の戦士はするどくひとことと返事をした。もうひとりの顔が青くなる。それからふたりで仲間のほうへかけもどった。

「なにか聞きとれたか？」姿《すがた》が見えなくなると、ヒュラスは声をひそめてきいた。

「ライオンだって」ピラも小声で返す。「ハボックの足跡《あしあと》を見つけたのよ」

ヒュラスは息をのんだ。「追ってくるかな」

「それはないと思う、ライオンを狩《か》ることができるのはペラオだけだから」

「でも、ぼくらは見つかったら追われる。ケムはどこだ？」

ピラがあきれはてたように頭をふった。「逃《に》げちゃったわ！」

「え、どういうことだ？」

「わたしの前を歩いてて、さっさと砂地《すなじ》を横切って、アシ原に飛びこんだのよ。ついていこうとしたら犬たちがやってきて――」

「なら、きみが取りのこされたのに気づいていないだけかもしれないだろ」

「だったら、なんでもどってこないのよ。はっきりしてるじゃない、ヒュラス、ケムは逃げたの。思ったとおりね。国境《こっきょう》の番兵のところにわたしたちを連れていって、逃げる気だったのよ」

信じたくはなかったが、たしかにケムは見あたらなかった。さあ、これからどうすればいい？　目の前にはカサカサと音を立ててそよぐアシ原が、くさったようなむっとするにおいをただよわせている。コブラやワニ、それにケムによれば人間を真っぷたつに食いちぎれるというカバもいるらしい。

「行くしかないわ」ピラが低く言った。「ここにいるわけにはいかない、戦士たちがもどってくるかもしれないから」

ヒュラスはしかたなくうなずいた。

折りとったイバラの枝《えだ》で砂地をはいて足跡を消し、だれにも見られていないかたしかめてから、ふたりは手をつないで砂地をつっ切り、緑の大地に飛びこんだ。

07

アシ原の迷路《めいろ》

「ヒュラス、どこにいるの？」

「ここだよ」

「どこ？　見えない――」

「いま行く」ヒュラスはかたい緑の茎《くき》をかき分け、ピラのそばにもどった。

「はなれないようにしなきゃ」ピラが文句《もんく》を言った。

「そのつもりだったんだ、足音が聞こえてるから、すぐそばにいると思って！」

「ちっともそばじゃないわよ！」ピラの小さな細い顔はチラチラ揺《ゆ》れる光を浴びて緑がかって見え、波打つ黒髪《くろかみ》はしめって肩《かた》にへばりついている。水の精《せい》みたいだとヒュラスは思った。おびえきった水の精だ。

ふたりはぬかるみに足を取られながら、アシ原のなかをうねるようにつづく緑のトンネルを進んでいるところだった。夜は明けたばかりだが、息苦しいほどの暑さだ。耳元で羽虫がブンブンうなり、イトトンボがすぐそばを飛んでいく。カエルの鳴き声にイシを思いだし、ヒュラスの胸《むね》は痛《いた》んだ。イシはカエルが大好きだったっけ。

えたいの知れないぬるりとした生き物が足元をかすめ、鳥たちがするどい鳴き声をあげて、あちこちから飛びたっていく。サギにツバメ、カモ。姿《すがた》こそ見なれたものもいるが、どれも夢《ゆめ》のなかに出てくるような、奇妙《きみょう》な色をしている。気味の悪い赤い目をしたハトに、青ではなく白と黒の縞模様《しまもよう》におおわれたカワセミ。あざやかな紫《むらさきいろ》色の体に、緋色《ひいろ》のくちばしと足をしたクイナまでいる。

それに、サワサワとそよぎつづけるアシも奇妙な姿をしている。見たこともないほど背《せ》が高く、葉っぱは見あたらず、ヒュラスの手首ほどもある太い緑の茎だけが真っすぐにのびていて、大きな羽でできた緑の扇《おうぎ》みたいな頭をうなずくように揺らしている。無遠慮《ぶえんりょ》に踏《ふ》みこんできたじゃま者たちのことを、ひそひそとうわさしあっているようだ。

「こんなに太いアシなんて見たの、初めてだ」茎をかき分けながら、ヒュラスは言った。

「アシじゃないわ。パピルスよ。神聖《しんせい》なものなの。エジプト人はこの茎で布《ぬの》みたいなものをつくるのよ。書記がそこに呪文《じゅもん》を書きつけるの」

「名前なんてどうでもいいけど、ぼくらのことがきらいみたいだ」

その言葉を聞かれてしまったらしい。どこからともなく突風《とっぷう》が吹《ふ》きよせ、パピルスが勢《いきお》いよく揺れて、ヒュラスの体をぎゅっとしめつけた。「助けてくれ」ヒュラスはあえいだ。

ピラの力を借りて、ようやくヒュラスは茎のあいだからぬけだした。

「ひょっとして、こっちには行かせたくないのかも」ピラは肩で息をしながら言い、胸にさげたウジャトのお守りに手をやった。

「でも、ほかのトンネルを行くと、どんどん奥《おく》に入っていっちゃいそうだろ」

ピラはうなずいた。「もどらなきゃ。端《はし》を伝っていけってケムは言ってたし」

置きざりにされたと思っているくせに、ケムの忠告《ちゅうこく》は聞くんだなとヒュラスは思った。でも、それを口にするのはやめておいた。

「置きざりにされたなんて、信じられないよ」

「わたしはこうなると思ってた」ピラは顔をしかめた。

うそであってほしいとヒュラスは思った。ケムのたくましさには感心していたし、なによりも、いいやつだと思っていたから。「もしかしたら、番兵たちに恐《おそ》れをなして、ぼくらを見失っただけかも。いまごろ、さがしてるかもしれない」

ピラはフンと鼻で笑って、立ちどまった。「やっぱり、こっちの道はだめよ」

ヒュラスはうなずいた。「引きかえそう」

ところが、いままで通ってきたはずのトンネルがパピルスでふさがって、見あたらなくなっていた。いろんなものが、ひっきりなしに動きまわっているとケムは言っていた。パピルスも、水の通り道も……。

しかたなく、また先に進みはじめると、今度はパピルスが左右に分かれ、歩きやすくなった。まるで、緑の大地の奥《おく》へとみちびかれているようだ。

どこからかハボックの遠吠《とおぼ》えが聞こえてきた。どこにいるの、ときいている。よかった、どうやらこわがっているわけじゃなく、おもしろがっているようだ。ヒュラスは遠吠えを返した。ウォーン、ウォーン——ぼくはここだよ!

ピラのほうはパピルスのすきまから空を見あげて、エコーをさがしている。やがて、首をふった。

「遠くに行っちゃったみたい。鳥たちに夢中《むちゅう》になってるのね」不安をふりはらおうとするような、どこかぎこちない口調だった。

「なんだ、あれ?」ヒュラスははっとした。

奥のほうから、ブォー、ブォーという低いうなり声が聞こえてくる。

ふたりは顔を見あわせた。ヒュラスの頭に、ケムが話していたカバやワニのことがよぎった。どうかハボックが、声の主にちょっかいを出したりしませんように。

やがて、ゆるゆると這《は》いずる茶色いヘビのような、細い川の前に出た。水面には巨大《きょだい》なスイレンの丸い葉が浮《う》かび、つぼみがあちこちからつきだしている。つぼみは白ではなく、青紫《あおむらさき》色《いろ》で、甘《あま》い香《かお》りを放っている。「青スイレンだわ」ピラがつぶやいた。「これも聖《せい》なる花なの」

濃厚《のうこう》な香りのせいで、ヒュラスの頭がくらくらした。こめかみがうずきだす。まぼろしなんて見ている場合じゃないのに。

「この水、飲んでもだいじょうぶかしら」ピラの声がした。

「飲まないわけにはいかないだろ」ヒュラスはぼそりと答えた。

水はにごっていて、てのひらひとつ分の深さほどしか見とおせない。それに味も生ぐさい。「これが〈大いなる川〉かな」

ピラは首をふった。「ユセレフは、矢がとどく距離《きょり》の二倍は広い川だって言ってた」

ヒュラスは水袋《みずぶくろ》に水をくみ、川に指をつっこんで流れをたしかめた。太陽の位置から考えて、北に向かって流れているらしい。それから南を指さした。「あっちだ」

「どうしてわかるの?」

「確信《かくしん》はないけど、川が海に近づくと、たくさんの細い流れに分かれることがあるんだ。これもそうだと思う。川上をめざしていけば、おおもとの川にたどりつけるかもしれない」

しばらく進むと、またハボックの鳴き声がした——どこにいるの?

ヒュラスは鳴きかえそうと口を開きかけ、そこでやめた。そして声をひそめた。「煙《けむり》のにおいがしないか？」

ピラがうなずく。「いまの、聞こえた？　あれってたぶん……ロバよ！」

目の前のパピルスがまばらになり、見なれたアシ原があらわれた。その向こうにはまた別の流れがあり、赤い泥《どろ》の岸が見えている。川幅《かわはば》は先ほどよりも広く、流れの真んなかに砂州《さす》があって、流木がちらばっている。少しはなれたところにアカシアの木があり、つややかな黒い翼《つばさ》と、下向きに曲がった長いくちばしをしたトキの群《む》れがそこから飛びたとうとしている。その向こうには、見たこともないほど奇妙《きみょう》な木が立っている。幹《みき》はマツぼっくりのようにでこぼこしていて、大きな羽のような葉が、太陽の光のように幹の先端《せんたん》から四方八方にのびている。ナイフのようにとがった葉先はどれも下向きにたれている。

「ナツメヤシよ。女神《めがみ》の館《やかた》にも、鉢植《はちう》えの木が一本あったわ」ピラが言った。

ヒュラスはだまっていた。向こう岸には日干《ひぼ》しレンガづくりの小屋がひしめきあうように建っていて、そこから煙《けむり》が立ちのぼっている。またロバがいなないた。犬やガチョウ、ヤギの鳴き声もする。どこにでもありそうな村の朝の風景だ。

白い亜麻布《あまぬの》でできた筒型《つつがた》の衣《ころも》を着た女が三人、水の瓶《かめ》を頭にのせて岸のほうへ歩いてきた。川上では、ふたりの漁師《りょうし》がパピルスの茎《くき》を結びあわせてつくったらしい平らな小舟《こぶね》でこぎだしていく。ひとりは舳先《へさき》にしゃがんで、網《あみ》を手にしている。もうひとりはさおをあやつっている。

それは意外なくらいに見なれたながめだった。女たちが運ぶ土の瓶も、男たちが手にした火打ち石のナイフと草で編《あ》んだ網も、糞《ふん》の山の上を旋回《せんかい》するカラスやハゲワシも……。

でも、それだけじゃない。

ピラが腕《うで》をつかんだ。「見て、あれ」女たちが水をくんでいる入《い》り江《え》には、交差した杭《くい》がずらりとならび、出入りができないようにしてある。なかにいる者を閉《と》じこめるためだろうか、それとも、なにかをしめだすためだろうか？

そのとき、女のひとりの左足がないことにヒュラスは気づいた。不自由な足で器用に歩いている。網を打っている漁師も、片手《かたて》の指が三本しかない。さおをにぎる男のふくらはぎには、引きつれたような傷《きず》あとがある。なにかの歯型みたいだ。

視線《しせん》を感じたのか、漁師がふりかえって、岸を見まわした。

ヒュラスとピラはアシ原の奥《おく》へ引っこんだ。これだけ見ればじゅうぶんだ。

パピルスも今度は味方をしてくれ、別のトンネルへとみちびいてくれた。こちらのほうはかなり幅《はば》が広く、南へとつづいているようだった。

「あんな噛《か》みかたをするなんて、いったいどんな獣《けもの》なの」ピラがつぶやいた。

ヒュラスはだまってピラを見た。答えるまでもない。ふたりとも、カバや巨大《きょだい》なトカゲのことを考えていた。

うす暗い緑のトンネルを進むうち、カサカサという あやしげな音が聞こえはじめた。

ピラが急に顔をしかめた。「いやだ、なんなの、このにおい？」

ヒュラスは足を止め、あたりを見まわした。壁《かべ》のようにそびえたパピルスの茎に、べたべたした黒い糞が飛びちっている。見た目にも、においにも、まるでなじみがない。

「ヒュラス？」

パピルスのトンネルはならんで歩けるほど幅が広がり、ゆるやかな下り坂になっている。二十歩ほど行くと、水面がキラリと光った。いま歩いているのは、ぺしゃんこにつぶれたパピルスの上だ。ヒュラスはその意味に気づき、吐《は》きそうになった。このトンネルは、獣かなにかが、がんじょうな緑の茎《くき》を踏《ふ》みつぶしながら歩いたあとなのだ。なにかばかでかいものが。

夜明けはとくにおっかない、とケムは言っていた。カバは、ひと晩《ばん》じゅう岸辺でえさをむさぼって、日ざしが熱くなってきたら、体を冷やしに水に入る。なにがあっても、カバと川のあいだにはさまれるな。真っぷたつに食いちぎられるぞ……。

「トンネルから出るんだ」ヒュラスは言った。

「パピルスがびっしり生えてて、通りぬけられないわ」ピラが張《は》りつめた声で答えた。

トンネルの上のほうで、パピルスの穂先《ほさき》が勢《いきお》いよく揺《ゆ》れた。風もないのに。地ひびきがはじまる。

次の瞬間《しゅんかん》、巨大《きょだい》な大岩がトンネルをふさぐのが見えた。いや、岩じゃない。濡《ぬ》れた石の色をした、ばかでかい鼻づらだ。

ヒュラスとピラは別々《べつべつ》の方向へ飛びすさった。ピラを追っている余裕《よゆう》はない。ヒュラスは茎と茎のあいだを無理やり通りぬけ、必死にトンネルから這《は》いだした。

その直後、カバたちがうなり声をあげ、ぶつかりあいながら、すさまじい勢いでやってきた。丸々《まるまる》とした腹《はら》に、同じくらい大きな頭。手をのばせばさわれるくらいすぐそばを、切り株《かぶ》のような足で猛《もう》然《ぜん》とかけぬけていく。一頭が仲間をおしのけようと荒々《あらあら》しい鳴き声をあげたとき、生ぐさい息が吹《ふ》きかけられ、長い黄ばんだ牙《きば》の生えた真っ赤な口のなかが見えた。

あらわれたときと同じように、カバたちはあっというまにいなくなった。水に飛びこむ音が盛大《せいだい》にひびいたかと思うと――あたりは静まりかえった。

ヒュラスはふうっと息を吐《は》いた。「あぶなかったな」

ピラの返事はなかった。

「ピラ？　なあ、ピラ？」

08

自分の影《かげ》

ヒュラスはパピルスをおしのけて、またトンネルにもどった。そこは空っぽだった。ピラの姿《すがた》は見あたらない。

無事に逃《に》げられたからだ、とヒュラスは自分に言い聞かせた。ぼくとは逆《ぎゃく》のほうへ逃げたんだ。そうに決まってる。

トンネルを横切り、反対側のパピルスの壁《かべ》をかき分けて、小声で呼《よ》んでみる。「ピラ？」叫《さけ》ぶわけにはいかない。村人たちに聞かれるとまずい。カバたちにも。

答えはなかった。でも、パピルスがびっしりと生えているので、遠くへ行ったはずはない。

肩《かた》で茎をおしのけて進むうち、ぞっとするような想像《そうぞう》が頭をよぎった。ピラがカバの巨大な赤い口にくわえられ、水のなかに引きずりこまれて、真っぷたつに……。

いつのまにか、パピルスのしげみをぬけて、アシ原に出ていた。茎の先がむちのように顔を打つ。落ち葉が足の下でカサカサと音を立てる。まもなく、赤い泥《どろ》の岸ときらめく流れの前に出た。ヒュラスはめんくらった。

さっきの川までもどってきてしまった。でも、そんなはずはない、逆の方向へ引きかえしたのに。

それでも、たしかに砂州《さす》もあるし、アカシアとナツメヤシの木もある……。

でも……本当にさっきの川だろうか。村も漁師《りょうし》たちも見あたらないし、砂州には流木もちらばっていない。流木はあるにはあるが、砂州の浅瀬《あさせ》に半分沈《しず》んだものがいくつかと、ヒュラスが立っている場所から少しはなれた水面に二、三本浮《う》かんでいるだけだ。ナツメヤシのならびかたもちがっている。何本かは水面におおいかぶさるようにしげり、その下の浅瀬にはスイレンが静かに揺《ゆ》れている。

「ピラ、どこなんだよ！」ヒュラスは叫《さけ》んだ。

スイレンのつぼみはすでに開いて、大きな逆三角形《ぎゃくさんかっけい》の花を咲《さ》かせている。青紫色《あおむらさきいろ》の花びらの先は槍《やり》のようにとがっている。太陽にさしのべられた手のように天をあおいで咲きながら、強烈《きょうれつ》な香《かお》りを放っている。

ヒュラスはとほうに暮《く》れて、岸の左右を見まわした。泥《どろ》だらけになったピラが、ぷりぷり怒《おこ》りながらアシのあいだからあらわれてくれないだろうか。エコーが舞《ま》いおりてきて、ピラをさがすのを手伝ってくれないだろうか。でなければ、ふざけてかくれていたハボックが、飛びついてきてくれないだろうか。

けれど、聞こえてくるのはアシとパピルスの内緒話《ないしょばなし》ばかりだった。ピラの居場所《いばしょ》を知っているくせに、教えてはくれそうにない。

カモの群《む》れが川のなかほどに舞いおりた。ヒュラスがぼんやりとながめていると、水面に波紋《はもん》が広がり、スイレンのそばに浮いていた流木を揺らした。

そのとき、目の奥《おく》で光がまたたき、燃《も》えるように熱い指がこめかみをつらぬいた。いやだ、やめてくれ、いまは困《こま》る……。

抵抗《ていこう》してもむだだった。この世と霊界《れいかい》とをへだてる垂《た》れ布《ぬの》が吹《ふ》きとばされ、感覚が異様《いよう》にとぎすまされていく。スイレンから紫色の芳香《ほうこう》が立ちのぼるのが見える。アシ原のなかでカエルが水をかくかすかな音が聞こえる。泥のなかにひそむ怪物《かいぶつ》らしきものの心臓《しんぞう》が、ゆっくりと力強く脈打つ音も。

なのに、なんでピラの声は聞こえないんだ？

岸の左右をもう一度見まわしたが、赤い岸に青々《あおあお》としげるアシとパピルスのほかに見えるものといえば、背後《はいご》にのびた自分の影《かげ》だけだった。影は腰《こし》に手を当てていて……。

待てよ。ヒュラスの両腕《りょううで》は真っすぐ下におろされている。

後ろをまじまじと見つめる。そこにあるのは、まちがいなく自分の影だ。ふつうの影と同じように、足元からのびているが、ヒュラスとちがう体勢《たいせい》をとっている。びっくり仰天《ぎょうてん》して立ちつくしていると、影は片手《かたて》をあげて目の上にかざし、もう片方《かたほう》の手で浅瀬のほうを指さした。

カモがもう一羽舞いおりるのが目の端《はし》に入った。感覚がするどくなっているせいで、翼《つばさ》の青と黄の色が目にしみるほどあざやかに見え、水しぶきが滝《たき》のように大きな音に聞こえる。

影もそれを見ていた。両手を腰にもどし、頭をそらして、なにかがはじまるのを待っているようだ。

カモは首をくねらせ、勢《いきお》いよく羽ばたきをしてから、翼をたたんだ。と、その後ろのスイレンが、爆発《ばくはつ》した。カモは悲鳴をあげるひまさえなかった。巨大《きょだい》なあごがガブリとカモに食いつき、水の底に引きずりこんだ。

09

黄色い目

巨《きょ》大《だい》なトカゲは、ふた口でカモを飲みこむと、ヘビのように身をくねらせて向きを変え、ヒュラスのほうに向かってきた。

ワニだ。ヒュラスはぼうっとした頭で考えた。これがワニというものなのか。まるで、肉ではなく石でできた怪物《かいぶつ》だ。ばかでかい体はごつごつとした鎧《よろい》をまとっている。ウロコにおおわれた口は、びっしりとならんだ歯をむきだして、おかしくもないのに笑っているように見える。黄色い目はヒュラスをじっと見すえている。

ヒュラスはじりじりと後ずさった。

ワニは浅瀬《あさせ》に浮《う》かんだまま、まだヒュラスを見ている。

いったい、どうすればいい？　トカゲと同じようにいかにもすばしこそうだから、とうてい逃《に》げられやしないし、あんな岩みたいな背中《せなか》では、ナイフだって歯が立たないだろう。

もう一度不気味に身をくねらせると、ワニがスイレンをなぎはらうように近づいてきた。と同時に、後ろからもガサガサと音が聞こえ、二頭目のワニがアシ原から飛びだし、トカゲと同じように曲がった足で、信じられないほどすばしこく向かってきた。

逃げ道はひとつしかない。ヒュラスはいちばん近いナツメヤシめがけてかけだした。川面《かわも》のほうへかたむいた幹《みき》を、どうにか少しだけよじのぼった。でも、これじゃ低すぎる。ワニは二頭ともぐんぐん近づいてくる。葉は幹のてっぺんの高いところにかたまって生えているので、つかまるものがなにもない。こうなったら、何年も前、イノシシに追いかけられてマツの木の上に逃げたときと同じ手を使うしかない。

ヒュラスは幹を股《また》のあいだにはさみ、片腕《かたうで》でしがみつきながら、肩《かた》にかけた縄《なわ》をつかんだ。そして縄の一方の端《はし》を右手の手首に結《ゆ》わえつけて、幹の向こうにまわしてから手元に引きよせ、最後に左の手首にきつく巻《ま》きつけた。これでしっかりと体を支《ささ》えられる。樹皮《じゅひ》はマツぼっくりのように奇妙《きみょう》にでこぼこしていて、さわるとチクチクする細かな出っぱりにびっしりとおおわれている。そのおかげで、思ったとおり、うまいぐあいに縄はすべり落ちない。ヒュラスは幹にまわした縄を少し高いところに引っかけなおすと、両足に力をこめながら、飛びあがるようにして体を持ちあげた。

たいして高くはのぼれなかった。アシ原から出てきたワニが、びっくりするほどすばしこく飛びかかってきた。大きく開いた口が目の前にせまり、いやなにおいの息が吹《ふ》きかけられる。地面に落ちたワニは、すぐにまた飛びかかってくる。ヒュラスは必死で木をよじのぼった。縄を持ちあげ、飛びあがり、しがみつく。

ワニはぞっとするような笑《え》みを浮かべたが、それ以上は襲《おそ》ってこなかった。思わず安堵《あんど》の胸《むね》をなでおろした。どうやら、木にはのぼれないらしい。

高く昇《のぼ》った太陽が、木のてっぺんでしげる葉のあいだから照りつける。思いきって下をのぞいてみると——自分が川面の真上にいるのに気づいて、ヒュラスははっとした。

ふりかえって岸辺をたしかめると、アシ原から出てきた小さいほうのワニは、面倒《めんどう》な獲物《えもの》に興味《きょうみ》をなくしたようだった。身をくねらせながら水に入ると、砂州《さす》まで泳いでいき、日光浴をしているほかのワニたちに加わった。

けれど、浅瀬《あさせ》から来た大きなワニのほうは、岸にあがってきて、ヒュラスのいる木の下に横たわっていた。水からあがった姿《すがた》は、いっそう大きく見える。鼻先から尾《お》の先までは背《せ》の高い男が縦《たて》に三人ならんだよりも長く、ウロコにおおわれた腹《はら》は、まるでシカでも丸飲みしたかのようだ。

ヒュラスが見つめていると、ワニはくるりと向きを変え、川のなかにすべりこんだ。首をのばしてのぞきこんでみたが、泥《どろ》と同じ色をした背中《せなか》は、浅瀬のぬかるみにまぎれて、見分けがつかなかった。

ヒュラスは待った。ワニはきっとまだそこにいる。

のどがかわいてきた。そのときようやく、水袋《みずぶくろ》をなくしたことに気がついた。カバに出くわしたトンネルに落としてきたのだろう。きっとあとでピラにぶつくさ言われるな。そうに決まってる。

すぐ下にある浅瀬は静まりかえっている。スイレンもいまは揺《ゆ》れていない。ワニは砂州にもどっていったのだろうか?

と、いきなりスイレンの葉がおしあげられ、巨大《きょだい》なあごが、目の前でガチンと嚙《か》みあわされた。ヒュラスは悲鳴をあげて首をちぢめ、あぶなく縄《なわ》をはなしそうになった。ワニはしぶきをあげて水に落ちた。

スイレンが揺れる。アシ原をサワサワと風が吹《ふ》きわたる。ハトがクククと笑うような鳴き声をあげる。

縄がてのひらや手首に食いこんでいる。でも、ほとんど痛《いた》みは感じない。ワニがいつまたあらわれるかわからない。

一枚《まい》のスイレンの葉のすぐ脇《わき》に、丸いふたつの石が音もなく浮《う》かびあがり――それをおおっていたふたが開いて、黄色く冷たいワニの目玉があらわれた。黒い瞳《ひとみ》は糸のように細められている。ヒュラスは目をそらせなかった。思わず引きこまれそうになり……。

あやういところで、どうにか視線《しせん》を引きはがした。

手がふるえだす。そう長くはしがみついていられそうにない。怪物《かいぶつ》のことを考えないようにしながら、縄をさらに高いところに引っかけ、のぼりはじめた。てっぺんには葉がしげっているから、そこまで行かなくては。

ワニに見つめられているのを感じる。

ケムの言葉が頭をよぎった――ワニってのは、陸《おか》の上では馬と同じくらい速く走れるし、水にもぐったままでも、半日は息を止めていられるんだ。四十歩もはなれたところから子どものにおいをかぎつけられるし、まばたきの音だって聞きとれる……エジプト人は〈獲物《えもの》を見つめる者〉と呼《よ》んでる。

ヒュラスは視線を下に落とした。

ワニはまだ見つめている。感情《かんじょう》のいっさいこもらない、冷たい目で。

腹の底から、負けん気がわきあがった。「おい、おまえなんかにつかまらないぞ」奥歯《おくば》を食いしばり、声をしぼりだす。「この木から落っこちたら、おまえののどにもぐりこんで、息の根を止めてやる。腹を引きさいて出てきてやってもいいんだぞ……」

ありったけの力をこめて、ヒュラスはナツメヤシのてっぺんによじのぼった。丸っこい茶色の実がびっしりとついたふさや、剣《けん》のようにするどくかたい葉がたくさんあり、体をおしこむすきまはあまりない。「ほら、どうだ?」息をはずませながらワニに呼びかけた。「降参《こうさん》なんてしないぞ!」

「降参《こうさん》なんてするもんか！」もう一度叫《さけ》んだ。鳥たちがアシ原からバタバタと飛びたち、やかましく鳴きはじめた。全身のふるえが止まらない。ワニはあいかわらず見つめている。

ナツメヤシの葉が根元からポキンと折れ、スイレンの葉の上に落ちた。

ワニはぴくりとも動かない。こんなに動じない生き物は初めてだ。

もうがまんできない。このままじっとしていられてはたまらない。ヒュラスはぎこちなく体勢《たいせい》を変え、腰《こし》にさげた小袋《こぶくろ》から小石をひとつ出すと、怪物《かいぶつ》の頭めがけて力いっぱい投げつけた。

ねらいははずれ、石はポチャンとスイレンの葉の上に落ちた。ふたつ目は少し的に近づき、火打ち石のような背中《せなか》にコツンと当たってはねかえってから、また水に落ちた。ワニはまばたきひとつしない。三つ目を投げるのはやめにした。

太陽がさらに昇《のぼ》っていく。ヒュラスは足に力をこめては、またゆるめた。ヤシの葉はたいした日よけにはならず、頭がズキズキしてくる。せめて、水袋《みずぶくろ》があったら。

ワニはあいかわらず見つめている。

ワニに食いつかれると、むごたらしく死ぬことになる、とケムは言っていた。水のなかに引きずりこまれて、おぼれ死ぬまでぐるぐる回転させられるんだ。死の回転って呼《よ》ばれてる。でなきゃ、ばらばらになるまで、左右にふりまわされるか……。

川のなかの砂州《さす》にいるワニたちが動きはじめた。ヒュラスは葉のあいだから目をこらした。一頭、また一頭と、ヘビのように身をくねらせながら水に入り、こちらへ近づいてくる。

そのときようやく、ケムの話のつづきを思いだした。ほんのちょっとでも水しぶきがあがったり、波が立ったりしようもんなら、ワニはやってくる。魚がひれを動かしたり、レイヨウが水を飲もうと水面に鼻をつけただけで、気づいちまうんだ……。

石なんか投げるんじゃなかった。

ワニたちがヒュラスの下に集まってきた。水のなかに入ったままのものもいれば、岸にあがってくるものもいる。ヒュラスが熟《う》れた実のようにぽとりと木から落ちるまで、一昼夜でも待ちつづけるにちがいない。

落っこちたら、一巻《いっかん》の終わりだ。悲鳴をあげるひまさえないだろう。

10
カバ対ワニ

ピラはのどの奥《おく》で悲鳴をおし殺した。「ヒュラス、ねえ、どこにいるの？」

てっきりすぐ後ろにいるものと思っていたのに、カバたちがトンネルをかけぬけていったあと、ふと気づくとヒュラスはいなかった。はぐれてしまったのだ。

緑の大地のなかでひとりぼっちになってしまい、恐《おそ》ろしくてたまらなかった。せめてハボックかエコーがそばにいてくれたら。でも、ハボックの声もぱたりとしなくなり、エコーが遠くへ行ってしまったのもわかっていた。ときどき、ハヤブサが空を舞《ま》っていると、ピラもいっしょに飛んでいるように感じられることがある。いまは吹《ふ》きよせる風と、輝《かがや》く水面からいっせいに飛びたつカモの群《む》れの気配が切れ切れに感じとれる。なにもかも忘《わす》れてしまうほどに強烈《きょうれつ》な狩《か》りの興奮《こうふん》も……。

死にものぐるいの叫《さけ》び声《ごえ》があがり、ピラはわれに返った。恐怖《きょうふ》がおしよせる。いまのはヒュラスの声だ。遠すぎて言葉は聞きとれなかったけれど、怒《いか》りとおびえがはっきりと感じられた。よっぽどのことがないと、ヒュラスはこわがったりしないのに。

パピルスをかき分けて、叫び声が聞こえたほうをめざすと、アシが揺《ゆ》れるぬかるんだ川岸に出た。熱い風が髪《かみ》をそよがせる。ヘビが一匹《ぴき》、穴《あな》のなかへ這《は》いこんでいく。目の前には、さっきよりもかなり広い川が流れている。

またヒュラスの叫び声がした。そしてぱたりとやんだ。どうやら、もっと川下の、向こう岸にいるみたいだ。

ピラは急いで川のふちまで行き、緑色ににごった水面をのぞきこんだ。深《ふか》そうだけれど、泳いでわたれそうだし、途中《とちゅう》で川のなかほどにある砂州《さす》で休むこともできる。

水のなかに足を踏《ふ》み入れようとしたとき、川上のほうに、丸々《まるまる》とした灰色《はいいろ》のカバの背中《せなか》がいくつも見えた。一頭が大口を開けてあくびをし、黄ばんだ長い牙《きば》をむきだした。別の一頭が、はっとするほど近くで、ザバッと水から顔をだした。鼻から水を吐《は》きだしながら、小さな丸っこい耳をばたつかせ、カエルのように飛びでた両目でピラをにらみつける。

ピラはじりじりとしりぞいた。足元には、帯状《おびじょう》の浅いくぼみが水ぎわまでずっとのびている。くぼみの両脇《りょうわき》には、かぎ爪《づめ》のある大きな足の跡《あと》がついている。きっと、ワニが泥《どろ》の上を這いずって、浅瀬《あさせ》に入っていった跡だ。ピラはあわてて水ぎわをはなれた。

いったい、どうしたらいい？　川を泳いでわたるなんて無理だ。たとえヒュラスのためでも。迷《まよ》ったら、まずは捧《ささ》げ物《もの》をしないと。精霊《せいれい》たちを味方につけるために。緑の大地に入るときにうっかり忘れてしまったから、こんなことになったのかもしれない。

女神《めがみ》の館《やかた》から持ってきた首飾《くびかざ》りの最後の一本は、腰《こし》に巻《ま》いてチュニックの下にかくしてある。紫《むらさき》水晶《ずいしょう》の玉に、小さな丸い金《きん》の飾《かざ》りをあしらったものだ。チュニックのすそをたくしあげて、ピラは金の玉飾りをひとつ引きちぎり、小さくつぶやいた。「緑の大地の精霊たちよ、どうかヒュラスを見つけさせてください、ヒュラスを助けてください！」

ピラは金の飾りを川に投げ、それがキラキラと光りながら沈《しず》むところを見守った。水底《みなそこ》から大きな魚があがってきて、パクッとそれを飲みこんだ。いい兆《きざ》しだろうか、それとも……？

ピラは川下をめざして、岸を歩きはじめた。ひょっとすると橋があるかもしれないし、漁師《りょうし》でもいれば、宝石《ほうせき》をわたしてヒュラスをさがす手助けをしてもらえるかもしれない。

足元から鳥が飛びたち、翼《つばさ》がピラの顔をこすった。びっくりしたせいで、小舟《こぶね》があるのを見落とすところだった。

舟はちっぽけで、パピルスの茎《くき》を結びあわせてつくられている。持ち主はともづなをつなぎもせず、アシのあいだにつっこんだだけにしている。

舟をこいだことは一度もないけれど、ためらっているひまはない。ピラはアシのあいだからそれを引っぱりだすと、飛びのった。揺《ゆ》れがひどく、舟べりから水が飛びこんでくる。

櫂《かい》は見あたらず、かわりにさおがそばに浮《う》いている。さっきの漁師たちが岸をはなれるときのようすを思いだし、それをまねて、さおをつかんで泥《どろ》のなかにつっこみ、全身の力をこめておした。

さおが泥に食いこんだまま、舟だけがいきなり進んだので、あやうく落っこちそうになった。どうにかさおを舟に引きよせ、今度は力をかげんしておすと、舟はなめらかに進みはじめ、なんとかふり落とされることなく、さおを引きぬけた。

川の流れは速く、舟べりからちょっと手を出しただけで水面にとどいてしまう。かんかんに怒《おこ》った漁師がいつ岸にあらわれるかわからないのに、かくれるところはどこにもない。

なにかが舟の後ろにぶつかった。ピラの胃がちぢみあがった。ワニが身をくねらせて泳ぎながら、舟を追いかけてくる。ごつごつとした鼻づらと、斑点《はんてん》のあるもりあがったまぶた、長い筋《すじ》の入った鎧《よろい》のような背中《せなか》。ピラはさおをにぎりしめて、鼻づらをなぐりつけた。ワニはさざ波ひとつ立てずに水中に消えた。

ピラは肩《かた》で息をしながらあたりを見まわした。どこに行ったんだろう？　ケムの言葉がよみがえった――ワニは獲物《えもの》に姿《すがた》を見せないんだ。

女神《めがみ》に祈《いの》りを捧《ささ》げながら、ピラは力いっぱい舟を進めた。向こう岸がどんどん近づいてくる。アシのあいだに、なにか動くものが見えた。もしかして、ハボックがうずくまっているのかも？

とつぜん、舟がぐらりと揺れ、ふり落とされそうになった。岩にぶつかったのだ。ちがう、岩じゃなく、カバだ。まだ若《わか》いカバで、びっくりして棒立《ぼうだ》ちになろうとする。ピラは必死で舟を後ろにさげようとした。大きな波がおしよせて、舟のなかは水びたしになり、おまけにもう一頭のカバが猛然《もうぜん》とうなりながら水面にあらわれた。

そちらは子どもではない。母親のカバだ。

*

子ライオンは、空腹《くうふく》のあまり、アシのかたまりに乗った少女が川のブタの赤《あか》ん坊《ぼう》に向かってつっこんでいくのに気づけなかった。おまけに、今度は母ブタのほうが子ライオンめがけて突進《とっしん》してくる。

母ブタは丸々《まるまる》と太った体のわりに、びっくりするほどすばしこく、少女のすぐ脇《わき》を通りぬけると、子ライオンに飛びかかってきた。子ライオンはかわした。間一髪《かんいっぱつ》、牙《きば》が耳の横をかすめる。子ライオンは岸をかけだし、猛然とやってきたもう一頭のブタをよけようとした。

こちらのブタは襲《おそ》いかかってくるかわりに、くるりと背中を向けて大きな尻《しり》をもぞもぞさせると、短くて太い尻尾《しっぽ》を勢《いきお》いよくふって、いやなにおいのする真っ黒な糞《ふん》をまきちらした。

体を汚《よご》され、ぷんぷん怒りながら、子ライオンは逃《に》げだした。

こんなにしめっぽい場所を、なんで最初は気に入ったりしたんだろう。焼けつくような大地を歩いてきたせいで、飲み水がたっぷりあるところにたどりついたときは、たしかにほっとした。水に飛びこめるのもうれしかった。カモたちを追いかけるのも楽しかったし、人間たちがしかけた草の袋《ふくろ》のなかに魚も見つかったので、それをバリバリとおいしくたいらげた。

でも、アシ原には羽虫やダニがいっぱいで、とくにダニは多すぎた。じきに毛皮はダニだらけになって、刺《さ》されたところがかゆくなり、がまんできないほどだった。舌《した》がとどかない首の後ろがとりわけひどかった。

それから、少年と少女のにおいもたどれなくなってしまった。少年の呼《よ》び声《ごえ》は聞こえているのに、見つけることができなかった。

そしてきわめつけが、この糞《ふん》だ。前足をつばでぬらしてから、鼻づらをこすって、汚《よご》れを落とそうとしてみた。もう一度足をなめると、ひどい味がしたので、やめてしまった。

しょげかえった子ライオンは、川のブタたちがいなさそうな水たまりを見つけ、そこへ足を踏《ふ》み入れた。ぬるぬるした泥《どろ》が気持ちいい。頭も水につっこんで糞を洗《あら》い流すと、少し気分がよくなった。

そのとき、少年のにおいがした。やっと見つけた！

岸にかけあがって風のにおいをかぐと、少年が川の真んなかの島の向こうにいるのがわかった。子ライオンはいそいそとまた水に飛びこんで、力いっぱい泳ぎだした。

＊

ハヤブサは、たどりついたふしぎな場所を気に入った。灼熱《しゃくねつ》の大地よりもずっといい。好きなだけ水浴びができるし、浅瀬《あさせ》にいるばかでかい灰色《はいいろ》の怪物《かいぶつ》たちは、舞《ま》いおりて翼《つばさ》を休める場所にもってこいだ。

それに、鳥たちもたくさんいる！　カモをしとめてたいらげたし、縞模様《しまもよう》のカワセミも、さんざんからかってやってから、あっさりとつかまえた。もっとも、まずくてとても食べられなかったけれど。青い小さなイトトンボは、あんまりのろまで、無視《むし》するのも気の毒に思えて、二、三匹《びき》つかまえてバリバリと飲みこんだ。

残念なことに、群《む》れの人間たちや子ライオンはここが気に入らないらしい。ちょうどいまは、少女がアシのかたまりに乗って水の流れをつっ切っていくところだ。少女のおびえを感じるものの、どうすれば助けられるかわからない。それに、ついつい鳥たちのほうに気を取られてしまう。

子ライオンも困《こま》っているようだった。さっきは灰色の怪物に追いかけられていた。必死に水からあがって、木によじのぼったので、ハヤブサは感心した。ふだんは木のぼりが下手くそなのに。

二、三度翼をはためかせると、今度は少年が見つかった。なんと、こっちも木にのぼっている。どういうことだろう？　なぜみんな木の上にいるんだろう？

＊

ヒュラスは困りはてていた。のどがかわいて目がまわり、ずっとしゃがみっぱなしのせいで、足もすっかりしびれている。そのうち木から落っこちてしまうだろう。

あたりは平穏《へいおん》そのものに見える。鳥がさえずり、カエルがのどを鳴らし、岸辺ではカラスが一羽、片足《かたあし》でカタツムリの殻《から》をおさえ、ぐにゃぐにゃの中身をくちばしでつつきだしている。

太陽がかたむきはじめた。真下にあるスイレンの花が閉《と》じ、ゆっくりと水中に沈《しず》んでいく。川上のほうで、ブォー、ブォーという低いカバたちの鳴き声がしている。

それでもまだワニは待っていた。何頭かは入れかわったものの、最初に襲《おそ》ってきたいちばん大きなワニだけは、スイレンの下にひそんだまま、ぴくりとも動いていない。鼻の穴《あな》とまぶただけしか見えないが、そこにいるのはたしかだ。見つめられているのを感じる。

うっかりうとうとしかけ、二度ほど落ちそうになった。それで、ナツメヤシの葉の付け根に体をしばりつけようとしてみた。けれどどれもこれももろく、根元からポキリと折れてしまいそうでこわかった。折れたら、怪物《かいぶつ》にのみこまれて終わりだ。

緑の大地のどこかにいるはずのピラとエコーとハボックが目に浮《う》かんだ。遠い海の向こうのメッセニアにいるイシの姿《すがた》も。こんなところで、木の上に追いつめられたままなんて、あんまりだ。こんな死にかたをするなんて。

盛大《せいだい》な水しぶきがあがり、ヒュラスはわれに返った。川の真んなかで二頭のカバがけんかをはじめ、ばかでかい口を開けてうなりながら、牙《きば》をむきだしている。ほかのカバたちは左右に分かれて場所を空け、そこで二頭が浅瀬《あさせ》を出たり入ったりしながら嚙《か》みつきあい、脇腹《わきばら》から血を流している。

二頭がヒュラスのほうへ近づいてきたせいで、下にいるワニたちがいっせいに泳いで逃《に》げはじめた。しめた、これで助かるかもしれない。

だが、特大のワニは木の下でじっとしている。どこへも行く気はないらしい。

カバたちのけんかは勝負がつき、負けたほうは逃げだした。水をはねあげながら、勝ったカバは勝利のおたけびをあげた——おれは勝ったぞ！　おれはだれよりも強いんだ！

カバの巨大《きょだい》な尻《しり》が大ワニにぶつかり、ワニはふりかえって歯をむきだした。カバが鼻息も荒《あら》くワニに向きなおる——おまえなど恐《おそ》れるものか！

いいぞ、けんかしてくれ、とヒュラスは思ったが、大ワニはあっさりと脇《わき》にしりぞいた。カバのほうも、鼻を鳴らし、耳をばたつかせただけだった。

ヒュラスはカバとワニを見くらべた。そして腰《こし》の投石器を取りだした。ひとつ、ちょっかいを出してやれ。

ナツメヤシの葉をかき分けてねらいをさだめ、石を放った。五歳《さい》の子どもでもカバにならあてられる。石はみごと鼻づらに命中した。カバは耳をふっただけで、ワニをにらみつけている。

ヒュラスは次々《つぎつぎ》とカバに石を放った。石がなくなると、今度はナツメヤシのかたい茶色の実を使った。返ってきたのは、いらだたしげな鼻息だけだった。

と、まぐれで実のひとつが目に命中した。よし。カバはひと声咆哮《ほうこう》すると、ワニに襲いかかった。ワニも負けてはいない。白い水しぶきを猛烈《もうれつ》にはねあげて取っくみあううち、二頭の怪物はヒュラスがいるナツメヤシの幹《みき》に激突《げきとつ》した。木が揺《ゆ》さぶられ、あやうくふり落とされそうになる。ワニがカバの鼻づらに噛みついた。カバがうめき声をあげ、後ずさりして岸へあがる。そして巨大な頭をひとふりしてワニの口を引きはがすと、相手を川のなかへはねとばし、すかさず大きな口で腹《はら》に噛みついて、真っぷたつに食いちぎった。

岸辺に波がおしよせ、めちゃくちゃにちぎれたスイレンを揺らした。

逃げるならいましかない。じきにほかのワニたちがもどってくるだろう。ヒュラスはふるえる手で体を木に結びつけていた縄《なわ》をほどき、しびれた足をさすった。

少しして木からおりようとしたとき、川のほうから向けられた視線《しせん》を感じた。あぶなく足をすべらせそうになった。

ピラが小舟《こぶね》に乗っていて、その前にはハボックも落ち着かなげにうずくまっていた。どちらもすっかり泥《どろ》だらけで、ヒュラスを見あげている。

「そんなところでなにしてるの？」とピラが言った。

11

神の顔

ハヤブサは舞《ま》いおりた枝《えだ》にアリがいないかたしかめ、だいじょうぶだとわかると、翼《つばさ》を軽く広げてすずしい風を浴びた。木の上は快適《かいてき》で、地上にいる飛べない仲間たちの声を聞いているのも心地《ここち》よかった。

仲間たちも安全なねぐらを見つけたようだ。大きな灰色《はいいろ》の怪物《かいぶつ》がいるトンネルからも、ばかでかいトカゲがひそむ水辺からも、じゅうぶんにはなれている。少年と少女はしとめた二羽のカモを焼いて食べているところで、子ライオンのほうは自分の分をとっくにたいらげ、毛皮をせっせとなめてダニを取ろうとしている。首の後ろのダニには舌《した》がとどかないようなので、ハヤブサは飛んでいって子ライオンの背中《せなか》に止まり、手伝ってやることにした。ダニは口のなかでプチプチつぶれておいしいし、子ライオンのほうも気持ちがいいのか、耳の下にひっついたのも取ってもらおうと、首をかたむけてじっとしていた。

思うぞんぶんダニを食べると、ハヤブサは枝に舞いもどって、片足《かたあし》をおなかの下にしまい、眠《ねむ》りについた。

サワサワと音がするふしぎなこの場所が、ハヤブサはとても気に入った。ほかの仲間たちも、気に入ってくれればいいのに。

*

緑の大地に、カエルの大合唱がひびきわたっていた。たき火の炎《ほのお》がシューッと音を立て、闇《やみ》に火の粉《こ》を舞いあげている。

「手羽肉が一本残ってるけど、食べる?」ピラが口をいっぱいにしたまままきいた。

「いや、いいよ」ヒュラスは顔もあげずに答えた。

「皮も残ってるし、それにアシの根っこも少しあるわよ」

ヒュラスは首をふった。いまはアシを編《あ》んで大きな網《あみ》を二枚《まい》こしらえているところで、それをそれぞれ二本のナツメヤシのあいだに吊《つ》るすつもりだった。その上に横になれば、地べたで寝《ね》ずにすむ。

「ねえ、どうしたの。もしかして、わたしに助けられたせい? 自分が助けるつもりだったのに」

「そんなわけないだろ。それに、助けられてなんかない」

「あら、助けたじゃない」

「いや、ちがう、さっきはもうワニをやっつけたあとだったんだ」

「ケムみたいね。意気地《いくじ》なしじゃないって証明《しょうめい》しようと、むきになってる」

ヒュラスはため息をついた。「あいつが見つかったらいいのに。それに、きみにはわからないだろうけど、あいつにはそれがすごく大事なことなんだ」

ピラはフンと鼻を鳴らした。「どうしてよ?」

「勇気があることを証明するまでは一人前の男になれない、それが部族の掟《おきて》なんだって言ってた。そのために、エジプトにしのびこんで、戦士から武器《ぶき》を盗《ぬす》みだそうとしてたんだ。でも、つかまって、奴隷《どれい》にされたってわけさ」

「へえ、なんだかくだらないのね」

「きみは男じゃないから、そう言えるんだ」自分の勇敢《ゆうかん》さを示《しめ》したがるケムの気持ちが、ヒュラスにはわかった。自分も同じだからだ。実の父親は卑怯者《ひきょうもの》で、カラス族と戦うのをこばんだ。そのせいで、アカストスは――ヒュラスがだれよりもあこがれている人は――故郷《こきょう》の農場を追われ、何年もおたずね者としてさすらうことになった。ヒュラスはアカストスにつぐないがしたかった。意気地《いくじ》なしの父親が残した汚点《おてん》をぬぐい去りたかった。

「それで、なにを気にしてるの」しかめっ面《つら》でアシの根をナイフでそぎながら、ピラが言った。

「べつに」

ピラはあきれた顔になり、甘《あま》くてねっとりした根にかじりついた。「こめかみをさすってばかりね。またまぼろしが見えるの？」

「ちがう！」ヒュラスは声を張《は》りあげた。ピラはときどき、察しがよすぎることがある。ワニに襲《おそ》われる前に見たもののことを話す気にはなれなかった。最初のころは、幽霊《ゆうれい》の姿《すがた》がちらりと目の端《はし》をかすめるだけだった。そのあと女神《めがみ》の館《やかた》に行ったときは、よりはっきりと目にうつるようになった。そして今度は……自分の影《かげ》がひとりでに動きだすところまで見えるようになってしまった。それも、ごく鮮明《せんめい》に。まぼろしが見える力が強くなっているのだろうか。

カバやワニよりも、そのほうが恐《おそ》ろしかった。いつまでつづくかわからないからだ。それに、ピラとのあいだに壁《かべ》ができてしまうような気もしていた。自分になにが起きているのかもわからずに、どうしてピラを守れるだろう？

ハボックがうずくまって前足でヒュラスをつつき、それから、へそを天に向けてごろんと寝そべった。

ヒュラスはその腹《はら》をかいてやり、ダニを一匹《ぴき》つぶした。「すっかり大きくなったのに、それに気づいてないんだな。しっかりしろよ、ハボック。いつまでも面倒《めんどう》は見てやれないぞ」

ダニをもっと取ってやろうと毛皮をまさぐると、ハボックは満足げにうなり、ヒュラスをじっと見つめた。なにをしてるのとピラがきいたので、ヒュラスはダニを一匹つまみあげて見せた。小指の爪《つめ》ほどもあり、血を吸《す》ってふくらんでいる。

「やだ、気持ち悪い」

「きみの足にもついてる」

「うそ！　どこに？」

「ひざの後ろ。じっとしてろ、取ってやるから」

ピラのひざの後ろの肌《はだ》はあわい金色をしていて、信じられないほどやわらかかった。手でそこにふれると、頭がくらくらして、体がかっと熱くなった。「取れた」ヒュラスはぼそっと言うと、ダニを火のなかにほうりこんだ。

ダニがついていた場所に血の玉がぽつりと浮《う》かび、ピラはそれを指でぬぐった。「ありがと」小さな声だった。炎《ほのお》に照らされたその顔は、凛《りん》として美しかった。まつ毛が小さな二枚《まい》の翼《つばさ》みたいだとヒュラスが思っていると、キラキラ光る瞳《ひとみ》で、まばたきもせずに見つめかえされた。

ヒュラスはあわてて立ちあがり、網《あみ》の片方《かたほう》を引っつかむと、ナツメヤシのところに行き、頭の高さのあたりに結《ゆ》わえつけて、結び目をきつく引っぱって言った。「もう寝《ね》たほうがいい」怒《おこ》ったような声になった。

ピラはナイフをチュニックでぬぐうと、網《あみ》のもう一方の端《はし》を木に結びつけているヒュラスのほうを向いた。長くのびた濃《こ》い金髪《きんぱつ》が目にかぶさり、あごのまわりの金色のうぶ毛が炎《ほのお》に照らされている。しかめっ面《つら》だ。ほおの筋肉《きんにく》が引きつっているのが見える。

＊

気まずさの理由はピラにもわかっていた。たいていの場合、ふたりきりでいても、これまでとなにも変わらなかった。口げんかもすれば、おなかをかかえて笑うこともあるし、親友らしく、だまったままいっしょにいるのも平気だった。けれど、そのうちどちらかがちらりと相手を見やり、そうすると、いまみたいに、ふたりのあいだに熱い火花が散るのだった。嵐《あらし》の前ぶれのように。

ふたりともすでに十四回目の夏を迎《むか》えていた。いつまでもただの友だちのままでいられるのだろうか。ふつうなら結婚《けっこん》する年頃《としごろ》だ。ヒュラスもそれはわかっているはず。なのに、なにをためらっているんだろう？

ケフティウにいるあいだは、自分が高貴《こうき》な生まれで、ヒュラスがそうでないせいかと思っていた。でもいまはもう、大巫女《おおみこ》の娘《むすめ》でもなんでもない、ほおに傷《きず》あとのあるただの女の子なんだから、それが理由じゃない。

ほおに傷あとのある女の子……。

ハボックがのんびりと歩いてきて、ざらざらの舌《した》でピラのほおをなめた。それをおしのけると、ピラは顔の傷あとにふれた。

その傷をつけたのは、十二歳《さい》のときだ。最初のうちは、自分らしさのしるしに思えて、誇《ほこ》らしかった。でも、いまはいやでたまらない。目立たなくなるように、ありとあらゆることをためしてみたけれど、なんの効《き》き目《め》もなかった。ヒュラスとのあいだがちぢまらないのは、この傷があるから？

ハボックがヒュラスのそばに寄《よ》って、太ももに顔をこすりつけた。ヒュラスが耳についたダニをまた一匹《ぴき》つまみあげ、高くほうり投げると、ハボックはそれを空中でパクリと飲みこんだ。

ピラは思わず笑った。

ヒュラスもにやっとした。「もう寝《ね》たほうがいい」さっきと同じ言葉だけれど、今度は怒《おこ》っているようには聞こえなかった。

ピラは二本のナツメヤシのあいだにわたされた網を見やった。「ほんとにあの上で寝られると思う？」

「まあな。ヘビやらサソリやらがうじゃうじゃしてる地べたで寝たいなら、どうぞ」

「ダニはどう？　それも防《ふせ》げる？」

「ああ、もちろん」

ピラは半信半疑《はんしんはんぎ》でヒュラスを見た。「てきとうなことを言ってるだけじゃない？」

「ああ、もちろん」

ピラがカモの骨《ほね》を投げつけると、ヒュラスも笑って投げかえし、それですべて元どおりになった。

吊《つ》り網はチクチクするうえ、ひどくたわむので、寝ているうちにピラの体はふたつに折れまがってしまった。どうしたら寝やすいだろうとごそごそしていて、はっと気づいた。あれがない。声をあげて、地面に飛びおりた。

ナイフをにぎったヒュラスがすっ飛んできた。「どうした？」

「わたしのウジャトが！」

「え？」

「お守りよ！　ユセレフにもらった、ヘル神の目の！　ああヒュラス、なくしちゃったわ！」

「最後に見たのはいつだ？　木の上のぼくを見つける前か、あとか」ヒュラスはあくびを嚙《か》み殺し、ピラに見られていなければいいがと思った。

ピラはすっかりあわてていて、まるで気づかない。「ええと……たぶん、あとよ。そうだ、たしか、ひもがゆるくなってて……でも、結びなおしたのに！」

「あとならよかった。明日、来た道をたどっていけばいい。見つかるさ、ピラ。きっとなにかに引っかかって、落っこちたんだ」

「明日ですって！」ピラはうろたえた。「いまごろどうにかなってるかもしれないのに！」

「だからって、真っ暗ななかでぬかるみを歩きまわるのはごめんだ。カバとか、ワニとか、ほかにもなにがいるかわかったもんじゃないだろ！」

「ヒュラス、お願い、今夜じゅうに見つけたいの！」ピラは両手をにぎりあわせ、すがるような口調で言った。そんな姿《すがた》を見るのは初めてだ。

ヒュラスはため息をつくと、パピルスの茎《くき》を切りとり、その先をおき火に近づけて火をともして、ナイフをさやにおさめた。「ここにいろ、ぼくが見てくる。でも、遠くへは行かない。すぐに見つからなかったら、夜明けまで待つんだ！」

十歩も行かないうちに、ヒュラスは無理だとさとった。あたりは暗すぎ、弱々《よわよわ》しいともし火のせいで、かえって闇《やみ》が濃《こ》くなるばかりだった。

野営地《やえいち》へ引きかえしかけたとき、ひと筋《すじ》の月明かりに照らされて、青銅《せいどう》がキラリと光るのが見えた。お守りだ。五歩とはなれていないところの、パピルスの茎にぶらさがっている。

それを取りに行こうとしたとき、暗がりから男があらわれて、近づいてきた。

目の奥《おく》がチカチカし、燃《も》えるような指先でこめかみをつかれて、ヒュラスはよろめいた。腰《こし》のナイフに手をやったが、指がいうことをきかず、うまく柄《つか》をにぎれない。それに、心の奥底ではわかっていた。月明かりを浴びて立っているその相手には、どんな武器《ぶき》も役には立たないだろう。

見たところ、その姿は背《せ》の高い人間の男そのものだった。肩幅《かたはば》が広く、腰はくびれていて、ひだの入った白い亜麻布《あまぬの》のキルトに緑のベルトをしめ、むきだしの胸《むね》には青と赤の宝石《ほうせき》がついた太い金《きん》の首《くび》飾《かざ》りをさげている。黒髪《くろかみ》は長くのばされ、前髪《まえがみ》だけが眉《まゆ》の上で切りそろえられている。そしてその顔は、夜風が金に変わったみたいな、キラキラした奇妙《きみょう》な光につつまれている。

神だ、とヒュラスは思った。

見つめていると、目が痛《いた》んだ。見てはいけない。神の顔を見てしまった人間が、無事でいられるはずがない。

ヒュラスは必死に視線《しせん》を引きはがした。それでも、まばゆい頭が形を変えはじめるのがちらりと目に入ってしまった。耳は上に向かってぴんとのび、顔は前へとつきだしていき、長くとがった黒い鼻づらがあらわれた。ジャッカルだ。

まさか、ありえない。

でも、不死なる者には、なんだってありえるのだ。

ジャッカルの頭をした神は、ウジャトのお守りの上にかがみこんで、青銅のにおいをかぐようなしぐさをした。それから頭をあげ、真っすぐに立つと、パピルスのてっぺんよりも高いところから、まばゆく輝《かがや》く恐《おそ》ろしい目でヒュラスを見おろした。

肝《きも》がちぢみあがる。ヒュラスは丸太のように重い腕《うで》で目をかばいながら、後ずさりしてアシ原のなかに引っこもうとした。

そのとき、足首にするどい痛《いた》みが走った。悲鳴をあげて目を落とすと、なにか小さなものが暗がりのなかに這《は》いこんでいくのが見えた。

ヒュラスはひざからくずれ落ちた。足首が焼けつくように痛む。

ジャッカルの神は消えていた。気づくと、ピラが上からのぞきこんでいた。片手《かたて》に火のついたパピルスの茎《くき》を持ち、もう片方の手でウジャトのお守りをにぎりしめている。

「ヒュラス、どうしたの？」

一度も味わったことがないほどの激痛《げきつう》に、声が出ない。引きさかれ、焼かれるような痛みが、稲妻《いなずま》のように足全体をつらぬく。

「ヒュラス！」

「サソリだ」ヒュラスはあえいだ。

12 医術師《いじゅつし》イティネブ

「サソリですって」ピラは仰天《ぎょうてん》して言った。

ヒュラスは歯をむきだしながら、ナイフに手をやろうとしている。「皮膚《ひふ》を切って、毒を吸《す》いだしてくれ！」

「どこを嚙《か》まれたの？」

「足首だ」息が荒《あら》い。

「野営地《やえいち》までもどってから――」

「だめだ、いますぐやってくれ！」

「ここじゃ暗すぎるわ。失敗したら、歩けなくさせちゃうかも！」

ピラは必死にヒュラスをたき火のそばまで引きずっていった。ハボックは耳をぺたんと倒《たお》してふたりを見つめた。エコーも羽ばたきをして、不安げにかっと口を開く。

ヒュラスはどっと倒れこむと、足をおさえ、激《はげ》しくあえぎはじめた。嚙まれたのはくるぶしのすぐ後ろで、白い皮膚《ひふ》にぽつんと小さな赤い点がついている。ピラは自分のナイフをぬいた。手がふるえる。だめ、できない。ヒュラスがナイフを引ったくり、傷《きず》の上につき立てた。月明かりを浴びて、あふれだした血が黒く見えた。ピラはかがみこんで傷口《きずぐち》の血を吸《す》い、吐《は》きだした。何度も、何度も。

そのとき、黒い手に腕《うで》をつかまれた。「なにに嚙《か》まれた？」ケムが叫《さけ》んだ。

ピラはうなり声をあげ、手をふりはらった。「ちょっと！　ここでなにしてるのよ！」

「いいから、なにに嚙まれたんだ？」

「サソリよ。ヒュラスに近づかないで！」

「緑のやつか、黒いのか？　どっちだったか、見えたか」

ピラが答えずにいると、ケムはヒュラスの肩《かた》をつかんで揺《ゆ》さぶった。「ヒュラス！　サソリは、緑のやつか、黒かったか？」返ってきたのはうめき声だけだった。

ピラはヒュラスのほおにふれた。「すごい熱だわ」

ヒュラスにぎゅっと手首をつかまれ、ピラは悲鳴をあげそうになった。「見たんだ」視線《しせん》をさまよわせながら、ヒュラスがかすれた声で言う。「人間みたいだけど、まわりの空気が燃《も》えあがってて……ジャッカルの頭がついてた……」

ピラの心臓《しんぞう》がすっと冷たくなった。ジャッカルの頭をしたアヌプは、冥界《めいかい》の神だ。ピラはケムに向きなおった。「助けられる？」

ケムが見かえす。「いや。これじゃ、無理だ」

ピラはまばたきをひとつした。そして、ヒュラスのほうへかがみこみ、きっぱりと言った。「死なせたりしないわ。ケム、ヒュラスを村に運ぶのよ。まじない女か、医術師《いじゅつし》がいるはずだから」

「村だって!?」ケムが叫んだ。「頭がどうかしたのか。殺されるに決まってる！」

ピラはヒュラスの両脇《りょうわき》に腕を差し入れた。「運ぶのを手伝って。近くに舟《ふね》があるから――」

「なあ、聞けって！　エジプト人から見たら、おまえたちはただの野蛮人《やばんじん》で、おれは逃《に》げだした奴隷《どれい》なんだぞ！」

「村に連れていくしかないの！　運ぶのを手伝って。ぜったいに死なせたりするもんですか！」

「聞いてないのか。言ったろ――」

「いいから、手を貸《か》して。あとはわたしがなんとかする」

＊

ヒュラスは毒の海をただよっていた。あたりは光であふれ、まぶしさに目がくらむ。ジャッカルの頭をした神が連れ去りに来ようとしている。ピラが手をにぎっている。その手をぎゅっとにぎりかえす。ピラならきっと、こちら側に引きとめてくれる。

ジャッカルの神が近づいてくる。叫ぼうにも、声が出ない。燃えさかる火から目がはなせない。

ふと気づくと、かたい地面に横たわっていた。ピラはまだ手をにぎってくれている。だれかが足をしばろうとしている。蹴《け》りつけようとしても、身動きができない。足首に巻《ま》かれたものには、小さく奇妙《きみょう》な絵が描《えが》いてある。ハゲワシと、ハチだ。どちらも、ぴくりとふるえたかと思うと、動きだし……。

首の下になにかのかたまりが差しこまれる。まさか、首を切り落とされるのか？　逃《に》げようともがく。ごつごつとした手におさえつけられる。もう一方の手で口のなかにどろどろとしたものを流しこまれる。「飲むんだ」と声がする。「いまよりぐあいが悪くなり、それからよくなる」

胸《むね》がむかつき、吐いてしまう。ぐるぐる目がまわり、なにもわからなくなる。エジプト人のように黒いくまどりが入った鳥が見える。ウサギほどの大きさしかないライオンが、緑色に光る目で見つめている。

少女が上からのぞきこむ。ピラじゃない、イシだ。目を疑《うたが》いながら、妹の細い小さな顔を見あげる。イシはしかめっ面《つら》だ。「お兄ちゃんはいつもそうよ」とぶつくさ言う。「アシ原を歩くときは足元に気をつけろってしつこく言うくせに、自分が嚙《か》まれちゃうなんて！」

「イシ……生きてたんだな！」

「もちろん生きてるわよ。心配なのはお兄ちゃんのほうじゃない。まったく、なに考えてたのよ、真っ暗ななかを歩きまわるなんて」

「生きてたんだ……」

次にわれに返ると、カエルが夜の歌を歌っていた。イシはいない。ハボックの毛皮が背中《せなか》におしつけられている。深くてゆっくりとした息づかいが全身に伝わってくる。ほんの一瞬《いっしゅん》、心が安らぐ。

それから、おしよせてきためまいと吐《は》き気の渦《うず》にのみこまれた。

＊

ヒュラスはゆるゆると目をさました。ハボックはいない。そこはななめになった草ぶき屋根の小屋のなかで、ヒュラスはゴザの上に横向きに寝《ね》かされていた。首の下にはまだ木のかたまりがあてがわれている。

子どもがひとり、そばにひざをついてすわっている。イシじゃない。さびしさが胸《むね》におしよせた。目の前にいる少女はイシより幼《おさな》く、夏を八回すごしたくらいだろうか、緑の石をつないだひもを腰《こし》に巻《ま》いているほかは、なにも身につけていない。かぎ鼻と目のまわりは泣きはらしたように赤くなり、痛々《いたいた》しいほどにやせている。それに、毛髪《もうはつ》が一本もない。眉毛《まゆげ》までそりあげられている。本物の人間だろうか。

その後ろから、男があらわれた。少女と同じかぎ鼻で、ヤシの葉でつくられたらしい奇妙《きみょう》な赤いかつらをかぶっている。かつらはかすかにずれている。

男はしかめっ面でなにやらエジプト語でまくしたてると、粘土《ねんど》の碗《わん》に入ったものを無理やりヒュラスに飲ませた。灰色《はいいろ》のどろどろしたもので、すっぱい。ヒュラスはむせた。そして闇《やみ》にのみこまれた。

次に目をさましたとき、牛やガチョウの鳴き声が聞こえた。起きあがろうとしたものの、手も足も動かせない。牛糞《ぎゅうふん》のたき火と、パンの焼けるにおいがする。ここは村なんだ、とヒュラスはぼんやり考えた。

足は、もう痛《いた》まないかわりに、猛烈《もうれつ》にかゆく、茶色っぽい塩が塗《ぬ》りつけられていて、ぼろぼろの包帯が巻《ま》かれている。包帯には奇妙な小さいしるしが描《えが》かれている。ハゲワシとハチだ……。

「引っかいちゃだめだ」聞きおぼえのある声がした。「それはヘスメン、聖《せい》なる塩だ」フンと鼻を鳴らす音がする。「言ったろ、おれは五年も塩の湖で掘《ほ》らされてたんだ」

ヒュラスは目を見ひらいた。「ケム！」しゃがれ声が出た。

こげ茶色の肌《はだ》の少年は、ためらいがちに笑《え》みを浮《う》かべた。「ぐあいはどうだ？」

ヒュラスも笑いかえそうとしたが、弱りきっていて無理だった。「ピラは？」

「眠《ねむ》ってる。昼も夜も、おまえにつきっきりだったんだ。もう安心だとわかるまで、そばをはなれなかったんだぜ」

ヒュラスはまぶたを閉《と》じた。「もどってくれてうれしいよ。見捨《みす》てたなんて思ってなかった」

「ピラはちがう」ケムは口ごもった。「番兵たちが来たとき、おまえは丘《おか》の上にかくれてて、ピラのほうはおれについて緑の大地に入ってきたものとばかり思ってたんだ。連中がいなくなってからピラをさがしたけど、いなかった。丘《おか》にももどってみた。おまえはそこにも、緑の大地のなかにも見つからなかった。ほんとなんだ、ヒュラス」

信じるよとケムに言ってやりたかったが、ヒュラスにはその力もなかった。横たわったまま、一匹《ぴき》のコガネムシが地面の上を後ずさりしながら、後ろ足で糞《ふん》の玉を転がしていくところをながめていた。戸口の外では、アカシアの木のまわりを、緑色の小鳥たちが飛びまわっている。エジプト人みたいに、目には黒いくまどりが入っている。

「ハチクイさ」ケムが言った。

ハチを食べるからだなとヒュラスは思った。「どうやってここまで来られたんだ？」

ケムの話では、ピラといっしょにひと晩《ばん》がかりで村を見つけたものの、鎌《かま》や銛《もり》をかまえた村人たちに追いはらわれそうになり、それをピラが強引《ごういん》に説きふせて、ヒュラスを医術師《いじゅつし》のところへ連れていかせたのだという。

「たいした子だぜ！」くやしいけれど降参《こうさん》だという顔で、ケムは首をふった。「泥《どろ》だらけのみすぼらしい身なりなんておかまいなしに、堂々《どうどう》と指図するんだ。巫女《みこ》かなにかみたいに！　ハボックを口笛で呼《よ》んで、こう言うんだぜ――〝この太陽みたいな髪《かみ》を見なさい、この子はライオンに守られているのよ、偉大《いだい》な女神《めがみ》セクメトの化身に！〟ってな。それから、エコーを空からおりてこさせて、こうも言ったっけ。〝わたしを見なさい、この腕《うで》に止まっているのはヘル神の化身、ハヤブサよ。顔には月のしるしもあるわ！〟」

「利口だな」ヒュラスはつぶやいた。

「まったくだ。おれはどうなったかって？　ハッ！　脱走《だっそう》したのがばれないように、ピラの奴隷《どれい》だってことにされてるのさ！　ピラのやつ、ここぞとばかりに用事を言いつけてくるんだ！」

ヒュラスはどうにか笑《え》みを浮《う》かべた。

次に目を開けたとき、ケムはおらず、ピラがそばにひざまずいていた。疲《つか》れはて、張《は》りつめたような顔をしている。「気分はどう？」声もふるえている。

きみが手をにぎってくれていたおかげで命拾いをしたよと伝えたかったが、その気力もなかった。

「ぐったりだ。この、首の下のかたまりが気になるんだけど」

ピラは弱々《よわよわ》しくほほ笑んだ。「それは頭置きよ、ここでは眠《ねむ》るときにそれを使うの。いまはずしてあげたって、すぐ元にもどされちゃうわ」

ピラは村人のものらしいごわごわの亜麻布《あまぬの》の衣《ころも》を着ている。筒型《つつがた》をしていて、両肩《りょうかた》のところをひもで結んでいる。波打つ黒髪《くろかみ》と胸《むね》にさげたウジャトのお守りのせいで、その姿《すがた》はエジプト人みたいに見えた――肌《はだ》の白さと、生皮の籠手《こて》以外は。きれいだなとヒュラスは思ったが、ピラは見られているのに気づくと、髪をほおにかぶせて、傷《きず》あとをかくしてしまった。

「すごく小さいライオンを見たんだ。前に言ってなかったか、小さなライオンがいるって」

「ネコね。エジプトではミューっていうの」

「へえ」ヒュラスは少し間をおいてから言った。「ケムは？」

「ハボックのところよ。村の人たちがハボックをこわがってて、それであなたも、村はずれのこの小屋に寝《ね》かされてるの。牛も、〝小さい家畜《かちく》〟って呼《よ》ばれてるヒツジやヤギやブタも、残らず囲いに入れられてるし、犬やネコも閉《と》じこめられてる。ハボックは食べるものをたっぷりもらったから寝ちゃったわ」ピラはやけにぺらぺらとしゃべりながら、ゴザの端《はし》のほころびをいじくっている。

足がまたかゆくなってきた。ヒュラスはやっとのことで反対側の足を動かし、爪先《つまさき》で引っかいた。

「だめよ、それで足がなおるんだから」

「これ、なにが塗《ぬ》りつけられてるんだ？」

「ヘスメンと、ビールと、カバの糞《ふん》。そこに、このお守りをこすりつけてあるの。ヘル神はサソリに刺《さ》されたけど、よみがえったから、ウジャトのお守りにも傷《きず》をいやす効《き》き目《め》があるんだって」

「だれがそんなことを？　男がひとりと、頭がつるつるの子どもを見たけど……」

「それはイティネブって人で――スヌ、つまり医術師《いじゅつし》よ。それと、その娘《むすめ》のカウイ。カウイはなにも食べなくなってて、イティネブはすごく心配してるの」

「イティネブか。ぼくのことをよく思ってないみたいだ」

「わたしたちがここにいるのがいやなのよ。ケムのことは、もっとじゃけんにしてる。ほかの人たちもそう、ケムが奴隷《どれい》だから」ピラは口ごもった。「ケムったら、わたしたちを見捨《みす》てたんじゃないって、なんべんも言うのよ。すごく気にしてるみたい」

ヒュラスは足首の包帯に目をやった。「その小さいしるしは？」

「文字よ。メドゥ・ネチェル――神の言葉って呼《よ》ばれてるの」

「落書きにしか見えないけど」

「文字には力があるのよ、ヒュラス。書いたことが現実《げんじつ》になるから、悪霊《あくりょう》よけの呪文《じゅもん》にもなるの。その……」ピラは言いかけてだまり、両手をにぎりしめた。「その文字のおかげで、あなたは助かったの」声がふるえている。

その目に涙《なみだ》が光るのを見て、ヒュラスは驚《おどろ》いた。

「もう少しで、死ぬところだったんだから！　脈が速すぎて、心臓《しんぞう》が破裂《はれつ》しそうだって、イティネブに言われたのよ！　どんなにこわかったか！」

長い長い夜のあいだ、ピラはヒュラスのそばにすわったまま、最悪の事態《じたい》が起きたらどうしようと心配していた。ヒュラスが朝まで生きられなかったらどうしよう、と。ヒュラスのいない人生なんて考えられない。想像《そうぞう》してみただけで、目の前が真っ暗になった。

ひと晩《ばん》じゅう、小屋のまわりではささやき声のようなものが聞こえていた。一度、ハボックが立ちあがって、小屋の外になにか動くものを見つけたのか、大きな金色の目でそれを追いはじめた。ピラには見えなかったが、冥界《めいかい》の神アヌプが、ヒュラスを連れ去ろうと、すぐそばを行ったり来たりしているのだろうと思った。

そのあと、今度はヒュラスががばっと身を起こし、「まだ行きたくない！」と叫《さけ》んだかと思うと、また倒《たお》れこみ、ピラの手首をぎゅっとつかんだ。ピラなら自分を引きもどしてくれると信じているかのように。

夜が明けると、イティネブが、もう安心だからひと眠《ねむ》りするようにとピラを自分の家まで送ってくれたのだった。そのあとヒュラスの寝《ね》ている小屋にもどってみると、ヒュラスはまだ目を閉《と》じたままで、くちびるの色もぞっとするほど青かった。そんなに弱々《よわよわ》しい姿《すがた》を見るのは初めてで、ピラはつらくてたまらなかった。

イティネブが戸口にあらわれ、ふたりをじろりとにらんでから、ヒュラスのそばにひざまずいた。そばで見ると、ヤシの葉のかつらはいっそう奇妙《きみょう》に思えた。見るからにチクチクしそうだ。だからずれてばかりいるのかもしれない。

イティネブは二本の指でヒュラスの手首にふれ、それからのどもたしかめた。「心臓の音がしっかりしてきた」冷ややかな声でそう言う。「明日には出ていけるだろう」

ピラはあわてた。「出ていけるわけないわ、体を起こすのさえ無理なのに」

「どうにかしてもらうしかない」

「でも――」

「これ以上、面倒《めんどう》は見られない」イティネブはにべもなく言った。「いまはいちばんいそがしい時期だ。刈《か》り入れやら、祭りの準備《じゅんび》やらで。それに、娘《むすめ》のぐあいが悪くて、ものも食べられずにいるんだ」

「なんでアカイア語を話せるんですか」ヒュラスがたずねた。

イティネブはそれを無視《むし》して、包帯を取りかえはじめた。

ヒュラスの目がその左手に釘《くぎ》づけになる。手の先が、すっぱりと切り落とされたように平らになっている。イティネブはなんの不自由もなさそうにそれを使いこなしている。

「ワニに食いちぎられたのさ」ヒュラスがたずねでもしたように、イティネブがそう説明した。「ずっと昔の話だし、痛《いた》みもない」何度もきかれてきたのか、うんざりしたような口調だ。

「あと二、三日だけでもいさせてもらえないかしら。言ったでしょ、お礼に金《きん》をあげるから――」

「金などいらん……とにかく、出てってくれ！」イティネブはヒュラスの腕《うで》にあるカラス族の入《い》れ墨《ずみ》を指さした。

ヒュラスとピラは顔を見あわせた。「このしるし、前にも見たことがあるのね」

「ぼくはカラス族じゃない。やつらの奴隷《どれい》にされて、このしるしをつけられたんです」

イティネブはフンと笑った。「いや、おまえも仲間にちがいない。熱にうかされて、ユセレフって名を呼《よ》んでいたから」

「そのユセレフをさがしているの。パ・ソベクっていう場所にいる――」

「――ほら、やっぱりカラス族だ」イティネブが声を荒《あら》らげる。「やつらもユセレフという男をさがして、パ・ソベクに向かっていったんだ！」

「人数は？」ピラはきいた。「いつのこと？」

「大きな船で、総勢《そうぜい》四十人、若《わか》い隊長と、それから女もいた。それはそれは美しく、冷酷《れいこく》な女が」

テラモンとアレクトだ、とピラは思った。暑いはずなのに、寒けがした。タラクレアで見たアレクトの姿《すがた》がよみがえる――非《ひ》の打ちどころなく整った顔、冷えびえとした黒い瞳《ひとみ》。ピラの傷《きず》あとをしげしげと見つめたときの、興味《きょうみ》と嫌悪《けんお》の入りまじった、ぞくっとするようなあのまなざし。

「やつらはイナゴみたいに襲《おそ》ってきて、村の食料も家畜《かちく》もうばっていった。ペラオの後ろ盾《だて》があるうえに、ケラシェルさまもいっしょだったから、抵抗《ていこう》のしようがなかったんだ」イティネブはそこで言葉を切った。「弟はナツメヤシの木を何本か持っていた。自分で植えて、わが子のように大事に育ててきたものだ。カラス族の女は、それを残らず切りたおさせた。ただ甘《あま》い樹液《じゅえき》を味見するためだけに。なげき悲しむ弟を見て、あの女は満足げだった。人が苦しむのが、楽しくてたまらないんだ。その晩《ばん》、村の犬たちが吠《ほ》えたというだけで、ケラシェルさまに言って、その犬たちも殺させた。いかにも楽しげに」嫌悪の目がヒュラスに注がれる。「おまえがカラス族かどうかはわからん。どっちにしろ、わざわいのもとだ。明日、出ていってもらう！」

「でも、わたしたち、エジプトのはずれまで行かなきゃならないの」ピラは必死に言った。「ヒュラスを見てよ……とても歩けやしないわ！　助けが必要なの！」

イティネブは立ちあがった。「してやれることはこれだけだ。来たときに自分で言ったように、神々《かみがみ》に守られているというんなら、そっちをあてにするんだな！」

13

カウイの悲しみ

ピラがアカシアの木陰《こかげ》に水を入れたたらいを置くと、エコーが朝の水浴びをしに舞《ま》いおりてきた。

川の浅瀬《あさせ》では女たちが洗濯《せんたく》をし、子どもたちが岸辺でたき火に使う牛糞《ぎゅうふん》を丸めている。イティネブの娘《むすめ》のカウイはひとりぽつんとすわり、しかめっ面《つら》で粘土《ねんど》のかたまりを見つめている。

エコーが翼《つばさ》をばたつかせ、たらいに頭をつっこんで、水しぶきを飛びちらせながら、満足げにのどを鳴らした。やがて水から出ると、くちばしから尻尾《しっぽ》の先までブルブルとふり、うれしそうな顔でピラを見た──いい気持ち！　それからまたたらいに飛びこんで、もう一度水浴びをはじめた。

ピラはひざにあごをのせてすわり、あくびをした。ゆうべはイティネブの家のかたい床《ゆか》で、家族といっしょに寝《ね》ることになった。だれもが羽虫に刺《さ》されないように、死んだ人間みたいにしっかりと布《ぬの》にくるまっていた。ほかのみんなは眠《ねむ》れたようだが、ピラは心配のあまり、横になったまま一睡《いっすい》もできなかった。

ケムの助けを借りたとしても、ヒュラスは弱りきっていて、明日はとても出ていけそうにない。おまけに、これからは歩いていくしかない。舟《ふね》を盗《ぬす》んだことがばれてしまったから、きっと貸《か》してはもらえないだろう。

それに、カラス族はユセレフを追ってとっくにパ・ソベクに向かったという……まさか、もうつかまっていたりしないだろうか？

エコーが顔に水を引っかけた。ピラは無意識《むいしき》のうちにやりかえした。ハヤブサは目を細めて、のどを鳴らした——ねえ、もう一度やって。

村人たちの力を借りないと、とピラは考えた。どうにかして。自分たちだけではどうしようもない。

カウイがそっと近づいてきて、木の陰《かげ》にかくれてようすをうかがっている。頭蓋骨《ずがいこつ》の形がわかるくらいにやせこけて、あばら骨《ぼね》もくっきりと浮《う》きでている。

エコーに水を引っかけてみたら、とエジプト語で声をかけたが、カウイは首を横にふった。切なげな顔でハヤブサを見つめ、かさぶたになった眉《まゆ》のそりあとを引っかいている。

あの眉は……。「なにか、悲しいことがあったの？」ピラはやさしくきいた。「だからそうやって、どこもかしこもそり落としてるの？」

カウイは目をしばたたき、ぽつりと言った。「うちの犬が死んじゃったの」

「かわいそうに。なんていう名前だったの？」

「ヘブニー。見たこともないくらい真っ黒い毛皮だったから」ヘブニー。黒檀《こくたん》だ。

「わたしも犬を飼《か》ってみたかったわ。母に許《ゆる》してもらえなかったの」

カウイが少し近づいてくる。片方《かたほう》の手には川の泥《どろ》をにぎり、もう片方には、ひもで下あごを動かせるようにした木のネズミを持っている。ピラは、幼《おさな》いころにユセレフがこしらえてくれたヒョウのおもちゃを思いだした。

ヘブニーが死んだのはいつかときくと、カウイはずいぶん前に、吠《ほ》え声《ごえ》がうるさいといって野蛮人《やばんじん》たちに矢で殺されたのだと答えた。

アレクトだ。怒《いか》りがこみあげた。「だからなにも食べずにいるの？　犬を殺されたから」

カウイが首を横にふる。

ピラはほおのこけた小さなその顔をしげしげと見つめた。「ヘブニーをどこに埋《う》めてあげたの？」

「埋めてないの。準備《じゅんび》ができてないから」

エジプトでは、だれかが亡《な》くなると、身近な者たちがしてやらなければならないことがあるのだとユセレフはいつも言っていた。魂《たましい》がもどってこられるよう、なきがらをくさらせないようにするのだそうだ。だからユセレフは、エジプト以外の場所で死ぬのをなによりも恐《おそ》れていた。きちんとしたとむらいをしてもらえず、魂が家族のもとへもどれなくなってしまうから。

ピラは、カウイのようすをうかがいながら、ヘブニーを埋めてやるには、なにをしてあげればいいのかとたずねた。すると、カウイはぱっと顔を輝《かがや》かせた。「なにって、いろんなことをよ！　まずは、はらわたを取りだして、残りをかわかしてから、父さんが脳《のう》みそをかきだしたの。心臓《しんぞう》だけは、神さまたちに重さを量《はか》ってもらうために、残しておいたけど。それから、ちゃんときれいにかわくように、ヘスメンとわらをたっぷりつめこんだのよ」

ピラは胸《むね》が悪くなりかけたが、カウイはうれしそうな顔でつづける。「わたしはスイレンの首輪をこしらえてあげて、父さんがそこに呪文《じゅもん》を書いた小さな巻物《まきもの》を結《ゆ》わえてくれたの。神さまたちの質問《しつもん》に、ヘブニーがちゃんと答えられるように――」

ヘブニーが字を読めたらだけど、とピラは心のなかでつぶやいた。

「――それから、お姉ちゃんが着古した服でつつんであげたの。見てみたい？」

「うーん……」

カウイはピラの手をつかんで、家のなかに引っぱりこんだ。先祖《せんぞ》をまつった小さな粘土《ねんど》の祭壇《さいだん》の後ろに、横長のかごが置かれている。かごのなかには犬の形をした包みがあり、きつく巻《ま》きつけられた布《ぬの》には、黄色いしみがにじんでいる。

永遠《えいえん》にぐるぐる巻きにされたまま——ピラにとってそれは、なによりも恐ろしいことだ。包みのなかでもがいているヘブニーの魂のことを考えると、目の前に黒い点々《てんてん》がちらつきはじめた。「これじゃ、身動きもできないわね」つぶやきがもれた。

「あら、できるわ、これは魂が休みに帰ってくるためのものなんだから！　口開けの儀式《ぎしき》だって……いちおうしてあげたから、息もできるし、吠えたり食べたりもできるの……」カウイは小さな顔をしかめた。なにを思いなやんでいたか、思いだしたようだ。「でも、なにもかも、だいなしになっちゃった！」と、泣きそうな声になる。「お墓《はか》に入れてあげるものはみんな集めたの。球も、お気に入りの敷物《しきもの》も、それに、母さんがくさらないように粘土でつくってくれた食べ物も。全部かごに入れておいたのに、いじわるな男の子たちに川に捨《す》てられちゃった。いまはみんないそがしいから、自分でもう一度つくろうとしたんだけど、できないの！」と、ぐちゃぐちゃの粘土のかたまりを持ちあげ、「だからヘブニーは、永遠におなかをすかせたままになっちゃう！」

＊

次の日、カウイはナツメヤシ入りのパンをひとかたまりと、鍋《なべ》いっぱいの豆のシチューをたいらげ、大麦のビールを瓶《かめ》ごと飲みほしてから、仰天《ぎょうてん》した両親に向かって、ピラにこしらえてもらったものを喜々《きき》として見せた。粘土でできた小さなヒツジの群《む》れに、ブチのある小さな牛の群れ、そしてたくさんのアヒルやガチョウやブタ。これでヘブニーは、永遠《えいえん》に飢《う》えずにすむ。

「小さな骨《ほね》まであるのよ」カウイが得意げに言った。「それに見て、新しい球も！」

ピラがヒュラスを横目で見ると、かすかな笑《え》みが返ってきた。ヒュラスはあいかわらず不安になるほど弱りきっていたが、カウイを見ているとイシを思いだすからと言って、ヤシの葉で球を編《あ》んでやったのだ。ハボックを嫉妬《しっと》させないよう、こっそりと。

「こんなことで悩《なや》んでいたなんて。なんで言わなかったんだい」イティネブがエジプト語で娘《むすめ》にきいた。

カウイはもじもじしながら、なにやら小さくつぶやいた。

イティネブは小さな牛をふしぎそうにつまみあげて、ピラにきいた。「どこでつくりかたをおぼえたんだね」

「ユセレフに教わったの」

イティネブはかごのなかに牛をもどした。

「そこじゃないわ」カウイが言った。「ほら、こっちよ。群《む》れの仲間といっしょにしてあげなきゃ」

カウイがせっせと粘土《ねんど》の家畜《かちく》をならべはじめたので、ピラはイティネブに話を切りだした。「わたしたちのこと、誤解《ごかい》してたでしょ」

「ぼくらはカラス族じゃない」ヒュラスも言った。

イティネブは指のない左手でうなじをこすった。「きのう、なんでアカイア語を話せるのかってきいたな」そこでいったん言葉を切る。「子どものころ、医術師《いじゅつし》になるために、川上に住んでいる父のいとこの家にあずけられたんだ。パ・ソベクの神殿《しんでん》の近くで、敷物職人《しきものしょくにん》をやっていた人でね。あそこには大きな市場があって、あちこちから大勢《おおぜい》の人間がやってくる。そこで医術とアカイア語をおぼえたのさ。書記からいくつかメドゥ・ネチェルも——神の言葉も——教わった。その書記は川ぞいの村々《むらむら》から集まった少年たちを大勢集めてものを教えていた。ネベツクといってね」

ピラははっとした。

「そのネベツクには、ずっと昔に生き別れた弟がいると聞いた。奴隷《どれい》商人に連れ去られたか、ワニに食われたか、行方《ゆくえ》知れずのままだと。だから、カラス族の連中がやってきて、ユセレフという名前を口にしたとき、はっと思いあたったんだ。やつらには言わなかったがね」

イティネブはまたうなじをこすり、かつらがずれた。「もうじき〈はじまりの日〉のヘブがやってくる。祭りのあいだ、どこかの神殿に出かけて捧《ささ》げ物《もの》をするならわしになっているんだ」そう言って、かごの中身に夢中《むちゅう》のカウイに目をやる。「今年は、神々《かみがみ》にしっかり感謝《かんしゃ》を捧げないとな。パ・ソベクの神殿まで行って、娘の命を助けていただいたお礼をするつもりだ」黒い目がピラに向けられ、ヒュラスへと移《うつ》された。「よければ、いっしょに来るといい」

14

〈大いなる川〉

ヒュラスはぼんやりと目を開け、ここはどこだろうと思った。あたりには、熱気と、闇《やみ》と、むっとするアシのにおいが立ちこめている。

そこは天幕《てんまく》でおおわれたイティネブの舟《ふね》のなかだった。背中《せなか》を向けて眠《ねむ》っているピラのか細い肩《かた》の骨《ほね》が、小さな翼《つばさ》みたいに見える。

きのう、一行はイティネブが〝〈大いなる川〉の子〟と呼《よ》ぶ支流《しりゅう》のひとつをさかのぼりはじめた。ヒュラスがもうろうとしたまま横になっているあいだ、イティネブはふたりの弟といっしょに帆《ほ》をあやつり、ピラとケムは口げんかをし、ハボックは落ち着かなげに行ったり来たりしていた。

ハボックを舟に乗せるのはひと苦労で、最後にはヒュラスが布《ぬの》につつまれたヘブニーのなきがらを見せてさそいこむしかなかった。カウイが心配するので、大事な飼《か》い犬《いぬ》にはぜったいにさわらせないと約束してあったが、ハボックはそれを新しいおもちゃだと思いこんだようだった（ハボックがぐっすり寝《ね》ているすきに、イティネブがヘブニーのなきがらと埋葬品《まいそうひん》を岸に埋《う》めに行ったので、ようやくヒュラスもほっとした）。

ケムを連れていくのをイティネブにみとめさせるのも、楽ではなかった。やっとのことで説きふせると、ケムはすっかり喜んで、深々《ふかぶか》とおじぎをし、「この恩《おん》は忘《わす》れない」とおごそかに誓《ちか》った。

遠くでジャッカルの鳴き声がした。

ヒュラスはサソリに刺《さ》された晩《ばん》のことを思いかえした。熱にうかされていたとき、たしかピラにはジャッカルの頭をした神のことを話したはずだ。でも、その神がウジャトのお守りの上にかがみこんでいたことはだまっていた。いまになって、その記憶《きおく》が悪い兆《きざ》しだったように思えてきた。あの神はサソリに注意しろと警告《けいこく》していたのだろうか。それとも、もっと別のことを？

天幕の下から這《は》いだすと、空は白《しら》みかけ、ひんやりとした北風を肌《はだ》に感じた。体はふらつくが、どうにか立つことはできる。

緑の大地はすでにぬけたようだ。通りすぎていく左右の岸には、亜麻《あま》の畑らしきものと、日干《ひぼ》しレンガの家々《いえいえ》が見えている。平らな屋根の下には、暑さをさけて、家族たちが眠っているのだろう。その向こうには、死のような砂漠《さばく》の静寂《せいじゃく》が広がっている。

二度前の夏、カラス族に野営地《やえいち》を襲《おそ》われ、同じように川を旅した夜のことがよみがえった。あのときは、二、三日もすればイシを見つけられると思っていた。なのにこうして、世界のはてまで来ることになるなんて。

ケムはロープの束の上で眠っている。その向こうで、イティネブの弟たちがいびきをかいている。エコーは帆柱の上に止まり、翼に頭をもぐりこませている。帆は風を受けてふくらんでいる。パピルスでできた帆だ。舟全体がパピルスでつくられている。舟底も舟べりも、天幕も、帆綱《ほづな》も。木でできているのは櫂《かい》と帆柱だけだ。アシ原だらけのこの土地では、木材は貴重《きちょう》なものなのだ。

ハボックが寝ている人間たちを器用にまたぎながらヒュラスに近づいてくる。暑さにはなれたようだが、羽虫にまとわりつかれるのも、舟酔《ふなよ》いするのも、いやでたまらないらしい。ときどき浅瀬《あさせ》に飛びこんで、どこかへ消えてしまうが、それでも、舟《ふね》が岸をはなれるまでにはちゃんともどってくる。頭を太ももにこすりつけてきたので、耳をかいてやると、ヒュラスも少し元気が出た。

船尾《せんび》にすわったイティネブが、指の欠けた手で櫂《かい》をあやつっている。「太陽の娘《むすめ》が幸運をまねいてくださったらしい」そう言って、ハボックにおじぎをする。「このまま川上に向かって風が吹《ふ》きつづけてくれれば、たいしてこがずにすむ」

「パ・ソベクまではどれくらいです？」

イティネブは肩《かた》をすくめた。「風が強いままなら、そう何日もかかりはしない。風がなけりゃ、ずっと長くかかる」

どっちにしろ、しばらくは天幕《てんまく》の下にかくれていなけりゃならないなとヒュラスは思った。ピラに言うのはやめておこう。

「ぐあいはよくなってきたかね」イティネブが言った。

「ええ。でも、目がかゆいし、鼻水が止まらなくて」

イティネブは口元をゆるめた。「いまはシェムウ――乾季《かんき》――の終わりなんだ。鼻づまりの季節と呼《よ》ばれてる。だが、川上に行くには、いまがおあつらえ向きだ。流れが弱いし、風は強い、おまけにだれもが刈《か》り入れに大わらわで、よそ者を気にする余裕《よゆう》もないからな」

人目につかないようにするのは、思っていたより楽だった。イティネブの妻《つま》からは、キルトといっしょに細長い亜麻布《あまぬの》の切《き》れ端《はし》をもらっていた。頭に巻《ま》いて金髪《きんぱつ》をかくすためのものだ。ピラも前髪《まえがみ》を短く切ってもらった。ケムはわざわざ変装《へんそう》させる必要もなかった。奴隷《どれい》なら、だれも気にとめたりしないからだ。ハボックのことをたずねられたときは、パ・ソベクの神殿《しんでん》への捧《ささ》げ物《もの》だとイティネブが説明した。

遠くのほうで、ライオンが吠《ほ》えた。ハボックは耳をそばだて、ウーッ、ウーッとくぐもった声をあげた。遠吠《とおぼ》えを返したいのに、まだやりかたがわからないのだ。

「あれはナイ・タ・フトの神殿のライオンさ」イティネブが言った。

「ライオンが神殿に？ 生け贄《いにえ》のためですか？」

「まさか！ 神官たちが歌を聞かせたり、上等の肉を捧げたり、おまけに宝石《ほうせき》で飾《かざ》りたてたりしているくらいさ。死んだら布《ぬの》につつまれて、特別な墓《はか》に埋葬《まいそう》される。ほかにも、ヒヒやハヤブサがいる神殿もあるし……川上には、ワニのための大きな池もある。ソベクさまをあがめるために」

「ソベクさまって？」

イティネブは舟《ふな》べりの向こうを気にするようにちらりと見た。「ソベクというのは、ワニのことだ。〈怒《いか》れる者〉や〈女たちから夫をうばう者〉とも呼ばれてる。だが、両岸の土地に緑をもたらし、洪水《こうずい》も起こしてくださるんだ」

「ということは、これから行く……パ・ソベクっていう場所は……」

「そう、ワニの地だ」

ヒュラスはうろたえた。緑の大地をはなれたから、ワニとはおさらばできたと思っていたのに。

「ほら、食べなさい」イティネブは円錐形《えんすいけい》のパンと泡《あわ》のたった赤いビールの瓶《かめ》を指さした。

ヒュラスはエジプトの食べ物にできるだけなれようとしていた。甘《あま》くて歯ごたえのあるナツメヤシは気に入ったが、〝キュウリ〟とか呼ばれている緑色のものは苦手だった。食べたことのあるものでさえ、奇妙《きみょう》に思えてきた。ピラは二度とヒヨコ豆を食べないと言っている。エジプト語で、ヘル・ビク――ハヤブサの目――と呼ばれていると聞いたからだ。それに、ヤギの乳《ちち》のチーズがあるのにも驚《おどろ》いていた。ユセレフはヤギをけがれたものだと思っていたそうだ。ピラがそう伝えると、イティネブはそれを笑いとばした。「なら、そのユセレフはめぐまれた暮《く》らしをしていたにちがいない！　貧《まず》しい者にとっては、ヤギはけがれたものなんかじゃないからな！」

舟《ふね》が川の曲がり目を通りすぎたとたん、イティネブが声を張《は》りあげた。「イテル・アアに着いたぞ！」弟たちが起きだして、舟べりから捧《ささ》げ物《もの》の大麦を投げ入れると、イティネブといっしょにひざまずき、祈《いの》りを捧げはじめた。

太陽はすでに昇《のぼ》り、揺《ゆ》らめく空気の向こうで〈大いなる川〉、イテル・アアが群青色《ぐんじょういろ》にきらめき、水鳥や真っ白なサギが飛びかっている。両岸には、さざ波のように揺れるパピルスとナツメヤシがしげっている。黄金色《こがねいろ》の刈《か》り株《かぶ》がならぶ畑や、家々《いえいえ》がひしめきあうように立ちならんだ村の向こうには、ライオン色の丘《おか》がつらなっている。

「イテル・アアだ」イティネブがくりかえした。目には涙《なみだ》が浮《う》かんでいる。「どうだ、美しいだろう！」

ヒュラスは返事をしなかった。たしかに美しいが、これまで以上に、エジプトが奇妙《きみょう》な場所に思えてきたからだ。奇妙な生き物に、奇妙な神々《かみがみ》——おまけに、こんなに広くてえたいの知れない川までであるなんて。とんでもないところに来てしまった。いったい、どうやって帰ればいい？

起きだしてきたピラの顔を見て、同じように感じているのがわかった。ピラが西岸の丘を指さす。

「あそこにならんでるのは、お墓《はか》？」

イティネブがうなずいた。「〈永遠《えいえん》の家〉だ。東岸は生ける者たちのもの、西岸は死者のものとされている」

「でも、畑や村がある」ヒュラスは言った。

「そりゃそうさ！　墓掘《はかほ》り人や、棺《ひつぎ》職人《しょくにん》や、亜麻布《あまぬの》の織《お》り手《て》たちが暮らすためだ」イティネブはしめっぽい空気を深々《ふかぶか》と吸《す》うと、にっこり笑った。「すべてがこの川からはじまり、ここで終わる。生まれたら、最初にこの水で沐浴《もくよく》をする。家を建てるための泥《どろ》も、食べるための魚も、衣服に使う亜麻布も、舟をつくるパピルスも、みんなこの川があたえてくれるんだ。この川のおかげで移動《いどう》も楽にできる。北へ行くときは水の流れに乗り、南へ行くときは風の向きを利用する。川筋《かわすじ》や砂州《さす》の場所をおぼえてさえいれば、両岸の行き来も楽にできる。そして死ぬときには、最後にまたここで体を清めてから、川の泥でかためた墓のなかで眠《ねむ》りにつくというわけさ」ちらりとヒュラスに視線《しせん》が注がれる。「おまえさんの故郷《こきょう》には川がないのか？」

「少しは。こんなのじゃないですけど」

「そこらじゅう、木でおおわれた丘だらけだって話じゃないか」

「ええ、森って呼《よ》んでます」

からかわれでもしたと思ったか、イティネブが眉《まゆ》をつりあげる。「どんな木だ？　ナツメヤシか？」

「いえ。マツとか、ナラとか、モミとか。ナツメヤシはありません」

「ナツメヤシがないって？」イティネブが気の毒そうに首をふった。「弟にはたえられんだろうな」

「でも、夏にはたくさん花が咲《さ》きます」なつかしさで胸《むね》がズキンと痛《いた》んだ。「それに雨も降《ふ》るし……雨っていうのは、空から水が降ってくることなんです。冬に寒くなると、その水が白くてふわふわしたものに変わって、それは雪って呼ばれてます」

イティネブは笑った。「ははあ、やっぱりつくり話だな！」

＊

ピラはまぶしい日の光と、がやがやという人の声で目をさました。一瞬《いっしゅん》、ケフティウにもどったのかと思い、はっとした。それから、ヒュラスが天幕《てんまく》の下から外をのぞいているのが見えた。背中《せなか》は緊張《きんちょう》でこわばっている。

「ヒュラス、かくれてろ……」イティネブが舵取《かじと》り用の櫂《かい》のところへ飛んでいき、声が遠ざかった。「イネブ・ヘジュの町を通りすぎるぞ！」

最初のうち、目に入るのは頭上を舞《ま》うカラスの群《む》れだけだった。テラモンとアレクトのことが頭に浮《う》かんでぞっとした。やがて、東岸の町が見えたとき、ピラは肝《きも》をつぶした。なんと、女神《めがみ》の館《やかた》よりも広い。そびえ立つ石壁《いしかべ》や、スイレンの花がかたどられた石柱に、おそれ多い気持ちさえわいてくる。人々《ひとびと》も大勢《おおぜい》いる。牛車にスイカやゴマや亜麻布《あまぬの》の束を積みこむ男たち。もがきまわるカモの足をつかんでぶらさげている女たち。

それに、なんてたくさんの舟《ふね》だろう！　船着き場に泊《と》まった大きな木製《もくせい》のはしけに、男たちが巨大《きょだい》な石のかたまりを運びこんでいる。そのとなりにはそりかえった船首を持つ、あざやかな色をした船が停泊《ていはく》していて、黄色い天蓋《てんがい》が風にはためいている。まわりには、小舟や平舟や丸木舟がたくさん浮かび、川上や川下や対岸をめざしてきびきびと進んでいる。

ヒュラスがピラの腕《うで》にふれて西岸を指さし、かすれた声で言った。「なんのためにあんなものを建てるんだ？」

はるかかなたの砂漠《さばく》のなかに、見たこともないような山が三つならんでいる。三角形をした斜面《しゃめん》は信じられないほど平たくなめらかで、しかも色とりどりに輝《かがや》いている。赤、黄、緑、そして青。黄金《こがね》色《いろ》にきらめく山頂《さんちょう》は、天にもとどきそうだ。

「あれはメルって呼《よ》ばれてる」ケムが小さく言った。「〈昇天《しょうてん》の場〉さ。ずっと昔、ペラオの先祖《せんぞ》が、天にのぼって神になるために建てたんだ」

巨大な石の墓《はか》を見つめながら、ピラはエジプトの偉大《いだい》さを思い知らされ、心臓《しんぞう》をぎゅっとつかまれたような気がした。こんなに強大な力がカラス族の味方についているなんて。自分たちに勝ち目なんてあるんだろうか。

ピラは天幕の下にもぐりこんで、ウジャトのお守りを取りだした。ヘル神の目のお守りは、ずっしりと重たい青銅《せいどう》でできている。上まぶたには赤碧玉《せきへきぎょく》、瞳《ひとみ》と眉《まゆ》には瑠璃《るり》、それに、涙《なみだ》の跡《あと》のように下まぶたに引かれた太い線にも瑠璃がはめこまれている。ハヤブサのしるしだ。

一家でイネブ・ヘジュに巡礼《じゅんれい》に来たとき、ユセレフは兄からそれを貸《か》してもらったのだそうだ。「今日はおまえに持たせてやるが、なくすんじゃないぞ」兄のネベツクはそう念をおしたという。ところがその日、ユセレフは家族とはぐれ、奴隷《どれい》商人にさらわれてしまった。だから、お守りを返せずにいることを、ずっと気にしていた。

ピラはお守りをにぎりしめて横になったまま、カラスのかん高い鳴き声を聞いていた。一族の黒い船で川上に向かうアレクトとテラモンの姿《すがた》が目に浮かぶ。不安が胸《むね》をよぎった。

＊

いくつもの昼と夜がすぎるあいだ、風は途切《とぎ》れることなく吹《ふ》き、舟を南へと運びつづけた。イネブ・ヘジュよりもさらに広いエジプトの中心地、ワセトの町や、いくつもの神殿《しんでん》を次々《つぎつぎ》に通りすぎた。アベジュ、ドブド、そしてハヤブサの町ネケン……。

そしてついに、川幅《かわはば》はせばまり、水面が波立ちはじめた。イティネブと弟たちは、ワニが日光浴をしている岩や砂州《さす》をよけながら舟を進めた。集落は少なくなり、両岸には崖《がけ》が切り立ちはじめた。

ケムはしきりにあたりを見まわしている。「おれの故郷《こきょう》が近づいてきた。もうじき舟《ふね》をおりて、あとは砂漠《さばく》を歩いていく」

ヒュラスは残念だった。ケムのことが好きになっていたからだ。「故郷に帰ったらどうするんだ?」

「家族のいる村にもどる。それから、勇気があることを証明《しょうめい》する」

ヒュラスは成人の儀式《ぎしき》のことを思いだした。ケムはエジプト人の戦士から武器《ぶき》を盗《ぬす》まないといけないのだ。「なら、いまのうちにやろう。こっそり岸にあがるんだ。盗みなら自信があるから」

ケムは驚《おどろ》いたような顔をした。それから笑いだし、ヒュラスの肩《かた》をたたいた。「おまえはいい友だちだ。でも、それじゃだめなんだ。自分ひとりでやらなきゃならない。それも、部族の男たちが見ている前で。でたらめじゃないと示《しめ》さないといけないんだ!」

ずいぶんきびしいしきたりに思えたが、ケムから聞くかぎり、ワワトはそういうきびしい国なのだろう。

真夜中ごろ、舟はいきなり止まった。ヒュラスが顔を出すと、ハボックが浅瀬《あさせ》に飛びこんで、沼地《ぬまち》のなかに消えていくところだった。目の前には岩だらけの丘《おか》がそびえ、星空をさえぎっている。

ケムのこげ茶色の顔に興奮《こうふん》の色が浮《う》かんだ。「その曲がり目の向こうがパ・ソベクだ! 故郷もすぐそこだ!」

ヒュラスとケムはそろって岸に飛びおりた。イティネブは牛車のそばにいるふたりの男としきりに話をしていて、ピラがそれを聞きとろうとしている。

「このふたりは、いとこの友だちだ」イティネブがアカイア語でヒュラスに言った。「西岸にあるチェブの村で墓職人《はかしょくにん》をやってる。信頼《しんらい》していい」

「本当に?」ヒュラスは半信半疑《はんしんはんぎ》できいた。

「ネベックはカラス族からかくれているそうだ」

「そうだ、って？」ヒュラスはききかえした。

「おまえさんたちのことは、友だちだと伝えてある。ネベックのところへ連れていってくれるはずだ。ただし、目かくしをしてもらう」

「いやだ」ヒュラスはきっぱりと言った。

「きっとわなだぞ」ケムもそう言う。

ピラはくちびるをすぼめた。「でも、イティネブのことは信頼できるでしょ？　この人がだいじょうぶだって言うなら、信じていいと思う」

ケムは首をふっている。「やめとけって、ヒュラス」

ヒュラスはイティネブからふたりの男へと視線《しせん》を移《うつ》した。ふたりともたくましい体つきで、顔には苦労を物語るしわがきざまれている。その表情《ひょうじょう》からは、なにも読みとれない。ヒュラスはゆっくりとうなずいた。「ピラの言うとおりだと思う。やってみるしかない」

ケムは後ずさりした。「なら、残念だが、ここでお別れだ」こぶしを胸《むね》におしあて、ヒュラスとピラに向かって一度ずつおじぎをする。「ありがとう、ふたりとも。舟に乗せてくれて助かったよ。でなきゃ、ここまで来られなかった。恩《おん》に着るよ」

「いや、こちらこそ。砂漠で助けてもらったろ」ヒュラスは言った。

「そんなの、いいって！」ケムは手をふって答えた。そして、ピラににっと笑いかけた。「いつか、意気地《いくじ》なしじゃないってところを見せるからな！」

「ケム、そんなのもうわかってるわ」

「でも、いつかきっと証明してみせる！　幸運を祈《いの》るよ、ふたりとも。神々《かみがみ》のご加護《かご》がありますように。ハボックにさよならを言っといてくれ！」そう言うと、ケムは夜の闇《やみ》に消えていった。また友と別れるのかと思い、ヒュラスの胸《むね》は痛《いた》んだ。

そこから先はあわただしかった。イティネブと弟たちはそそくさと別れを告げて川上に向かい、ヒュラスとピラは名前も知らないふたりの男にうながされて、牛車に乗りこんだ。武器《ぶき》は取りあげられなかったが、目かくしをされ、両手もしばられた。

しばらく牛車に揺《ゆ》られたあと、今度は舟《ふね》に乗せられた。西岸へ向かうらしい。ピラにだいじょうぶかときくと、「ええ」と張《は》りつめた声が返ってきた。ハボックにも口笛で呼《よ》びかけると、遠くから返事が聞こえた。

舟からおろされ、また別の牛車に乗せられたあと、でこぼこの地面を歩かされて、どこかの建物のなかへ連れこまれたのがわかった。木のけずりくずと、しめった粘土《ねんど》のにおいがする。男が苦しげにせきこむ音が聞こえた。そのとき、両手が自由になり、目かくしもはずされた。

そこは工房《こうぼう》のなかのようで、ピラがとなりに立っていた。獣脂《じゅうし》のランプのぼんやりとした明かりのなかに、ヤシの丸太でつくられた屋根と、踏《ふ》みかためられた土の床《ゆか》が見えた。うす暗い壁《かべ》ぎわには、てのひらほどの大きさの粘土の人形《ひとがた》が何列もならんでいる。

目の前には、ふたりのエジプト人が立っている。ひとりは骸骨《がいこつ》のようにやせほそっていて、顔つきはまだ若々《わかわか》しいのに、髪《かみ》はぱさぱさで、白くなりかけている。もうひとりはヒュラスの倍ほどの年に見えるが、背丈《せたけ》は半分しかなく、太くて短い足と、極端《きょくたん》に大きな頭をしている。どちらも刃《は》のそりかえったナイフを持ち、かたい表情《ひょうじょう》を浮《う》かべている。ふたりはゴザの上に足を組んですわった三人目の男を守っているようだ。ピラがその顔をまじまじと見つめている。

かつては端整《たんせい》だったにちがいない顔立ちには、どことなく見おぼえがあった。だが、両目は落ちくぼみ、病《やまい》のせいか、やつれはてている。石灰《せっかい》が塗《ぬ》りたくられているせいで、その顔はしゃれこうべのように見え、髪ばかりでなく眉《まゆ》もそり落とされている。

ヒュラスの胃がきゅっとした。エジプト人がそれをするのは、喪《も》に服すときだ。

ピラが声をふるわせながらエジプト語で語りかけた。

病《や》みおとろえた男はピラをにらみつけ、吐《は》きすてるように言葉を返した。

「なんだって?」ヒュラスはきいた。

ピラのくちびるからは血の気が引いている。「なぜやってきたのかって……別れの悲しみのじゃまをするなって」

そんな、まさか、とヒュラスは思った。

「そう、別れを悲しんでいるのだ」男がしゃがれ声で、なまりの強いアカイア語を発した。「わたしはネベツク。弟のユセレフは死んだ。おまえたち野蛮人《やばんじん》に殺されたのだ! 弟は死んでしまった!」

15

死者のための工房《こうぼう》

「うそよ」とピラは言った。けれど、その言葉が胸《むね》に深く打ちこまれるのを感じた。死んだ、死んだ、死んだ、心臓《しんぞう》の鼓動《こどう》とともに、死んだ……。

「いっしょにいられたのはたったの十三日だ……」ネベックはあえいだ。「ようやく会えたというのに。弟は追われているのを知っていた……けがらわしい野蛮《やばん》な短剣《たんけん》のせいで……」

「死ぬはずがないわ」ピラはぼうぜんとつぶやいた。「ユセレフにかぎって」

「おまえは何者だ」熱を帯びてらんらんと輝《かがや》く目が、ピラを射《い》すくめる。「イティネブの話では、弟を知っていたということだが……野蛮人のくせに、なぜエジプト語が話せる?」

「ユ、ユセレフに教わって。あの人は――」

「なんて言ってる?」ヒュラスが割《わ》って入った。

「物心ついたときから、ユセレフとはいっしょだったの」ピラはふるえながら話をつづけた。「わたしの奴隷《どれい》だったけど、まるで兄と妹みたいに――」

「おまえか! あんないまいましい短剣などを、命がけで守ると誓《ちか》わせたのは!」

ピラはよろめいた。「ええ。わたしが誓わせたの」

「おまえが殺したのだ！」ネベックは叫《さけ》んだ。「おまえのせいで、弟は死んだのだ！」

＊

ネベックはあばら骨《ぼね》が折れそうなほどせきこみながら、しきりに怒鳴《どな》りつづけ、ピラはそれにじっとたえていた。ヒュラスにはなにを言っているのかわからなかったが、ひとことひとことがピラの胸につき刺《さ》さっているのはたしかだった。

「わたしがユセレフを殺したんだって」ピラはほとんどくちびるを動かさずにささやいた。「そのとおりよ」

「いや、ちがう」ヒュラスはふんがいして言った。「殺したのはカラス族だろ、きみじゃない！」そしてネベックに向きなおった。「どんな最期《さいご》だったのか教えてください。ぼくがわかるように、アカイア語で！」

語気を荒《あら》らげたせいで、小男と白髪《しらが》男がヒュラスをにらみながら、ナイフをつかんだ。

ヒュラスも自分のナイフをぬいた。「ここはどこなんです？　このふたりは何者なんだ？」

驚《おどろ》いたことに、ネベックはしゃれこうべのように歯をむきだして、にやりとした。「わからないのか？　まわりを見るがいい、野蛮人め！」

揺《ゆ》らめくランプの明かりのなか、幾列《いくれつ》にもならんだ小さな粘土《ねんど》の人形《ひとがた》が、うつろな目でヒュラスを見ていた。戸口の外には、ほかにもいくつか工房《こうぼう》が建っている。亜麻布《あまぬの》の包みや塩の山、横長のかご、それに棺《ひつぎ》のように見える木箱もたくさん置かれている。遠くのほうには、村で煮炊《にた》きをしている火がかすかにちらつき、うす暗い平原の向こうに、洞穴《ほらあな》だらけの崖《がけ》がそびえているのも見える。

「あそこにあるのが〈永遠《えいえん》の家〉だ」ネベックがしゃがれ声で言った。「ここの人間はみな、死者のためにはたらいている」両手で口をおさえてせきこみ、その手を広げてみせた。べっとりと血がついている。「じきにわたしもそこの住人になる」

ヒュラスはナイフをおさめた。「ユセレフになにがあったか聞かせてください」

病《や》みおとろえた男は目を閉《と》じ、苦しげに息をした。小男がそっと肩《かた》に手をかけたが、ネベックは顔をしかめ、断固《だんこ》とした調子で話しだした。「弟は、自分が死ぬことになるかもしれないと恐《おそ》れていた……それに、〝妹〟を失ったことを悲しんでいた。死んだものと思っていたから」

ピラがうなだれた。

「カラス族の連中にねらわれていることも知っていたが」ネベックは言葉をつづけた。「かくれているのにたえられなくなって……こっそり捧《ささ》げ物《もの》をしようと、対岸のパ・ソベクへ向かったんだ。姿《すがた》を変えてはいたが、とらえられてしまった。野蛮人《やばんじん》どもにか、あるいは、ペラオの命令で連中に手を貸《か》しているケラシェルの手の者に」やつれた顔がゆがむ。「さんざんに打ちすえられ、短剣《たんけん》のありかを問いつめられたが、弟は勇敢《ゆうかん》にも、教えようとしなかった」

ピラが両手で口をおさえる。

「そして、必死に逃《に》げだしたんだ、後ろ手にしばられたまま。だが、すぐにまたつかまることがわかっていたから、船着き場めざして走り……〈大いなる川〉に身を投げて……そのまま流され、おぼれ死んだのだ」

ランプの炎《ほのお》がパチパチとはぜ、ネベックの荒《あら》い息づかいがひびく。ピラは下におろしたこぶしをぎゅっとにぎりしめて、立ちつくしている。顔からは表情《ひょうじょう》が消え、ほおの傷《きず》あとが浮《う》かびあがっている。「なきがらは見つかったの？」小さな声でそうきいた。

「きいてどうする？」ネベックがそっけなく言った。

「わたしだって、ユセレフが大好きだったのよ！　ちゃんと埋葬《まいそう》されることがどれだけ大事かってことも、知ってるわ！」

ネベツクはそれには答えず、力なくつづけた。「じきにわたしも死ぬ。せきこむことも、苦痛《くつう》もなくなる。死によってわたしはよみがえり、永遠《えいえん》に弟といっしょになれる……」

「短剣はどこに？」ヒュラスはきいた。

ネベツクが目を開けた。「おまえたち野蛮人は、それしか頭にないんだな」

「すみません、でも、見つけなきゃならないんです」

だが、ネベツクはまた激《はげ》しくせきこみはじめた。仲間たちがかばうように身を寄《よ》せて、ヒュラスを追いはらおうとエジプト語でまくしたてた。ふと気づくと、横にいたピラは、すでに外の暗がりへとやみくもにかけだしていた。

＊

ピラは川岸にすわって、黒々《くろぐろ》とした川の流れをながめていた。ユセレフが死んだなんて。そんなこと、あっていいはずがない。もう二度と会えないなんて。

あたりにしげったアシやナツメヤシを、ピラはぼんやりと見まわした。目の前にはいくつも砂州《さす》がある。木々《きぎ》の生えた黒っぽい小島も浮かび、そのまわりで川面《かわも》が波立っている。その向こうの東岸には、大きな町の明かりがちらついている。あそこがきっとパ・ソベクだ。ユセレフがおぼれ死んだ場所。そう思うと、たえられなかった。

ひんやりした大きな鼻づらがひじにおしつけられた。ハボックだ。川で泳いでいたのか、ぬれた体で寄りそって、なぐさめようとしてくれる。でも、ピラはなでてやることもできなかった。心にぽっかり穴《あな》があき、なにも考えられない。こんなのうそだ。

エコーが肩《かた》に止まった。肌《はだ》に食いこむ冷たいかぎ爪《づめ》と、ガの羽のような羽毛の感触《かんしょく》をぼんやりと感じる。いつものエコーなら、くちばしで髪《かみ》を引っぱって肉をねだるのに、今夜はただじっとしている。ピラにはそれがありがたかった。

ヒュラスがやってきて、肩にふれた。ひとりにしてとピラは言った。

「ピラ」やさしい声だった。「ここじゃ、川に近すぎる。ワニがいるかもしれないぞ」

さからう気にもなれず、ピラはヒュラスに連れられてその場をはなれた。エコーは飛びたち、ハボックも知らない人間たちが多すぎると感じたのか、夜の闇《やみ》に姿《すがた》を消した。

ふたりはさっきとは別の工房《こうぼう》の前で立ちどまった。こちらのほうは真っ暗で人けはなく、壁《かべ》ぎわに棺《ひつぎ》が積みあげられている。ならんで腰《こし》をおろして棺のひとつにもたれると、ヒュラスの肩と太もものぬくもりがピラに伝わってきた。ヒュラスはこうして生きているのに、ユセレフは死んでしまった。そんなことって……。

ぞっとするような考えが浮《う》かんだ。「ユセレフのなきがらはどうなったの？　まさか……まさか、ワニに食べられちゃったんじゃないわよね？」

「いや、川が守ってくれたんだ。アシ原に打ちあげられたところを、発見されたらしい」ヒュラスは言葉を切った。「でまかせじゃない。さっきネベックから聞いたんだ」

ピラはうなずいた。

「ピラ、きみのせいじゃない」

「いいえ、わたしのせいよ」

「ちがう。カラス族がユセレフを殺したんだ。きみじゃない」

小男があらわれた。背丈《せたけ》はピラの半分ほどだが、敬意《けいい》をはらわずにいられないような威厳《いげん》をたたえている。「わたしはレンシ」無愛想にそう名乗る。「シャブティ職人《しょくにん》で、ネベツクの友だちだ。これから対岸へ送っていく」

ピラがそれを通訳《つうやく》すると、ヒュラスは腕組《うでぐ》みをした。「短剣《たんけん》を手に入れるまでは帰らないと伝えてくれ」

レンシはフンと言っただけだった。白髪《しらが》の男といっしょに、がっしりとした体つきの石工《いしく》が三人近づいてきた。「これはヘリホル」小男がピラに言った。「ほかの者たちの名前は知らなくていい。さあ、いいから来るんだ」

舟《ふね》の舳先《へさき》にすわったピラは、アカイア語で文句《もんく》を言うヒュラスと、エジプト語でやりかえすレンシとヘリホルの姿をぼんやりとながめていた。文句を言ったって、意味がない。どうしてヒュラスは短剣のことなんか忘《わす》れてしまわないんだろう？

ふと気づくと、舟は川を真っすぐにつっ切るのではなく、大きく弧《こ》を描《えが》いて遠まわりをしていた。ヒュラスも気づいたらしく、「わけをきいてくれ」といぶかしげに言った。ピラがたずねると、最短の進路をとると流れが急すぎるうえに、流れの下に危険《きけん》な岩がひそんでいるからだと答えが返ってきた。しばらくヒュラスがそっとしておいてくれたらいいのにとピラは思った。

むっとする川のにおいを感じながら、ピラは星空を舞《ま》うエコーを見あげた。ユセレフは前にこう言っていた。「人が死んで、正しくとむらわれると、魂《たましい》にハヤブサの翼《つばさ》が生えるんですよ。そうしたら、空に飛びたって、太陽のもとで神々《かみがみ》にむかえられ、夜になると休息のために墓《はか》に舞いもどるのです……」

目がじんとした。何度もまばたきをして、涙《なみだ》をこらえた。それでも、エジプトで死ねたのだけはよかった、とピラは心のなかでつぶやいた。ユセレフはずっとそう願っていたから。それからレンシに向かって、ユセレフがきちんととむらいの儀式《ぎしき》を受けて、ていねいに埋葬《まいそう》されたのかとたずねた。

そのピラの問いに、小男はひどく腹《はら》を立てたようだった。ピラをにらみつけると、くるりと背中《せなか》を向け、川をわたりきるまでずっと口をきかなかった。

東岸に着くと、舟《ふね》は人けのない入《い》り江《え》に泊《と》められた。岸辺にはアカシアの木がならんでいる。月明かりのなか、少しはなれたところに、刈《か》り入れの終わった畑と何列にもならんだ豆の茎《くき》が見えている。

「ここはどこだ」ヒュラスがあやしむように言った。

「シッ！」ヘリホルがそう言い、ピラに向きなおった。「用心のために、大きな声は出さないほうがいい。密偵《みってい》がいるかもしれないから。では、ふたりとも帰ってもらおう、自分の国へ」

「なんですって？　ここがどこかもわからないのに！」

ヘリホルはふたりを追いはらおうとするように、がりがりにやせた両手をふった。「そんなの知ったことじゃない！　さあ帰るんだ、自分の国へ！」

男たちは舟のほうへ歩きだした。が、レンシがくるりとふりかえり、ヒュラスとピラのほうへよたよたともどってきた。あいかわらず、ピラがとむらいの儀式のことをたずねたのに腹を立てているらしい。「おまえ」とヒュラスに指をつきつけ、「だまってろ」と釘《くぎ》を刺《さ》してから、ピラに向かって言った。「おまえは、恥《はじ》を知れ！　きちんと埋葬したに決まってるだろう！　仲間のなきがらを粗末《そまつ》に扱《あつか》ったりするとでも？　ネベツクの弟を」

「なんて言ってるんだ？」ヒュラスがきいた。「短剣《たんけん》のことをたしかめてくれ！」

「わたしはシャブティ職人《しょくにん》だ」レンシは怒《いか》りに声をふるわせている。「シャブティがなにか知ってるか？　人が死んだあと、ドゥアト、つまり冥界《めいかい》で、その死者のためにはたらく小さな人間のことだ！　ユセレフには、最高のシャブティをつくってやったんだ！　それに、このヘリホルは……」そう言って、白髪《しらが》の男を指さし、「サフ職人、つまり〈つつまれし者〉をつくる仕事をしている。ほかにも、花飾《はなかざ》りや香《こう》をつくる仲間もいるんだ。それにネベツクは、偉大《いだい》な書記なんだぞ！　ユセレフには、ペラオにだって負けないとむらいをしてやったさ！　その名が永久《とわ》に語りつがれることを祈《いの》って……」

　レンシはそこで息をついだ。「どうしてそんなにすぐ準備《じゅんび》ができたかって？　教えてやろう。去年、ネベツクは自分の死《し》にじたくをすっかり整えたんだ。だから、それをすべて弟のために使うことができたってわけだ！　棺《ひつぎ》も、お守りも、〈日のもとにあらわれるための呪文《じゅもん》〉の巻物《まきもの》も……なにもかも、名前を書きかえるだけでよかったんだ。なきがらのほうだって、このヘリホルは、とびきり腕利《うでき》きのサフ職人だ。〈つつまれし者〉のために生きているようなもんで、生者より死者のほうが好きなくらいさ！　まずは、ユセレフの臓物《ぞうもつ》を取りだして、すっかりきれいにして……」

　ピラは両手で口をおさえた。

「……それから、ヘスメンとマツやにと、ネベツクが自分のために用意しておいた没薬《もつやく》も使って、なきがらを清めた。すっかりしあがった〈つつまれし者〉を見たら、まだ生きているとかんちがいしただろうよ。肌《はだ》はふっくらして、まぶたにはクジャク石の粉が塗《ぬ》られ、本物の髪《かみ》の毛でできたかつらまでかぶっていたんだ。それに、棺もだ！」レンシはくちびるに指先をおしつけた。「安っぽいかご細工なんかじゃない、エジプトイチジクの木でできたやつだ。内側にも外側にもきれいに色が塗られていた。それに、葬儀《そうぎ》だって、泣き女をやとい、祈りを捧《ささ》げ、墓《はか》には食べ物やりっぱな花飾りをたっぷりつめて……なにもかも、非《ひ》の打ちどころのないほど、完ぺきだったんだ！」

「ピラ」ヒュラスがじれったそうに口をはさんだ。

レンシが射《い》すくめるような視線《しせん》を放つ。「この野蛮人《やばんじん》は、短剣《たんけん》のことしか頭にないのか！　わかってないな、ユセレフの望みはすべてかなえてやったんだ。あいつはネベツクにこう言った。もし自分が死んだら、あの呪《のろ》われたものを神々《かみがみ》がこわしてくださるように、呪文《じゅもん》を書きつけた布《ぬの》でつつんでほしいと。だから、そのとおりにしてやった。自分のなきがらといっしょに埋《う》めてほしいと言ったから、それもかなえてやったんだ！」

ピラはたじろいだ。「なんですって、短剣をいっしょに埋めた？」

レンシは短い両腕《りょううで》をふりあげた。「そう言ったろ。おまえたち野蛮人は、まぬけなうえに耳まで遠いのか」

ピラはぼうぜんとしながら、アカイア語でヒュラスにそれを伝えた。

ヒュラスは口をぽかんと開けた。「墓《はか》のなかだって!?」

ピラはうなずいた。

ヒュラスは少しのあいだ考えていた。「わかった。なら、掘《ほ》りだすしかない」

ピラはその顔をまじまじと見つめた。「お墓をあばくなんてだめよ！」

「やるしかない」

「いいえ、ヒュラス。聞いて。レンシが言うには、短剣には、神々がこわしてくださるように呪文がそえられているの。だから、そのままにしておけば――」

「いや、だめだ！　神々にとってみりゃ、一万年だって、ほんの一瞬《いっしゅん》なんだ。ぼくらが生きているあいだにこわしてなんかくれるもんか！」

「でも――」

「それに、カラス族はユセレフをさがしだしたんだ、墓だってきっと見つける。それより先に取りに行かないと！」

たしかにそのとおりだが、ピラは一瞬、ヒュラスが憎《にく》らしくなった。

「その小男に言うんだ。いますぐ短剣を取りださないといけないって」

思ったとおり、レンシは激怒《げきど》した。「墓に入るだと？ まったく、野蛮人はどいつも同じだ！ といっても、おまえたちにはたどりつけやしないがな！ 偉大《いだい》なるアウサル神の思《おぼ》し召《め》しで」

「どういうこと？」

小男は足を踏《ふ》み鳴らし、腰《こし》に手を当てると、ぎろりとピラを見あげた。「ネベツクの一族の墓は」ひそめた声にはたっぷり怒《いか》りがこめられている。「ずっと昔、先祖《せんぞ》の手で掘られたものだ。ハティ・アアの怒りを買ってしまったときに。こわされることのないように、墓は秘密《ひみつ》の場所につくられた。〈永遠《えいえん》の家〉のことを石ころひとつまで知りつくした者にしかわからない場所にな！ 時がすぎて、またハティ・アアに信用されるようになってからも、墓の場所は秘密にされつづけてきたんだ。いまはネベツクと、信頼《しんらい》できるわずかな仲間だけしか」と言ってぶあつい胸《むね》をたたき、「そのありかは知らないし、だれも口外などしない。ほかの者が墓を見つけることなどできやしないんだ！ 砂漠《さばく》の砂《すな》の数と同じだけの年月をかけてさがさないかぎりな！」

16

一族を守るため

「いったいつになったら、短剣《たんけん》が見つかるんだ」テラモンはハティ・アアの若妻《わかづま》、メリタメンに向かって言った。

「もうすぐです」メリタメンは静かに答えた。

「どういうことだ」

ふたりのあいだを、青いヤグルマギクと緋色《ひいろ》のケシの花をどっさりかかえた男の奴隷《どれい》が、ふらつきながら通りすぎた。次にやってきた三人の女奴隷が手にしたかごには、ごろんとしたパンが盛《も》られている。少なくとも、テラモンにはパンに見えた。どれも牛の形をしていて、つぶしたナツメヤシの実で体の斑点《はんてん》を、炒《い》った大粒《おおつぶ》のアーモンドで目をかたどっている。

ここの連中ときたら、なんにでも飾《かざ》りをつければいいと思っているのか。パンにまで。テラモンはうんざりしながら、メリタメンに向かって言った。「なにがどうなってるのか説明するんだ。こんなばか騒《さわ》ぎでごまかそうったってむだだぞ」

その口調に、メリタメンは身をすくめた。後ろにいる妹もネコをぎゅっと抱《だ》きしめた。「ごまかすつもりはないわ」メリタメンの返事は冷ややかだった。「でも、明日からヘブがはじまるの。ハティ・

アアの一族として、やるべき仕事があるんです。わたしもなにかといそがしくて……」そう言って、中庭を手ぶりで示《しめ》した。そこでは大勢《おおぜい》の者たちが、髪《かみ》をそりあげたり、亜麻布《あまぬの》にひだを寄《よ》せたり、花飾りを編《あ》んだり、音楽を奏《かな》でたりしている。

そろいもそろって役立たずなやつらめ。テラモンは心のなかで毒づいた。音楽を演奏《えんそう》させるためだけに奴隷を使うなんて、いったいどういうつもりだ？

驚《おどろ》いたことに、メリタメンはくるりと背中《せなか》を向けて、奴隷たちに用事を言いつけはじめた。小娘《こむすめ》のくせに、コロノス一族の戦士をないがしろにするなんて、許《ゆる》されない。

激《はげ》しい怒《いか》りがこみあげた。女なんかに甘《あま》く見られるなんて……そもそも、いまこうしているのも、わたしよりあなたのほうがメリタメンから話を聞きだしやすいはずよ、とアレクトに言われたからだ。「わたしはやるだけのことはやったわ、今度はそっちの番よ、おいっ子のぼうや」と、当然のように指図されたのだ。あくびまじりに。おまけにメリタメンのほうは、勝手に立ち去ろうとしている……。

「話は終わってないぞ」テラモンは怒鳴《どな》りつけ、あごをしゃくって、ついてこいと合図した。いかにも見下したような態度《たいど》に、メリタメンのほおが赤く染《そ》まった。

「いいか、聞くんだ」ひっそりとした中庭のすみまで行くと、テラモンは言った。「きみを破滅《はめつ》させることだってできるんだぞ。こっちが話しているときは、ちゃんと目を見るんだ！」

メリタメンはしぶしぶしたがった。黒い目のまわりには黒いくまどりが入れられ、上まぶたはあざやかな緑色に塗《ぬ》られている。神殿《しんでん》の外にならんだ女神《めがみ》の石像《せきぞう》みたいだと思い、テラモンはかすかにたじろいだ。

「こっちはがまんしてやってるんだ」低い声でそうつづけた。「神々《かみがみ》を怒《おこ》らせたくないと言うから、船だって川のなかの小島の陰《かげ》に泊《と》めてやった。短剣《たんけん》をさがしだすとそっちが約束したからだ」

「ええ、たしかに」

「〈はじまりの日〉までに見つけろと言ったはずだ。あと四日だぞ。それまでにこの手に短剣がもどらなかったら、きみのせいだとペラオに伝えてやる。きみとハティ・アアの地位と名誉《めいよ》をうばい、一族も破滅《はめつ》させてやる。はったりだと思うか？」

「いいえ」冷ややかな視線《しせん》が返ってきた。「さあもう、ヘブのしたくがあるから――」

「そんなくだらない祭りなんてどうでもいい！」

「なんてことを！」メリタメンがちらっと後ろに目をやってから、テラモンのほうに身を乗りだした。ジャスミンとシナモンの香《かお》りがする。「短剣のかくし場所は知らない」そこでひと呼吸《こきゅう》おく。「でも、すぐにわかるはずです。そのためには、ヘブに参加しないといけないの」

「どうしてだ」

「言えないわ！　とにかく、短剣をさしださせる方法は知っているから――」

「だれに？」

「いいから、まかせてください」

でたらめだろうか。美しい化粧《けしょう》の下で、こちらをあざ笑っているのだろうか。

「いいだろう。でも、ぼくもそのヘブとやらに行く――」

「だめよ！」

「だめじゃない。しっかり見張《みは》ってるからな。もしもだましたりしたら……」テラモンは、ザクロの木の陰からのぞいている妹のほうを脅《おど》すように見た。「言っておくが、妹をどこか安全なところにかくそうなんて思うなよ。おばのアレクトの指示《しじ》で、ケラシェルの奴隷《どれい》が監視役《かんしやく》につくことになってる。これからきみの妹は、ずっと見張られることになるんだ」

メリタメンははっとしたように目を見ひらいた。「そんな必要ないのに」と口ごもる。

思ったとおりだ。メリタメンをあやつるには、妹をおさえればいい。「アレクトは必要だと思っている。ぼくもだ。つべこべ言ってもむだだぞ。ぼくもヘブに行く」いい気味だ。どうせなら、アレクトには行くことをだまっていよう。ちらりと不安がよぎったが、すぐにそれをおし殺した。いいかげん、だれが隊長かをアレクトに思い知らせてやらなくては。

「どうぞお好きに。でも、わたしに近づかないようにしてください。でないと、すべてだいなしになってしまうから」

「本当に手に入れる方法を知ってるんだな」

「ええ、そうよ」その口調は驚《おどろ》くほど苦々《にがにが》しげだった。「方法は知っています。でも、あなたたち野《や》蛮人《ばんじん》にだってできないほど冷酷《れいこく》な方法だから、そんな手を使うのが、恥《は》ずかしくてしかたないの！　だけど、一族を守るためなら、冷酷にもなるわ。短剣はわたしが見つけだす……そうするしかないから。あなたたちをパ・ソベクから追いだして、二度とわたしたちを苦しめさせないように！」

＊

こんな恐《おそ》ろしいところ、さっさと出ていってしまいたいと子ライオンは思った。

ハエにも、川のブタにも、巨大《きょだい》なトカゲにも、うんざりだった。少年のためだと思って、へんてこな人間たちのことも がまんしてきた。前足の先が片方《かたほう》なくて、頭を引っかくたびに、たてがみがずれてしまう男のことだって。〈光〉と〈闇《やみ》〉が何度もすぎるあいだ、ぐらぐらするアシのかたまりにも乗っていた。その上にいると、胸《むね》がむかむかして、毛玉を吐《は》きたいのに吐けないときみたいな気分になるのだった。そのあと、少年と少女がまた別のアシのかたまりに乗って〈大きな流れ〉を横切ったときも、勇気をふりしぼって、泳いであとを追いかけた。

それなのに、せっかく毛皮にしみこんだ水をふりはらったと思ったら、ふたりはまた〈大きな流れ〉の向こうにわたってしまった。今度ばかりは泳いでついていく気にもなれなかった。たとえ少年のためだとしても。向こう岸には人間がたくさんいすぎる。こわくてとてももどれない。

どうしてこんなにややこしいことになってしまうのだろう。群《む》れのまとまりがどんどんなくなっていく。せっかく黒い肌《はだ》の少年にもなれてきたのに、いなくなってしまうし、今度は少女がひどくつらそうな顔をするようになってしまった。鼻をこすりつけても、そのつらさは消えないようだった。おまけに、ハヤブサはカモたちを追っかけるのに夢中《むちゅう》で、群れがばらばらになるのを気にもしていないようなのだ。

とほうに暮《く》れて泣きべそをかきながら、子ライオンは川岸をうろついた。少年の呼《よ》び声は聞こえなかったから、川のこちら側で待たせておくつもりなのだろう。それで、なおさら取りのこされたような気持ちになった。

いったいあの子は向こう岸でなにをするつもりなんだろう？　人間たちがうようよしているのが、においでわからないんだろうか。こっちの岸のほうが、死んだ人間のねぐらと幽霊《ゆうれい》たちばかりだから、安心なのに。

ハヤブサが背中《せなか》に舞《ま》いおりてきて、きげんよくダニをつついて取ってくれた。そんなハヤブサのことがうらやましかった。こわいものなんてなにもないみたいだ。そりゃ、いつでも飛んで逃《に》げられるんだから、こわがる必要なんてないに決まってる。

それだけでなく、ハヤブサはこのひどい場所が気に入っているのだ。

ハヤブサは、〈大きな流れ〉のこちら側のほうがずっと気に入っていた。崖《がけ》の上にはほかのハヤブサが二羽いるだけで、近づいてこようともしないし、人間がたくさんいないのもいい。

ここの人間のなかでいちばん気に入っているのは、病気の男だった。ヒナだったころに初めて会った人間と似《に》ているからだ。巣から落ちてアリに襲《おそ》われていたところを助けてくれた、あの人間に。病気の男はせきばかりしているが、うやうやしく話しかけてくれるし、岩の上にヒバリの死骸《しがい》を置いておいてくれた。ハヤブサはそれを二、三口つつくと、あとで食べられるように、残りを岩の穴《あな》に入れておいた。少女のことが心配で、いまはあまり食べる気にもなれない。

*

人間の気持ちは、嵐《あらし》の前の風みたいに複雑《ふくざつ》で読みにくいけれど、少女が悲しんでいることは、ハヤブサにもわかった。元気づけようとしてみたものの、うまくいかなかった。

太陽が昇《のぼ》りはじめ、アシの穂《ほ》をつつくカモに気づいたとたん、ハヤブサはそちらに気を取られた。翼《つばさ》がうずうずする。狩《か》りがしたくてたまらない。

ここはハヤブサにぴったりの場所だ。ほかの仲間たちはどうしていやがっているのだろう。とくに子ライオンは毛ぎらいしている。少年と少女のほうは、目の下にハヤブサそっくりの黒い筋《すじ》を入れたりしているから、最初のうちは、自分と同じくらい気に入ったのだと思っていた。けれど、じきに子ライオンと同じくらいうんざりしているのがわかった。なぜなのかさっぱり理解《りかい》できず、いっそこのまま飛んでいってしまおうかとさえ思えてくるのだった。

おまけに、少年と少女はもう一度〈大きな流れ〉の向こう側へ行ってしまった。あっちには人間たちが大勢《おおぜい》集まっているのに。いったい、どうしてだろう？

子ライオンがそばにやってきて、ちらりとハヤブサを見た。ねえ、どうする？

ハヤブサは翼《つばさ》を軽く広げて冷やしてから、片足《かたあし》をのばして羽づくろいをはじめた。みとめるのはしゃくだけれど、どうしていいかわからなかった。

もっと悪いことに、おびえてもいた。なにしろ、向こう岸には人が多すぎる。いやなにおいをさせながら、おし合いへし合いしている、騒《さわ》がしい人間たちの大群《たいぐん》がいる。

そこに近づくのだけは、どうしてもいやだった。

17

祭りの行列

男がエジプト語でなにやらまくしたてながら、イチジクのかごをつきつけた。ヒュラスは首を横にふり、言葉がわからない、と手ぶりで示《しめ》した。男は肩《かた》をすくめ、客をさがして、人ごみのなかへ消えていった。

やさしそうな女が、心配げな目でこちらを見ている。ヒュラスは頭に巻《ま》いた布《ぬの》を目深《まぶか》に引きさげ、顔をそむけた。たいていのエジプト人よりも背《せ》が高いせいで、どうしても目立ってしまう。それに、カラス族がどこにいてもおかしくない。ピラはどこへ行ったんだ？

あたりに立ちこめたお香《こう》のにおいと人いきれで、息が苦しい。シラサギの羽根を髪《かみ》に飾《かざ》った農民の娘《むすめ》たちが、おしゃべりをしながら、パピルスの花束をふっている。年寄《としよ》りの女たちは、ビールやナツメヤシのケーキや、ヤシの葉でつつんだ揚《あ》げ魚を売り歩いている。黒い肌《はだ》をした者たちもいくらかいる。ケムの国の人々《ひとびと》は、象牙《ぞうげ》やダチョウの卵《たまご》を売りにパ・ソベクまでやってくるそうだ。神殿《しんでん》から川岸までつづく広い並木《なみき》通りには、群衆《ぐんしゅう》がひしめいている。通りの両脇《りょうわき》には、御影石《みかげいし》の台座《だいざ》にのった黒い玄武岩《げんぶがん》の巨大《きょだい》なハヤブサがずらりとならび、するどい金色の目で永遠《えいえん》のときを見つめている。

イティネブによれば、ヘブには盛大《せいだい》な行列をつくり、聖《せい》なるはしけに神々《かみがみ》の像《ぞう》を乗せて、川上へと運ぶそうだ。今年もまた、川の水かさが増《ま》してくれることを祈《いの》って。「一年のうちで、いまがいちばん大事なときなんだ。洪水《こうずい》が起きなければ、作物は枯《か》れてわれわれは飢《う》える。大洪水になると、今度は村々《むらむら》がおし流されてしまう」

ヒュラスにはどうでもよかった。とにかく、ピラを見つけないと。

ユセレフが亡《な》くなった場所を見たいのと言って、ピラは先ほど走り去ってしまったのだ。船着き場まで行くほど血迷《ちまよ》っていなければいいが。

太陽は昇《のぼ》りはじめたばかりだが、アカシアの木立のそばでレンシに置きざりにされたのが、ずいぶん前のことのような気がする。

「西岸にもどらないと」と、置きざりにされたときヒュラスはピラに言ったのだった。「墓《はか》はあっちにあるはずだから、短剣《たんけん》もきっとそこだ」

「短剣なんてどうでもいいわ」ピラは力なく答えた。「どうせ、見つけられっこないわよ」

「カラス族ならきっと見つける。ネベツクかその仲間をつかまえたら」

「あの人たちは教えないわ」

「拷問《ごうもん》されたら別だ」

その言葉はナイフのようにピラの胸《むね》をつらぬいた。ヒュラスはピラを傷《きず》つけてしまったことをくやみ、そんな悲しみをまねいたカラス族が許《ゆる》せなかった。でも、立ちどまっているひまはない。「短剣があるかぎり、カラス族は倒《たお》せないんだ！　この先ずっと、びくびくしながら生きるのなんていやだろ！」

けれど、ピラは両腕《りょううで》で体を抱《だ》くようにして、前後に身を揺《ゆ》するばかりだった。

「ピラ、そんなのきみらしくないぞ！　別れを悲しむのはあとに――」

「あなたに別れの悲しみがわかるの？」

ヒュラスは身をこわばらせた。「ケフティウで、母さんが死んだのを知った」

「わたしもよ」

「きみは、母さんをきらってただろ！」

「あなたは、顔も知らなかったじゃない！」

はっとしたような沈黙《ちんもく》が落ちた。おたがいに、言いすぎてしまったのに気づいた。

「こんなところにいても、なんにもならない。やらなきゃならないのは――」

そこまでしか言えなかった。木々《きぎ》のあいだにたいまつの火が見えたかと思うと、大勢《おおぜい》の人々《ひとびと》が近づいてきた。周辺の村々からヘブに参加しようとやってきた農民たちだ。

ピラがかけだしていくのを見て、ヒュラスはぎょっとした。「どうする気だ？」ひそめた声でそう呼《よ》びかけた。

「だれも気づきやしないわ！　ヒュラス、こうしなきゃならないの。ユセレフが亡くなった場所をどうしても見たいのよ！」

そんなわけで、ヒュラスもピラを追ってヘブが行われている場所までやってきたのだった。ところが、船着き場へ行くつもりが、人の波におされて逆《ぎゃく》方向へと流され、たどりついたのはパ・ソベクの中心にそびえ立つ神殿《しんでん》の前だった。高くぶあつい壁《かべ》は、青いジグザグ模様《もよう》や赤と黄の縞《しま》模様にいろどられている。巨大《きょだい》なパピルスの花をかたどった柱が、銅《どう》の飾《かざ》り鋲《びょう》がついたりっぱな門扉《もんぴ》を守っている。イティネブの話では、神殿のなかは大勢の神官たちが取りしきる神秘《しんぴ》の世界で、洗濯女《せんたくおんな》から園《えん》丁《てい》、調香師《ちょうこうし》、かつら職人《しょくにん》、機織《はたお》り女《め》、おまけに聖《せい》なる泉《いずみ》のワニを卵《たまご》からかえす係までいるそうだ。

門が開いたとたん群衆《ぐんしゅう》から歓声《かんせい》があがり、なかからは頭をそりあげた神官たちが、銀の縦笛《たてぶえ》を吹《ふ》き、細い手の形をした象牙《ぞうげ》の拍子木《ひょうしぎ》を打ち鳴らしながらあらわれた。その後ろには、人の背丈《せたけ》ほどもある柱形の花飾《はなかざ》りをかかえた神官たちが、左右に体を揺《ゆ》らしながらつづいている。花飾りには紫《むらさき》色《いろ》のベラドンナや、青と白のスイレン、それに緑のパピルスが編《あ》みこまれている。次にあらわれた神官たちは、金張《きんば》りの木でできた平らな輿《こし》をかついでいた。輿にはヤナギで飾りつけられた石灰岩《せっかいがん》の台《だい》座《ざ》がのせられ、その上には緑色に輝《かがや》く石のワニが横たえられている。ソベク神——〈洪水《こうずい》をもたらす者〉だ。

ワニの神は青や緑の石があしらわれた白い亜麻布《あまぬの》をまとい、黄金の首輪をつけている。ごつごつした額《ひたい》からは、緑に染《そ》められたダチョウの羽根がつき立っている。太くかたい尾《お》が台座からはみだし、かぎ爪《づめ》は板の端《はし》をにぎりしめている。いまにも身をくねらせ、人々《ひとびと》の頭の上に這《は》いおりてきそうだ。

まわりの人間たちがいっせいにひざまずいた。いけない、これでは目立ってしまう。後ずさりをしたとたん、水運びの男にぶつかり、ぎろりとにらみつけられた。

ヒュラスは玄武岩《げんぶがん》のハヤブサの台座の陰《かげ》に引っこんだ。ピラはあいかわらず見つからない。

ワニの神につづいて、青いお香《こう》の煙《けむり》につつまれた花飾りの列がまたあらわれ、それから長い柄《え》のついた金張りの輿を、ケムによく似《に》た黒い肌《はだ》の奴隷《どれい》たちが運んできた。輿には色あざやかな亜麻布が幾《いく》重《え》にもしかれ、そのすそが地面を引きずっている。緋色《ひいろ》の天蓋《てんがい》の下には、でっぷりと太ったエジプト人がすわっていて、宝石《ほうせき》をちりばめた首飾《くびかざ》りと細かいふさが無数に編まれたかつらをつけている。黒《こく》檀《たん》のハエ払《ばら》いをあごにおしあてながら、男は人々を見まわした。

「ケラシェルさまだ」だれかがつぶやいた。ヒュラスの胃がきゅっとした。ネベツクの話では、ペラオの命令で、ケラシェルという男がカラス族の短剣《たんけん》をさがす手伝いをしているということだった。その男がいるということは、カラス族もいっしょだということだ。

ケラシェルの輿の次には、美しい娘《むすめ》を乗せた輿がやってきた。ケラシェルの娘だろうか、それとも妹だろうか。黒髪《くろかみ》に紫色のクイナの羽根を編みこんでいて、いっしょに乗っている幼《おさな》い少女を小声でしかりつけている。少女のほうは、身につけているのは頭にかぶったケシの花輪だけで、いかにも退《たい》屈《くつ》そうな顔をしている。見ていると、やがて輿からすべりおりて、人ごみのなかへ消えてしまった。

そのとき、大通りの向こうにピラが見えた。ヒュラスには気づいていないらしく、顔は別のほうに向けられている。

大声で呼《よ》ぶわけにはいかない。ヒュラスは台座の陰から必死に手をふった。ところが、そのとき地面がぐらりと揺れた。目の奥《おく》で閃光《せんこう》が走り、燃《も》える指にこめかみをつらぬかれる。

笛や拍子木のけたたましいひびきが低くくぐもり、感覚がどこまでもとぎすまされていく。水運びの男の背中《せなか》を汗《あせ》が流れ落ちる音も、花飾りのなかにいるコガネムシがスイレンの花びらを噛《か》みちぎる音も聞こえる。やがて、あたりが恐《おそ》ろしいほどの明るさにつつまれたかと思うと、金張りの輿に乗ったソベク神が、緑の石の頭をかたむけて、ヒュラスをにらみつけた。

ヒュラスは悲鳴をあげた。と、顔の上に影《かげ》が落ちた。見あげると、巨大《きょだい》な玄武岩のハヤブサが首をひねり、下をのぞきこんでいた。あわててかけだすと、水運びの男にぶつかり――ふりむいたその顔は、人間ではなくヒヒで、黄色い目でにらみつけてくる。

ヒュラスはやみくもに人ごみをかき分けながら逃《に》げた。

背《せ》の高い家と家のあいだに、路地の入り口がある。そこに積みあがった石のそばに、先ほどの美しい娘の輿に乗っていたはだかの少女がしゃがみこみ、羽根飾りを何本かにぎりしめながら、小さく歌を口ずさんでいる。

その子のニンニクくさい息のにおいを感じるのと同時に、石のあいだから這いだしてきたヘビのウロコがこすれるかすかな音が聞きとれた。その瞬間《しゅんかん》、ヒュラスはなにが起きようとしているかさとった。ナイフをぬくや投げつける。少女がぱっと顔をあげる。ヒュラスは悲鳴をあげてもがきまわるその子をかかえあげ、ヘビから遠ざけた。そのとき、輿《こし》が路地の入り口にさしかかり、美しい娘《むすめ》がふたりのほうに顔を向けた。ヒュラスの腕《うで》のなかでもがいている妹に気づいたとたん、黒い瞳《ひとみ》が見ひらかれ、その目がナイフで串刺《くしざ》しにされてのたうちまわるヘビに向けられた。

ピラもヒュラスに気づき、人をかき分けて近づいてくる。

少女を下におろすと、ヒュラスはヘビの息の根を止めた。立ちあがったとき、テラモンの姿《すがた》が見えた。

コロノスの孫テラモンは、美しい娘の輿の少し後ろから、別の輿に乗って近づいてくるところだった。顔は見えないが、ヒュラスにはひと目でわかった。かつての友の姿に、一瞬、心臓《しんぞう》が凍《こお》りついた。赤い亜麻布《あまぬの》のチュニックに、戦士らしく編《あ》んで先端《せんたん》を円盤型《えんばんがた》の小さな粘土《ねんど》細工でとめてある黒い髪《かみ》。手首には、赤碧玉《せきへきぎょく》の印章と、ピラのものだったハヤブサがきざまれた紫水晶《むらさきずいしょう》の印章をぶらさげている。

テラモンは片方《かたほう》の腕でひざをかかえて人々《ひとびと》を見まわしているところで、その顔はヒュラスとは反対のほうに向けられている。じきにピラに気づいてしまうだろう。

ヒュラスはピラをしゃがませようと、必死に手をふった。「しゃがめ！」と口を動かす。「体を低くするんだ！」

ピラはけげんそうな顔をしている。なんなの？

テラモンの視線《しせん》がそちらに向けられようとしている。

そのとき、人々がいっせいに両手をかかげ、ピラの姿は見えなくなった。だれもが驚《おどろ》いたような声をあげながら、ハヤブサの石像《せきぞう》に止まったエコーのほうへおしよせている。ヘル神の像にハヤブサが舞《ま》いおりるとは！　まちがいない、これは洪水《こうずい》をまねく吉兆《きっちょう》だ。

ありがとうエコー、とヒュラスは心のなかで呼《よ》びかけた。ほっとしたことに、ピラも危険《きけん》に気づき、姿を消していた。

だが、今度はヒュラスのほうが丸見えになりかけていた。人垣《ひとがき》がうすくなり、テラモンがふりかえろうとしている。ヒュラスは必死でかくれる場所をさがした。

「ここよ！　この下にかくれて！」近くでささやき声がした。美しい娘が輿の上から手まねきしている。

ピラがそばにあらわれ、ヒュラスの手首をつかんだ。

テラモンに姿を見られる寸前《すんぜん》、娘が垂《た》れ布《ぬの》をめくり、ヒュラスとピラを輿の下へもぐりこませた。

18

短《たん》剣《けん》のありか

「きっとわなだ」真っ暗な輿《こし》の下でぎこちなく前に進みながら、ヒュラスはつぶやいた。

上にいる娘《むすめ》が、声をひそめてエジプト語でなにか言う。

「しゃべっちゃだめだって」ピラも小声で言った。「テラモンがすぐ後ろにいるから。顔が真っ青よ、だいじょうぶ？」

うなずいてみせたものの、ヒュラスは垂《た》れ布《ぬの》のすぐ外で輿をかついでいる奴隷《どれい》たちにぶつからないようにするのがせいいっぱいだった。小柄《こがら》なピラは輿の下でも真っすぐに立っていられるが、ヒュラスのほうは不自然に身をかがめていなければならず、おまけにまぼろしを見たせいで、まだめまいがしていた。

と、だしぬけに輿が向きを変え、群衆《ぐんしゅう》のざわめきが遠くなった。垂れ布を左右に開くと、目の前には壁《かべ》があらわれた。反対側も同じだ。

ピラといっしょに輿の下から這《は》いだすと、そこは背《せ》の高い家にはさまれたうす暗い路地だった。十歩はなれたところに、行列を見物する人々《ひとびと》の背中《せなか》が見えている。路地の奥《おく》には屈強《くっきょう》な体つきの黒人奴隷が立ちはだかり、逃《に》げ道をふさいでいる。

あっというまにナイフをうばわれ、後ろ手にしばりあげられた。路地の入り口に勝ちほこったテラモンがあらわれるかと思ったが、エジプト人の娘は輿の上から身を乗りだしてピラになにやら伝えた。

ピラがピシャリと言いかえす。

「シーッ！」娘は行列のほうを指さした。テラモンの輿が通りすぎようとしている。娘がくせの強いアカイア語でこう言った。「ケラシェルには気分が悪いと伝えてあるけど、ぐずぐずしているひまはないわ！」

＊

亜麻布《あまぬの》でつつまれたふたりは、荷馬車で運ばれ、さらに小舟《こぶね》にも乗せられて、最後に冷たい石の上にドサッと投げだされた。

ヒュラスが身をくねらせて布から這いだすと、そこは馬屋らしき場所だった。といっても、これまで見たこともないほどりっぱな馬屋だ。みがきあげられた石灰岩《せっかいがん》の壁には、二輪戦車や猟犬《りょうけん》の絵が描《か》かれている。片《かた》すみには大理石の水桶《みずおけ》が置かれ、濡《ぬ》れた亜麻布が梁《はり》につるされていて、高い窓《まど》から吹《ふ》きよせる風にゆらゆらと揺《ゆ》れている。たぶんそうやって馬たちをすずませているのだろう。仕切りの向こうにあるとなりの馬房《ばぼう》からは、鼻息と足踏《あしぶ》みする音が聞こえている。

となりに横たわったピラは、ほこりにまみれ、髪《かみ》をふりみだして、ぷりぷり怒《おこ》っていた。ヒュラスと同じように、後ろ手にしばられている。

ふたりはだまったまま体の向きを変え、背中合《せなかあ》わせになった。最初にヒュラスがピラの縄《なわ》をほどこうとし、次にその逆《ぎゃく》もためした。が、うまくいかない。ひじと手首がきつくしばりつけられ、指がしびれてしまっている。

ヒュラスはどうにか立ちあがると、窓《まど》の外をのぞいた。

「ここ、どこなの？」ピラが言った。

窓の向こうに川は見えない。目の前には、沈《しず》みゆく夕日を背《せ》に、黒っぽい崖《がけ》の影《かげ》が浮《う》かびあがっている。「西岸だ」

北の方角のずっと遠くに、畑と大きな村と大勢《おおぜい》の人間たちが見える。その手前にあるのは、ゆうべネベツクと会った工房《こうぼう》だろうか。さらにその手前には、曲がりくねった道が西へのび、崖と崖のあいだの谷間らしき場所へとつづいている。その先は砂漠《さばく》だろうか。もしそうなら、そちらへ逃《に》げられるかもしれない。

ピラも立ちあがり、となりの馬房《ばぼう》をのぞいている。「なんでこんなところに戦車用の馬がいるの？」

「それは夫のものよ」輿《こし》に乗っていた美しい娘《むすめ》が入り口にあらわれて言った。「西岸のほうが狩《か》りをしやすいの。人が少ないし、獲物《えもの》は多いから」

娘は奴隷《どれい》に戸をおさえさせ、馬房のなかへ入ってくると、細いサンダルをはいた足で地面のわらを脇《わき》へおしやった。その後ろには、さらにふたりの奴隷が両腕《りょううで》を胸《むね》の前で組み、うやうやしくひかえている。

「あなた、だれなの」ピラがきいた。

その言葉が耳に入らなかったかのように、娘はひとり目の奴隷にうなずいた。奴隷はふたりの縄《なわ》を切り、ヒュラスの頭のおおいを取り去ると、おじぎをして後ろにさがった。娘はヒュラスの金髪《きんぱつ》にしげしげと見入った。

「きみはだれだ」ヒュラスはしびれた手首をさすりながら言った。

「きつくしばりすぎたのね。ごめんなさい」

ヒュラスは肩《かた》をすくめた。「もっとひどい目にだってあったさ」

「そうみたいね」ヒュラスの腕《うで》や胸の傷《きず》あとにちらっと目をやると、娘はほおを染《そ》めた。

ピラがエジプト語で噛《か》みつくようになにか言った。

娘は冷ややかにピラをながめまわしてから、ヒュラスのほうに向きなおった。「わたしはメリタメン。ふたつの土地からなるこのエジプトの、第一の土地を支配《しはい》するハティ・アアの妻《つま》よ」

うなり声をあげるピラを、ヒュラスは目で制《せい》した。メリタメンの夫は、カラス族がユセレフをとらえるのに手を貸《か》した。だからピラの怒《いか》りももっともだが、ふたりがユセレフの知り合いだと気づかれると、まずいことになる。ネベツクや短剣《たんけん》のことも知られてしまうかもしれない。

「どうしてわたしたちをここへ連れてきたのよ」ピラがアカイア語で食ってかかる。

メリタメンがまたじろりとピラを見た。身のほどもわきまえずに口を開いた奴隷を見るような目だ。それからまたヒュラスひとりに向かってきいた。「あなた、名前は？」

「ノミ」

メリタメンはふっくらとしたくちびるを、おかしそうにゆがめた。「それが本当の名前なの？」

「いや。なんでぼくらを助けたんだ？　しばりつけて、こんなところまで連れてきて」

「助けないわけにはいかないでしょ？　妹を救ってくれたんだから」

幼《おさな》い少女がメリタメンのドレスの後ろから顔を出し、ぽかんと口を開けたままヒュラスを見あげた。やはり金髪に見とれている。

「妹はひどい甘《あま》えんぼうで、ちっとも言うことを聞かないの」メリタメンは愛《いと》しげにそう言った。

「コブラから守ってくれた野蛮人《やばんじん》を見たいって、だだをこねるのよ。コブラがいるのが、なぜわかったの？」

ヒュラスはまた肩《かた》をすくめた。「たまたまさ」

「でも、どうやって？　妹の話だと、ヘビが見える前にナイフを投げたって」

ヒュラスは答えなかった。

メリタメンが近づいてくる。

足首まである白いドレスは、すきとおるようにうすい亜麻布《あまぬの》でできていて、網目状《あみめじょう》につなげられた青緑色のビーズがあしらわれている。ほっそりとした腰《こし》には銀箔《ぎんぱく》がほどこされた子牛革《こうしがわ》のベルトが巻《ま》かれ、なめらかな褐色《かっしょく》の二《に》の腕《うで》には、金の腕輪《うでわ》がいくつもはめられている。首から肩までをおおう幅広《はばびろ》の首輪には紅玉髄《こうぎょくずい》があしらわれ、ハッカやヤナギ、それにエジプト人がイスドと呼《よ》んでいる植物の葉も飾《かざ》りつけられている。

ピラがなにか言ったが、ヒュラスの耳には入らなかった。息が苦しく、体が熱い。つばを飲みこもうとしたが、のどにつっかえた。

メリタメンのつややかな黒髪《くろかみ》は無数の細かなふさに編《あ》まれてふたつに分けられ、顔の両脇《りょうわき》にたばねられている。目鼻立ちは彫像《ちょうぞう》のように整っている。黒いくまどりの入った、つりあがった大きな黒い目。つややかな緑の粉が塗《ぬ》られたまぶた。ヘンナで染《そ》められた、ドキッとするほどあざやかな赤いくちびる。それでも、ヒュラスを見あげているその顔には、まだ少女の面影《おもかげ》が残っているのがわかった。はっとするほど美しくいろどられてはいるが、どことなく自信がなさそうにも見える。

「どうしてテラモンさまをこわがっているの」メリタメンは静かにきいた。

ヒュラスはせきばらいをした。「こわがってなんかいるもんか」

「それなら、あなたたちがここにいるって教えてもいいわよね」

ヒュラスはだまりこんだ。

メリタメンが顔を近づける。かぐわしい肌《はだ》の香《かお》りが鼻をくすぐる。爪先立《つまさきだ》ちになって耳元にささやきかけられると、熱い息が顔にかかった。「短剣《たんけん》のこと、知ってるのよ」

＊

ヒュラスは眉《まゆ》ひとつ動かさなかった。

「短剣のこと、知ってるのよ」エジプト人の娘はくりかえした。ヒュラスをじっと見あげている。あまりにも近くで。どうしてそんなにそばに寄《よ》らないといけないわけ？　ピラは憎《にく》らしくてたまらなかった。ほこりまみれでみすぼらしい自分の身なりがやけに気になってしまう。

「なんのことだ」ヒュラスがようやく口を開いた。

「わかってるくせに。黄色い髪のよそ者――テラモンさまはそう言ってたわ。それに、傷《きず》あとのあるケフティウ人の娘のことも」

ピラはメリタメンをにらみつけた。

「一族の敵《てき》なんだそうね」メリタメンがヒュラスを見つめたままつづける。「それに、あなたが短剣をねらっているって」

「なら、どうしてわたしたちを逃《に》がそうとしてるのよ」ピラは口をはさんだ。

「妹を助けてくれたから」メリタメンは今度もヒュラスに向かって答えた。「それに、テラモンさまがあなたを憎んでいて、わたしはあの人がきらいだから」

「うそよ。そうやって油断《ゆだん》させて、わたしたちからなにか聞きだすつもりでしょ」

「パ・ソベクから無事に逃がしてあげる」ピラの言葉など耳にも入らないかのように、またヒュラスに向かって言う。「ケラシェルには内緒《ないしょ》よ。なにひとつ知られないようにして。もしつかまったら、自分でなんとかしてちょうだい。さあ、もう行って、二度ともどってこないで」

「そんなことできない」ヒュラスとピラは同時に言った。

メリタメンは肩《かた》をそびやかした。「短剣《たんけん》はわたしがもらうわ」冷ややかにそう言い放つ。「テラモンさまにわたさないといけないの。〈はじまりの日〉の夜明けまでに——つまり、三日後までに」

「なんでだ」

メリタメンはゴクリとつばを飲みこんだ。「わたしの一族がペラオの罰《ばつ》を受けずにすむように」

ピラはその顔をまじまじと見つめた。そして、笑いだした。「どこにあるのか、知らないのね！」

「でも、ネベツクが持っていることは知ってるわ」メリタメンはピシャリと切りかえした。「もうすぐわたしが受けとることになるのよ！」

ぞっとするような沈黙《ちんもく》。ネベツクのことを知ってるんだ、とピラは思った。ヒュラスのほうを見そうになるのをなんとかこらえた。

メリタメンはふたりのこわばった顔をながめ、うなずいた。「ええそうよ、ネベツクのことはずっと前から知っているわ。小さいころは、かわいがってもらったものよ。でも、テラモンさまには話していない。拷問《ごうもん》にかけられてしまうから。死にかけている人間に、そんなひどいことはしないわ。テラモンさまは、短剣を盗《ぬす》んだ泥棒《どろぼう》に兄がいたことさえ知らないはずよ」

ピラはかっとなった。「ユセレフは泥棒なんかじゃない！　悪いことなんて一度もしたことがなかったのよ……なのに、カラス族につかまって殺されるのを、だまって見すごすなんて。この臆病《おくびょう》者《もの》！」

「臆病者なんかじゃないわ！」

「ピラ、やめろ！」ヒュラスはメリタメンのほうへ向きなおった。「ありかは教えないぞ、その……短剣とやらの」

メリタメンはかまわずつづけた。「妹を助けてくれたから、野蛮人《やばんじん》たちからは逃《に》がしてあげる。短剣のありかは教えてもらわなくてもけっこうよ！　もうネベツクのところへ使いを出してあるの。じきに短剣をわたすはずよ！」

「そんなことするもんですか」ピラは嚙《か》みつくように言った。

「いいえ、するわ」メリタメンはしゃくにさわるほど平然と言った。「そうするしかないのよ」

＊

ふたりは来たときよりもゆるく腕《うで》をしばられ、また対岸へと運ばれた。小舟《こぶね》をこいでいる男は背《せ》を向けてすわっていて、長い衣《ころも》についた頭巾《ずきん》ですっぽりと顔をおおい、ひとことも口をきかなかった。

あたりは暗く、前方には東岸のたいまつの明かりがきらめいている。にぎやかな笛の音と肉の焼けるにおいが川風に乗って運ばれてくる。ヘブは夜どおしつづくらしい。

ピラはぎこちなく身じろぎし、肩のこわばりをほぐそうとした。ヒュラスは水面に目をやっている。飛びこもうかと考えているみたいだ。ピラはそれを目で止め、首を横にふった。ばかなことしないで、おぼれちゃうわ！

「わたしならやめておくな」こぎ手がエジプト語で言った。「あそこの砂州《さす》にはワニがうようよしてるから」

ふと気づくと、急流や岩礁《がんしょう》をさけて遠まわりしながら対岸へ進んでいたはずの舟《ふね》は、西岸へもどろうとしている。舟が完全に後ろを向くと、ヘブの明かりがふっと見えなくなった。

「どういうことだ」ヒュラスが言った。

「どこに連れていくつもり？」ピラもエジプト語で叫《さけ》んだ。

「じきにわかる」こぎ手が低く返事をした。なんだか聞きおぼえのある声だ。

「メリタメンは、無事に逃《に》がすと言ってたはずよ」

「わたしはメリタメンさまのしもべじゃない」こぎ手が頭巾《ずきん》をはねのけると、若々《わかわか》しさの残る細い顔と、それに不つりあいなぱさぱさの白髪《しらが》頭《あたま》があらわれた。「ヘリホル！」ピラはびっくりして叫んだ。

「いっしょに来るんだ。ネベツクが助けを求めてる」

19

弟の魂《たましい》

ネベックが待っていたのはシャブティ職人《しょくにん》の工房《こうぼう》ではなく、パピルス紙の巻物《まきもの》がどっさり置かれた平たくて細長い建物のなかだった。まだしめり気の残るパピルス紙があちこちに干《ほ》してあり、アシの筆や、赤と黒のインクがこびりついた絵皿もならんでいる。

小さな粘土《ねんど》の火鉢《ひばち》のなかではマツやにのかたまりが燃《も》やされ、甘《あま》い香《かお》りがただよっている。かぎなれたにおいに、ピラはふしぎな気持ちがした。そのそばにはトキの頭をした神の石膏像《せっこうぞう》が置かれている。ジェフティ――時の支配者《しはいしゃ》、知恵《ちえ》と書記の神だ。ここはネベック自身の工房なのだろう。

ネベックはゴザの上に横たわり、頭置きに頭をのせている。小男のレンシがそのそばにすわっている。ピラははっとした。ネベックはますますぐあいが悪そうで、死が近づいているのがはっきりとわかる。不安でたまらないように、落ちくぼんだ目をきょろきょろと動かしている。やがて口を開いて、エジプト語でピラに言った。「おまえたちのせいだ。弟を死に追いやったうえに、今度はこれだ！」

「話はアカイア語で！」ヒュラスが声を張《は》りあげた。

「出ていかせろ」ネベックはレンシに向かって言い、激《はげ》しくせきこみはじめた。小男から血がしみついた布《ぬの》を受けとって、それで口をおさえる。

「出ていけって言ったんなら」ヒュラスが言った。「お断《ことわ》りだ。あちこち引っぱりまわされるのは、もうたくさんだ。助けがほしいんなら、ぼくたちふたりに話をしてもらわないと」

ネベツクは息をあえがせながら、アカイア語で話しだした。「メリタメンさまは頭が切れる。わたしがかくした短剣《たんけん》を密偵《みってい》にさがさせたが、見つからなかったから、白状《はくじょう》させる方法を考えたんだ。ユセレフを墓《はか》に葬《ほうむ》る前の晩《ばん》、わたしはヘリホルの工房《こうぼう》でなきがらを見張《みは》っていた。だが、密偵のひとりがビールに薬を入れて、わたしが眠《ねむ》りこんでいるあいだに……」ネベツクの顔がゆがむ。「工房にしのびこんで、ペレト・エム・ヘル――〈日のもとにあらわれるための呪文《じゅもん》〉――を書いた巻物《まきもの》を棺《ひつぎ》から盗《ぬす》みだしたんだ。白紙のものとすりかえて。今日、メリタメンさまから知らせが来て、初めて知ったというわけだ」

「盗まれると、どうなるんです?」ヒュラスがきいた。

「おまえはなにも知らないんだったな」ネベツクはあえいだ。「エジプト人が死ぬと、その魂《たましい》はドゥアトへの――冥界《めいかい》への――危険《きけん》な旅に出ることになる。〈ふたつの真理の間《ま》〉では、心臓《しんぞう》を天秤《てんびん》にかけられ、女神《めがみ》マアトの羽根と重さがつりあうかどうかをたしかめられたあと、四十二の神々《かみがみ》の前に立って、裁《さば》きを受けなければならない。〈日のもとにあらわれるための呪文〉があってはじめて、ドゥアトの審判《しんぱん》を乗りこえ、日のもとの楽園へ行くことができるのだ。楽園はアシ原の国と呼《よ》ばれていて、そこでは作物がたえず実り、家畜《かちく》はまるまると肥《こ》え……だれもが若《わか》くすこやかに暮《く》らすことができる……」

ネベツクは床《ゆか》から梁《はり》まで積みあげられた巻物を弱々《よわよわ》しく指さした。「これはみんなペレト・エム・ヘルだ。これまでずっと、わたしはたくさんの呪文を書いてきた。商人や、神官や、神殿《しんでん》の歌い手たちのために……なのに、実の弟は、白紙の巻物を持って審判を受けなければならないんだ」燃《も》えるようなまなざしがピラに注がれる。「盗まれるとどうなるか？　〈むさぼり食う者〉に魂を食いつくされる。そうなると、ムトゥ――〈呪《のろ》われし者〉――となって、第二の死をむかえ、破滅《はめつ》する。つまり、わたしがアシ原の国へ行っても、弟はそこにいないんだ！　二度と会うことができなくなる！」悲痛《ひつう》な泣き声がもれた。

レンシがなぐさめるようにその肩《かた》に手を置いた。ヘリホルは骨張《ほねば》った指を宙《ちゅう》にさまよわせ、やがて火鉢《ひばち》にマツやにを加えて、かぐわしい煙《けむり》を立ちのぼらせた。

ピラはふと思いだした。ユセレフも、わたしを元気づけようと、そうやってお香《こう》をたいてくれたっけ。そのユセレフの魂はお墓のなかに閉《と》じこめられたままなのだ。でなければ、ドゥアトをさまよっているか、もしかしたら、もう審判の神々の前に立って、〈むさぼり食う者〉におびえているかもしれない……。

ネベツクがぞっとするような引きつった笑い声をあげた。「短剣が棺のなかにあることを、あの密偵が気づいていればな！　わたしが眠っているあいだにそっちを盗みだしてくれさえしたら、あわれな弟は安らかに眠っていられたのに！」

「それで、ぼくたちにどうしろというんです」ヒュラスがじれたようにきいた。「墓を開いて、巻物を取りかえればいいだけでは？」

ネベツクがちらりとヒュラスを見る。「ハティ・アアの兵たちがじゃまをするのだ！　メリタメンさまは墓荒《あ》らしがいるという話を広め、〈永遠《えいえん》の家〉に見張りをつけさせた。今日、ヘブがはじまったあと、伝言が来た――〝短剣をわたせば、番兵は帰します。弟の墓に巻物をそなえに行けばいいでしょう。もし断れば……〟」くちびるがふるえる。「〝断れば、弟は第二の死をむかえることになるでしょう〟」

「なら、短剣《たんけん》が墓《はか》のなかにあることを教えたらいい」ヒュラスが言った。「人をやって取りに行かせれば――」

「とんでもない！」ネベツクがあえぐ。「先祖代々《せんぞだいだい》、墓の場所は秘密《ひみつ》にしてきたんだ。それはこの先も変えられない。先祖の安息の場所をうばうわけにはいかないんだ！」

「だったら、どうしろというの？」ピラは口をはさんだ。

ネベツクは血にまみれた布《ぬの》でぎこちなくくちびるをぬぐった。「番兵に気づかれずになかに入る方法がある」

「それをぼくらにやれと？ヘリホルもレンシもいるのに」

「ふたりはヘブに出ないといけない。姿《すがた》が見えないと、あやしまれる。それに……」げっそりとやつれた顔がこわばる。「先祖の眠《ねむ》りをじゃましたりすれば……魂《たましい》を失いかねない。なぜ仲間がそんな目にあわねばならない？　弟を死に追いやったのはおまえたちなのに。罪《つみ》をつぐなうがいい！」

「こっちにはなんの得が？」ヒュラスが切りかえした。

「巻物《まきもの》を取りかえして弟の魂を救ってくれるなら、いまいましい短剣は棺《ひつぎ》から持ちだしてかまわない」

ピラは吐《は》き気をおぼえた。たしかに、メリタメンは抜《ぬ》け目がない。追いつめられてもいる。自分の一族をペラオの怒《いか》りから守るためなら、なんだってやるだろう。たとえ、ユセレフの魂を永遠《えいえん》に破滅《はめつ》させることになろうとも。

ヒュラスは親指で下くちびるをなぞっている。「でも、メリタメンは？　あっちも短剣が必要なはずだ。手に入らなかったら、きっとあなたをつかまえに来る」

死にゆく男は鼻で笑った。「それがなんだ！　ユセレフのバーが――魂が――無事だとわかりさえすれば、恐《おそ》れるものなどなにもない。どうせ、じきに死ぬ身だ。そうすれば、わたしはサフ――〈つつまれし者〉――になる。弟のとなりに葬《ほうむ》られ、無事にドゥアトの旅を終えさえすれば、アシ原の国でいつまでもいっしょに暮《く》らせる」

レンシがはっと息をのみ、目頭《めがしら》をおさえた。ヘリホルもいたたまれなさそうに身じろぎをする。

ヒュラスが口を開きかけたが、ピラはさえぎった。「わたしがやる。わたしがお墓に入るわ」

「いっしょに行こう」ヒュラスが言った。

「だめだ」ネベツクが言った。「せまいから、ひとりしか入れない」

「だったら、わたしが行かなきゃ。そうよ、ヒュラス。わたしがユセレフを死なせてしまったんだから、魂を救うのもわたしでなきゃ」

ヒュラスの目が向けられる。「ピラ。きみは洞窟《どうくつ》に入るとパニックになるだろ。せまい墓のなかにもぐりこむのなんて無理だ、頭が変になるに決まってる！　ぼくならやれる。奴隷《どれい》だったとき、長いこと坑道《こうどう》の底ですごしたから」

「でも、幽霊《ゆうれい》がいるかもしれないわ」ピラは抵抗《ていこう》した。

「エジプトに来てからは、一度も見てない」

「みな安らかに眠っているからだ」ネベツクが口をはさんだ。「エジプト人は手あつく葬られるから。あわれな弟以外は」ちらりとピラを見る。「墓にはこちらの若造《わかぞう》に入ってもらう。おまえにもしてもらうことがある」

「なら、教えてください、どうすればいいか」ヒュラスが言った。

＊

「二か月前」とネベツクが話しだした。「聖《せい》なるワニが一頭亡《な》くなった」

「いい兆《きざ》しだ。洪水《こうずい》が来る」ヘリホルがエジプト語でつけくわえる。「わたしが〈つつまれし者〉にしたんだ。ヘブの行列に加えられるように」

「明日は〈はじまりの日〉の前々日だ」ネベツクがアカイア語でつづける。「行列が西岸へやってきて、聖《せい》なるワニは動物の墓《はか》に埋葬《まいそう》される。どこにあるかは言わないが、いまはワニの墓と呼《よ》んでおく」そこで苦しげに息をついた。「ずっと昔、わたしの先祖《せんぞ》は動物のサフをこしらえる職人《しょくにん》をしていた。曲がりくねったトンネルだらけのワニの墓のこともよく知っていた。あるとき、支配者《しはいしゃ》たちの機《き》嫌《げん》をそこねて、一族のなきがらをかくす場所が必要になった。だから、ワニの墓につながる通路のひとつに、こっそりと脇道《わきみち》を掘《ほ》ったんだ。ユセレフの墓へ行くには、そこを通るしかない。ワニの墓からわが先祖の墓へとつづく秘密《ひみつ》のトンネルを」

考えただけでピラは吐《は》きそうになったが、ヒュラスは動じるようすもない。

「レンシとヘリホルが」とネベツクがつづける。「聖なるワニの棺《ひつぎ》のなかにもぐりこめるように、棺にすきまをこしらえる」

「なんですって。ヒュラスを棺に入れる気?」

「ピラ、ぼくなら平気だ」ヒュラスが言った。

「ワニにとっては、とんでもないことだ」とヘリホルがエジプト語で言う。「こんな汚《きたな》い野蛮人《やばんじん》を棺に入れるなんて!」

運よくヒュラスには通じなかったようだ。

「棺に入ったら」とネベツクが話を進める。「行列に加わることになるが、だれにも気づかれずにすむはずだ。なかに運びこまれたら、ワニの墓は外から封印《ふういん》されるから——」

「だめよ！」

「――夜になって人けがなくなったら、トンネルを通ってわが先祖の墓へ、つまりユセレフの墓へ行ってほしい。棺のなかに入っている巻物《まきもの》を取りかえ、弟の命をうばったいまいましい短剣《たんけん》を取りだすんだ。それからまたトンネルを通ってワニの墓にもどり、出てくればいい」

「どうやって？」ピラはきいた。「ワニの墓は封印されるって言ったじゃない」

ネベツクが視線《しせん》を合わせる。「メリタメンさまはハティ・アアの健康を祈《いの》るために、よく西岸へ来られる。祈りを捧《ささ》げるのは一族の墓の前と決まっていて、そこはワニの墓の入り口のそばにある。おまえがメリタメンさまの姿《すがた》をまねれば、暗がりのなかだ、番兵たちも本人だと信じこんで、通してくれるだろう。そうしたら、その野蛮人を出してやれる」

「いや、だめだ」ヒュラスが言った。「そんなの、危険《きけん》すぎる――」

「うまくいくわ」

「そうでないと困《こま》る」ネベツクが言った。

「来るんだ」レンシがエジプト語でそっけなく言った。「棺にすきまをつくるから、おまえの背丈《せたけ》を測《はか》らないと」

*

ヘリホルのサフ工房《こうぼう》には、煮《に》た牛の皮と、マツやにと、なにかくさったものがまじりあった、強烈《きょうれつ》なにおいが立ちこめていた。だが、ヘリホルは深々《ふかぶか》と息を吸《す》いこむと、にっこりした。「ここがわたしの復活《ふっかつ》の家だ。どこにもさわるな」

工房はほかの建物からはなれたところにあり、高い壁《かべ》に囲まれていた。室内はピラが見たこともないほど清潔《せいけつ》にたもたれている。銅《どう》のふるいも、つりさげられたかぎも、やっとこも、毛抜《けぬ》きも、火打ち石や黒曜石のナイフも、すべてがピカピカに輝《かがや》いている。それに、なにもかもがきれいにならべられている。切りわらが入ったかごに、聖《せい》なる塩の桶《おけ》、マツやにやスパイスの壺《つぼ》、たくさんの包帯……。

ピラは卓上《たくじょう》に横たえられたしみひとつない石灰岩《せっかいがん》の板をしげしげとながめた。表面はかすかにかたむき、液体《えきたい》を流すためのみぞがきざまれていて、床《ゆか》にはそれを受けるための瓶《かめ》が置かれている。

「わたしは清潔好きでね」ヘリホルが骨張《ほねば》った両手をもみあわせながら言った。そして不快《ふかい》そうにピラに目を向けた。「生きている者たちは汚《きたな》くて困《こま》る」

ヒュラスもあたりを見まわしている。「これ、みんな動物なんですね」

「さわるんじゃないぞ！」ヘリホルが声を張《は》りあげた。

ネズミを寄《よ》せつけないためか、動物たちのむくろは天井《てんじょう》の梁《はり》からぶらさげられている。どれもきつく包帯が巻《ま》かれていて、なんの動物かはピラにもすぐわかった。ヒヒに、ネコ、魚、おまけにハヤブサまであって、それを見ると不安な気持ちになった。スモモほどの大きさしかない丸い球も一列にならんでいて、それだけは中身がわからなかった。

レンシがくすっと笑った。「ハチさ。そんなことができるサフ職人《しょくにん》はめずらしいんだ」

ヘリホルの案内でひとまわり小さな工房《こうぼう》に入ると、そこには二台の卓《たく》が部屋《へや》を占領《せんりょう》するかのように置かれていた。片方《かたほう》の卓にのせられている大きなかたまりは、どう見てもワニで、包帯が巻かれ、両目のあいだに緑の石でできたコガネムシがあしらわれている。もう一方の卓には、先にいくほど細くなった長い棺《ひつぎ》がのせられている。

「あんななかにヒュラスを入らせるのなんて無理」ピラはきっぱりと言った。

「なんとかなるさ」そう言ったものの、ヒュラスの顔は青ざめている。

棺は木製《もくせい》で、外側にも内側にも包帯に似《に》せた縞模様《しまもよう》が描《えが》かれ、その縞にそってあざやかな色の文字が書きこまれている。その横には、半分ほど絵が描《か》かれた木のふたが置かれている。開いた翼《つばさ》の絵らしいが、空気穴《くうきあな》は見あたらない。「どうやって息をするの」

ヘリホルはきょとんとした。言われるまで、気づきもしなかったのだろう。

「穴はちゃんとあける」レンシがあわてて言った。「まだつくりかけなんだ。高さはじゅうぶんだろう？　そいつが入れるようにしてあるんだ」

「大事なのは」とヘリホルが言う。「野蛮人《やばんじん》を〈つつまれし者〉にふれさせないことだ。そいつはまず体を洗《あら》い清めさせ、薬ではらわたを空っぽにして、煙《けむり》でいぶす。汚《けが》れを清める薬草をしきつめた敷《しき》物《もの》も用意して、不浄《ふじょう》な体が〈つつまれし者〉をけがさないようにするつもりだ」

話はすべてエジプト語で交《か》わされていた。ピラが通訳《つうやく》すると、ヒュラスは仰天《ぎょうてん》のあまり、怒《おこ》るのも忘《わす》れて言った。「ワニの死骸《しがい》がぼくをけがすんじゃなくて？」

ヘリホルはヒュラスの言った意味を察したようだった。「けがれているのは、生ける者たちだ！」そう言って、骨張った指をワニの上にかざした。指がワニにふれないように気をつけている。「不完全なものはすべて取りのぞく」熱っぽくそうつづける。「はらわたも、役に立たない脳《のう》も。そして残った肉体をワインとスパイスで清める。砂漠《さばく》の砂《すな》のように軽く清らかになるまでな。体のなかにはかたくかわいた心臓《しんぞう》だけを残す。そうやって、完ぺきにしあげてこそ、死者を救えるんだ！」

レンシがほれぼれと友をながめた。「ヘリホルはとびきりの名人なんだ。パ・ソベク一のサフ職人さ」

ピラは棺を見つめながら、なかにヒュラスが入ったところを想像《そうぞう》した。

ヒュラスがピラの腕《うで》にふれた。「心配ないさ」

ピラは首をふった。「どんなに危険《きけん》か、わからないの？　この文字を見て。ここに書きこまれた小さなしるしを。どういう姿《すがた》でよみがえるべきか、そこに説明されてるの。ヒュラス、お墓《はか》のなかで、なきがらが生きかえるのよ」

ヒュラスは息をのんだ。

「だから、危険な動物のしるしには、描《えが》かれていない部分があるの。ハゲワシのしるしにはかぎ爪《づめ》がないし、サソリには針《はり》がないでしょ。ヘビの尻尾《しっぽ》は切られてて、ワニには赤い小さな槍《やり》が刺《さ》さってる。暴《あば》れないようにするためよ」

「へえ、なら、心配ないだろ」とヒュラスが屁理屈《へりくつ》をこねる。

「でも、呪文《じゅもん》が効《き》くかどうか、わからないじゃない！」ピラは怒鳴《どな》った。「だれにもわからないのよ！」

「心配ない」自分に言い聞かせるかのように、ヒュラスがくりかえす。笑い声まであげてみせた。「いいかい、ピラ。エジプト式の墓によそ者が入るんだぜ。なかでゆっくりしようとしたって、神々《かみがみ》が許《ゆる》しちゃくれないさ。さっさとほうりだされるに決まってる」

「それが心配なんじゃない」

20

黄色い髪《かみ》の旅人

ヘブが明け方近くまでつづいたせいで、テラモンがロバの鳴き声で目ざめたとき、ハティ・アアの宮殿《きゅうでん》はまだひっそりと静まりかえっていた。ワインの飲みすぎで頭がズキズキする。人ごみのなかでメリタメンを見失ってしまったことが、くやしくてたまらなかった。

そんな失敗は若造《わかぞう》のすることだ。大の男が許されることじゃない。

ふらつきながら部屋《へや》を出ると、テラモンは新鮮《しんせん》な空気を吸《す》おうと外を歩きだした。

川には霧《きり》が立ちこめ、西岸の崖《がけ》が朝日に照らされて、ほの暗いピンク色に染《そ》まっている。まわりでは外働きの奴隷《どれい》たちがヘブの二日目の準備《じゅんび》に取りかかっている。ビールの樽《たる》をかきまぜる男たち、濡《ぬ》れた亜麻布《あまぬの》をたたいている洗濯女《せんたくおんな》たち。眠《ねむ》たそうな顔の女奴隷がほこりをおさえるために打ち水をし、もうひとりはあくびをしながらアヒルの囲いのなかに穀物《こくもつ》をまいている。パンを焼くにおいに、テラモンは吐《は》き気をおぼえた。

いったい、どうしたら短剣《たんけん》をさがしだせるのか。ファラクスならどうするだろう。コロノスなら？

父さんならどうするだろうと考えなかったことに気づき、テラモンははっとした。でも、ほかの一族たちに比《くら》べると、父は弱い。心根はやさしいが、やさしさはなんの役にも立たないことをミケーネで学んだ。ファラクスやコロノスのような男こそが、人からあがめられる。恐《おそ》れられているからだ。

イチジク畑のそばで子どもたちが遊んでいる。少年たちは棒切《ぼうき》れで戦争ごっこをし、少女たちは身を寄《よ》せあって、ヒツジの足の骨《ほね》でお手玉をしている。ミツバチの巣箱のそばに、メリタメンの妹がしゃがみこんでいるのが見えた。となりには飼《か》いネコが長々《ながなが》と身を横たえている。ケラシェルに見張《みは》り役を言いつかった奴隷《どれい》もちゃんとそばにいる。そのこと自体は問題ないが、ケラシェルにそれを手配させたのがアレクトなのが気に食わなかった。アレクトは好き勝手にやりすぎだとテラモンは思った。命令するのはぼくだとわからせてやらないと。

幼《おさな》い少女は、ナツメヤシの繊維《せんい》でできたぼさぼさのかつらをかぶった木の人形《にんぎょう》をしきりにしかりつけている。そのしかめっ面《つら》を見ているうち、ヒュラスの妹のイシを思いだした。イシのことは気に入っていて、イシのほうもテラモンになついていた――なにもかもが変わってしまうまでは。

ハチの世話係が、牛糞《ぎゅうふん》の入った火鉢《ひばち》の煙《けむり》を巣箱に向けてあおぎ、ハチたちをおとなしくさせている。粘土《ねんど》でできた大きな円筒形《えんとうけい》の巣箱は、イチジクの木陰《こかげ》に入り口を横にして積みあげられ、そのまわりを、ハチたちがいそがしげに飛びまわっている。

テラモンはふとリュカス山にもどった気がした。ヒュラスとイシといっしょにハチを追いかけた、ある夏の日に。言いだしたのはヒュラスだった。ハチたちが水を飲みにやってくる池に行って、三人でできるだけたくさんのハチに赤土の粉をふりかけてまわり、粉のついたハチのあとをつけて巣を見つけたのだ。というより、計画ではそうだった。実際《じっさい》には、大騒《おおさわ》ぎで森じゅうをかけまわるはめになった。〝こっちだって！〟〝ばかだな、こっちだよ！〟

結局、古いマツの幹《みき》のなかほどに巣を見つけたのはテラモンだった。三人は木の下で火をおこして巣をいぶし、ハチたちをおとなしくさせた。ヒュラスはイシをこわがりだとからかい、イシはそんなことはないと言いはり、テラモンは自分もおびえていることをさとられないように祈《いの》っていた。それからヒュラスとふたりで交互《こうご》に相手の肩《かた》の上に立ち、かわりばんこに棒の先にくくりつけたナイフで巣を切りとろうとした。ヒュラスは苦労してひとかけ切りとると、イシに向かって受けとれと叫《さけ》んだ。それを受けとめそこねたイシは、投げかたが悪いのよと言いわけした。三人は身を寄せあい、ハチに刺《さ》されたあとを数えあってから、ハチの巣を口にほうりこんだ。どんなに甘《あま》くおいしかったことか。まるで、日の光を食べているみたいだった。

少女が声をあげ、テラモンははっと現実《げんじつ》に引きもどされた。自分に腹《はら》が立った。おまえはもう大人なんだ、なにもかも昔のことだ。忘《わす》れてしまえ。思い出なんか焼きつくしてしまえ。コロノスのようになるんだ。

少女は人形をしかるのをやめ、小さな粘土のヘビを手にして、人形に向かってくねくねと這《は》わせている。

ふと勘《かん》がはたらいたのか、それとも神の思《おぼ》し召《め》しだったのか、テラモンはケラシェルの奴隷を呼《よ》んで少女の言葉を通訳《つうやく》させた。

「おおせのままに」と奴隷はとまどったように言った。「このようにもうしております――コブラは女の子のほうへしのびよりました……でもそのとき――ヒュッ！――黄色い髪《かみ》の旅人がナイフを投げて――」

「なんだと？」テラモンはするどくききかえした。

奴隷がおびえたようにくりかえす。

冷えびえとした波が胸《むね》におしよせた。「黄色い髪の旅人。たしかにそう言ったんだな」

奴隷がうなずいた。「何度もそう言っています」そう答えてにっこりする。「子どもの言うことですから――」

「黄色い髪《かみ》の旅人ですって」背後《はいご》で女の声がした。嫌悪《けんお》のあまり、テラモンの全身に鳥肌《とりはだ》が立った。

アレクトは緑と黒の絹《きぬ》でできた袖《そで》なしのすずしげなドレスをさっそうとまとい、ヘンナをほどこした足に金張《きんば》りのサンダルをはいている。「よくやったわ、おいっ子のぼうや」ばかにしたような笑《え》みが浮《う》かぶ。「ヘブであの娘《むすめ》を見失ったけれど、これでどうにか失敗の埋《う》め合わせができたわね」

テラモンはほおを燃《も》えたたせた。「そっちは、きのうもまた農民を殺したそうですね」

アレクトが笑い声をあげる。「弱い者を見ると、がまんできなくて」

「アレクト」テラモンは語気を強めた。「なかに入っていてください。この子と話をするのはぼくひとりでいい」

アレクトは美しい頭をかしげた。「まあ、おいっ子のぼうや、それじゃ――」

「ぼくはテラモンだ」その口調に、アレクトがたじろぐ。「さっさとなかへ入るんだ」

アレクトは黒い瞳《ひとみ》をちかりと光らせると、くるりと背中《せなか》を向け、宮殿《きゅうでん》のなかへもどっていった。

この調子だ、とテラモンは思った。これでいい。

メリタメンの妹は遊ぶのをやめて、こちらをじっと見あげていた。テラモンは大股《おおまた》でそこへ近づいた。妹がぱっと立ちあがり、かばうようにネコの前に立ちふさがる。その向こうにいた少年たちは戦争ごっこをやめて逃《に》げだし、少女たちもヒツジの骨《ほね》をかき集め、そのあとを追った。

すっかり強気になったテラモンは、ケラシェルの奴隷《どれい》に命令して、黄色い髪の旅人とどこで会ったのかとエジプト語でたずねさせた。

少女は黒い目を真ん丸に見ひらいたまま、だまっている。

もう一度たずねさせた。

やはり返事はない。

メリタメンが宮殿のなかからあらわれ、足早に近づいてきた。

そのとき、テラモンはさとった。まちがいない、神々《かみがみ》は自分に味方している。少女が見たものに気づかせてくれ、そのうえ姉までここに連れてきてくれた。

奴隷を遠くへやってから、テラモンは笑みを浮かべてメリタメンを見おろした。「うそをついてたな」

メリタメンはひるんだ。「いいえ」そう打ち消したものの、首筋《くびすじ》の血管がひくひくと脈打っている。

「いや、ついてたはずだ。よそ者のヒュラスがこのパ・ソベクにいる。否定《ひてい》したってむだだ、妹が見たと言っている。傷《きず》あとがあるケフティウ人の娘もいっしょのはずだ」どうやら図星らしい。「ふたりはどこだ」

「知らないわ」

「信じるもんか」

メリタメンはつんとあごをあげた。「ハティ・アアの妻《つま》を疑《うたが》うだなんて。短剣《たんけん》はもうすぐ手に入るわ。そうしたら、自分の国へ帰ってもらいます」

テラモンはまた笑みを浮かべた。「いや、よそ者もわたしてもらう。そっちには密偵《みってい》だっているんだ、ふたりの居場所《いばしょ》を知ってるはずだ」

「知っていたけれど、だれかが逃がしてしまって」

「へえ、そうか」テラモンは妹のつるつるの頭に手を置いた。やわらかいうぶ毛と、その下のもろそうな頭蓋骨《ずがいこつ》の感触《かんしょく》が伝わってくる。

頭をつかむ手に力をこめた。ごく軽く、脅《おど》かすだけでいい。メリタメンが目を見ひらいた。「かわいい子だな。アレクトもすっかり気に入ってるらしい」

メリタメンのくちびるから血の気が引く。

「この子をどうこうするつもりはない。でも、アレクトは情《なさ》け容赦《ようしゃ》がないぞ」

「妹を傷《きず》つけるなんて許《ゆる》さないわ」

「こっちにはペラオがついてる。わからないのか、なんだってやれるんだ」

メリタメンののどが、なにかを飲みくだそうとするようにごくりと動いた。「ふたりは西岸にいます。それしか知らない、誓《ちか》うわ!」

テラモンは向こう岸にそびえる崖《がけ》を見やった。高く昇《のぼ》った日の光を受けて琥珀色《こはくいろ》に輝《かがや》き、人の手で掘《ほ》られた洞穴《ほらあな》があちこちにちらばっている。

そのとき、気づいた。「短剣《たんけん》は、墓《はか》のなかにあるんだな」

21

ワニの棺《ひつぎ》

ふたりはレンシのシャブティ工房《こうぼう》で、ゴザの上に寝《ね》ていた。ピラは夢《ゆめ》を見た。墓に閉《と》じこめられたヒュラスが出してくれと叫《さけ》ぶ。ピラはヒュラスを必死でさがしつづけていた。

真夜中ごろにピラが目をさますと、ヒュラスは暗がりのなかで身を起こしていて、「すぐにもどる」と小声で言った。「ハボックがだいじょうぶかたしかめてこないと」

次に目ざめたとき、ヒュラスはもどっていて、ライオンと砂漠《さばく》のにおいをさせていた。じきに夜が明ける。今日はヘブの行列が西岸にやってきて、ヒュラスがかくれたワニの棺《ひつぎ》が墓に運びこまれることになっている。いつはじまるのかときくと、午後からだとヒュラスは答えた。ただし、体を清めるために、もっと早くヘリホルのところへ行かなくてはならないらしい。顔をしかめてみせるヒュラスに、ピラはこわばった笑《え》みを返した。

レンシが妻《つま》のベレニブを連れてやってきた。ぽっちゃりとしたやさしそうな女で、夫よりもずっと背《せ》が高い。豆をつぶして揚《あ》げたものと、タマネギくさいビールをすすめられた。ヒュラスはがつがつとたいらげたが、ピラのほうは飲みこむのがやっとだった。不安が石のように胃の底に沈《しず》んでいた。

レンシがヒュラスを連れだしたあと、ベレニブはピラの身じたくに取りかかった。顔をこわばらせていると、そっと肩《かた》をたたかれた。「心配ないよ、ライオンのたてがみをしたあの子には、ヘブがはじまる前に会えるから」

これまで、ピラは夜の西岸しか見たことがなかった。今朝は行列の準備《じゅんび》をする人でごったがえしている。ベレニブの話では、西岸には村がふたつあるのだという。ひとつはチェブで、そこには墓掘《はかほ》りや、アシの刈《か》り入れや、水運びや、畑作や漁などといった仕事をする〝位の低い〟働き手が暮《く》らしている。もうひとつのゲサは、レンシのような職人《しょくにん》が住む村なのだそうだ。大きなちがいがあるのだと、ベレニブは得意そうに話した。

レンシの住む小さな日干《ひぼ》しレンガの家には、妻《つま》と三人の子と、飼《か》い鳥のトキが暮らしていた。ピラのしたくのために、トキだけを残して、子どもたちはみな追いだされていた。ベレニブにすべてをまかせきりにできて、ピラはほっとした。ヒュラスが心配でたまらないが、少しのあいだ気がまぎれそうだ。

「まずは、体をきれいにしないとね」そう言ってベレニブがアシの歯ブラシとパピルスの根でできた練り歯みがきを手わたした。口のにおいを消すためのエジプトイチジクの汁《しる》も。それから聖《せい》なる塩で体をこすられ、ていねいに水で洗《あら》われ、イナゴマメの粒《つぶ》とお香《こう》を脇《わき》の下にこすりつけられてから、最後に肌《はだ》をなめらかにするため、ベレニブの〝特製《とくせい》〟だという、ガチョウの脂《あぶら》とハチミツをまぜたものをすりこまれた（ベレニブはなんでもかんでも特製だと言って、なんの材料が使われているかをしきりにしゃべりつづけていた）。

ゴマ油とネズの実でつくった特製の化粧水《けしょうすい》でピラの髪《かみ》につやを出してから、ベレニブはたっぷり時間をかけて、細かな三つ編《あ》みのふさをたくさんこしらえた。それをふたつに分けて胸《むね》にたらし、紫色《むらさきいろ》の羽根や白いスイレンの花を飾《かざ》りつけた。練り香水《こうすい》も特製で、ジャスミンで香《かお》りをつけたカバの脂を小さくかためたものだそうだ。それを髪の分け目に塗《ぬ》ると、ゆっくり溶《と》けていくと言われたが、ピラは断《ことわ》った。ベレニブはゆずらず、結局はピラが根負けした。

手と足にヘンナで模様《もよう》を描《えが》いてから、ベレニブは細かく編まれたアシのサンダルを選びだし、それからひだのある白い亜麻布《あまぬの》でできた細い筒状《つつじょう》のドレスをピラに着せた。ドレスには緋色《ひいろ》の肩ひもと、足首をくすぐる黄色いふさ飾りと、ビーズがあしらわれた青いベルトがついていた。さらに、宝石《ほうせき》のついていない青銅《せいどう》の腕輪《うでわ》と足輪、銅《どう》の耳輪もつけた。緑碧玉《りょくへきぎょく》でできた重たい首飾りは、胸がかくれるほど幅《はば》が広く、背中《せなか》の部分に青緑色のビーズをたくさんつないだ重しがついている。ベレニブによれば、メニトというのだそうだ。

ピラがつけていた生皮の籠手《こて》は、言いあらそったあげく、ベレニブに取りあげられてしまった。それでも、ケフティウから持ってきた首飾りは腰《こし》に巻《ま》いたままにし、ナイフもひもですねにくくりつけておいた。

着がえが終わると、ピラは二、三歩歩いてみようとして、あぶなく転びそうになった。細いスカートが足にまとわりつくし、サンダルのほうも、いままでだれもはいたことがなさそうなほど底がつるつるしている。「これ、みんなあなたのもの？」

ベレニブはほおの肉を揺《ゆ》らして笑った。「まさか、そんなきつい服、着られるもんかね！　みんな、うちの店の売り物だよ」

「店って？」

ベレニブはためらうような顔をした。「それはね……〈清められし者〉に死装束《しにしょうぞく》を着せてからここに運んでくる家族もいれば、なにもかもうちにまかせる家族もいるということさ」

「へえ」つまり、死者のための服を着せられているということだ。

ベレニブがまたやさしく肩《かた》をたたいた。「特製《とくせい》の飲み薬をあげよう、気持ちが落ち着くから。スイレンの根っこの粉をザクロのワインに入れてあるんだよ。効《き》き目《め》は保証《ほしょう》つきだからね。さあ、お化《け》粧《しょう》するあいだ、じっとしていてちょうだい」

＊

午後が半分すぎるころには、西岸は上を下への大騒《おおさわ》ぎになり、おかげでベールをかぶったピラは、ベレニブにつきそわれて、だれにも気づかれずにネベツクの工房《こうぼう》にたどりつくことができた。ベレニブはすぐに帰っていった。工房にはネベツクだけで、ヒュラスの姿《すがた》は見あたらない。ピラはあわてた。不安が一気にもどってくる。「ヒュラスはどこ？」

「ヘリホルに体を清められているところだ」ネベツクが答えた。

「でも、もう一度会えるんでしょ？　その……棺《ひつぎ》に入る前に」

「ああ、そうだ。すわりなさい。ここで待っていよう」ネベツクはそばにあるゴザを手で示《しめ》した。

着なれない服に苦労しながら、ピラは腰《こし》をおろした。

今日のネベツクは、少しぐあいがよさそうに見える。弟の魂《たましい》が救われる望みが出てきたからだろうか。ふと気づくと、部屋《へや》のすみに水の皿が置かれ、そこでエコーが水浴びをしていた。ふだんよりもおとなしくしているのは、ピラの不安を感じとっているせいだろう。

ネベツクがせきをして、くちびるをぬぐいながら、ピラの顔をしげしげとながめた。「ベレニブはよくやってくれたようだな。暗いところで見れば、きっとメリタメンさまにまちがえられる」

「それだけじゃだめなんでしょ、番兵をだますために、エジプト語で命令しないといけないわ」

「レンシが力になる……ヘリホルといっしょに、奴隷《どれい》としてついていくから。ひとりで行くと、番兵があやしむ」

「わかった」それでも、心は不安でいっぱいだった。

「これを用意しておいた」ネベツクがパピルスの紙切れをさしだした。「ベルトにくくりつけて、お守りにするといい。若造《わかぞう》の分もつくっておいた」

パピルス紙には、聖《せい》なるしるしが描《えが》かれていた。いくつか、意味のわかるものがある。ミツバチと壺《つぼ》と太陽が描かれているものは〝ハチミツ〟で、後ろ手にしばられ、ひざまずかされた小さな人間は〝敵《てき》〟か〝野蛮人《やばんじん》〟だ。すべて、警告《けいこく》するかのように赤い色で描かれている。

「これは呪文《じゅもん》ね」ピラは低くつぶやいた。

ネベツクがとまどったように言った。「なぜメドゥ・ネチェルが読めるんだ？」

「読めるわけじゃなくて、二、三個《こ》しるしを知っているだけ。ユセレフに教わったの……」女神《めがみ》の館《やかた》でそれを習ったときのことを思いだし、ピラは声をつまらせた。筆を持つほうの手はパピルス紙にふれないようにするんですよ、ピラさま……それに、手元ではなく、筆を運ぶ先のほうを見るようにして……。

「わたし、鳥ばかり描こうとしてたわ」声がふるえる。「フクロウを描こうとしても、ちっとも似《に》ないから、いつもむくれてた。鳥がいちばんむずかしいんだってユセレフは言ってたの。〝最初に胸《むね》を描くんです。そこに魂が宿っていますから。それから足と尾《お》と残りの部分を。いちばん最後にくちばしを、筆先をすっとはらうように描きます。そうしたら鳥の完成です……〟」

ネベツクははっと息をのんだ。「わたしが教えたんだ。ずっとおぼえているなんて」

エコーが水浴びを終えて、羽づくろいをはじめた。

「なにもかもおぼえていたわ。ハヤブサの世話のしかたも教えてくれた。それも兄さんから教わったって。ずっとあなたや故郷《こきょう》を恋《こい》しがってたの」

げっそりとやつれたネベツクのほおに涙《なみだ》が伝い落ちる。

ピラは涙をこらえた。ベレニブにお化粧《けしょう》をなおしてもらわないといけなくなる。「ききたいことがあるの。一族のお墓《はか》の場所をどうしても秘密《ひみつ》にしたいなら、どうしてヒュラスには行きかたを教えたの？」

ネベツクは指で顔をぬぐった。「あの若造《わかぞう》にもきかれたよ」

「それで？　どうせ助からないと思ってるの？」

「もちろん、そんなことはない。巻物《まきもの》を取りかえてもらわないといかんからな」

「そのあとは？　呪文《じゅもん》やらシャブティやら幽霊《ゆうれい》やらでいっぱいのお墓から、生きて帰ってこられるの？」

「真夜中ごろまでなら、空気はじゅうぶんにもつ。それまでに出てくれれば、助かるだろう。でなければ……」

「どうなるの？」

ネベツクが激《はげ》しくせきこむ。「大事なのは、弟のバーを——魂《たましい》を——救うことだ。ほかのことを気にしている余裕《よゆう》はない」

工房《こうぼう》の外で、カラスの群《む》れが騒々《そうぞう》しく鳴きながら木に舞《ま》いおりた。エコーがそれを追いはらいに行く。

なにもかも、カラス族のせいだ、とピラは思った。

ヘブの行列で見たテラモンが目に浮《う》かんだ。見た目はりっぱな戦士だが、内心では上に立つ者としての器量がないことを気にしているのがわかった。非《ひ》の打ちどころなく整ったアレクトの顔も浮かんだ。美しい黒い瞳《ひとみ》は、大理石にうがたれたふたつの穴《あな》のようにうつろに見えた。

悲しみは激しい怒《いか》りへと変わり、ピラは心のなかでユセレフに誓《ちか》った。なにがあっても、あなたの仇《かたき》はとるわ。

そしてネベックに向かってこう言った。「もうひとつ呪文を用意したいの」

＊

自分のナイフを手わたされたヒュラスは、ネベックに通訳《つうやく》してもらい、さやをふたつほしいとヘリホルにたのみこんだ。ひとつは自分のナイフ用で、そちらはケムをまねて腕《うで》に結《ゆ》わえつけ、もうひとつはベルトにさげて、コロノス一族の短剣《たんけん》を入れるつもりだった。

サフ職人《しょくにん》がさやを取りに行くあいだ、ヒュラスが戸口に面した部屋《へや》でひとり待っていると、ピラがあらわれた。

ヒュラスははっとした。ピラは近よりがたいほど美しく、やけに高貴《こうき》に見えた。いや、本当に高貴なのだ。きらびやかな衣装《いしょう》が似合《にあ》うのは、もともとそういう生まれだからだ。

化粧のせいで顔には表情《ひょうじょう》がなく、まぶたは緑色に塗《ぬ》られ、黒いくまどりもくっきりと入れられていて、目の下には短い線が縦《たて》に引かれている。ハヤブサの涙模様《もよう》にそっくりだ。ピラが勇気を出そうと、自分で入れたものだろう。

「ヘリホルとは仲良くやれた？」ピラが小さくきいた。

ヒュラスはヘリホルに無理やり着せられた真新しいキルトを見おろした。全身をこすられまくったせいで、肌《はだ》がまだひりひりする。「いや、あまり。体じゅうの毛をそられそうになったよ。髪《かみ》だけは編《あ》むってことで話をつけたけど」片《かた》ほおで笑ってみせた。

笑《え》みは返ってこなかった。「そんなふうに編《あ》んでたら、戦士みたい」

「ちがうけどな」

「ヒュラス、お願いがあるの」ピラがユセレフのウジャトのお守りを取りだした。「これをユセレフの棺《ひつぎ》に入れて。わたしが死んだと思いこんでたから。無事にしていて、恋《こい》しがってるって伝えてほしいの……それと、どうぞ安らかにって」

「わかった」ヒュラスにも、もっと言いたいことはあった。もしも失敗したら、自分のなきがらをさがしたりしないで、すぐに逃《に》げろ。レンシとヘリホルが手を貸《か》してくれるだろうから……。でも、口にしたのは別の言葉だった。「似合《にあ》ってるよ、ピラ。番兵はきっと通してくれる」

ピラの口がゆがむ。「あの子に似《に》てる？」

メリタメンよりきれいだ。そう思ったが、ヒュラスが口ごもるのを見たピラはそれを誤解《ごかい》したのか、傷《きず》あとに手をやった。

「傷あとなんか気にするな。そんなのなんでもない。月だってあざがあるけど、やっぱりきれいだろ」

ピラはとまどった顔をした。それから、おずおずと笑みを浮《う》かべた。いま言われたことが、信じられないみたいに。

そのとき、レンシとヘリホルが戸口にあらわれた。ピラは急いで細長いパピルスの紙切れをヒュラスの手ににぎらせた。「ネベツクにつくってもらったの。頭に巻《ま》いて、お守りにして」

ヒュラスはうなずいただけで、なにも言えなかった。

ヘリホルがエジプト語でなにか言い、ピラははっと目を見ひらいた。「時間よ」

ベレニブの薬の効《き》き目《め》がうすれ、棺のなかでもうろうとしていたヒュラスははっとわれに返った。くぐもった笛の音と、死者を悼《いた》むためにやとわれた泣き女の泣き声が聞こえる。ヘブの行列はまだ墓《はか》の外にいるらしい。このままじっとしているしかない。

＊

まわりの闇《やみ》は、舌《した》の先でふれられそうなほど濃《こ》い。暑さで息苦しく、自分の息づかいがやけに大きく聞こえる。棺のふたは鼻にくっつきそうなくらいすぐそばにある。ふたには、上にかぶせた花飾《はなかざ》りにかくしてレンシが空気穴《くうきあな》をあけてくれていた。ただ、穴の数が足りなかったようだ。

棺はせまく、身動きひとつできない。両足はぴったりと閉《と》じていなければならないし、腕《うで》も脇腹《わきばら》におしつけられたままだ。太ももの上には、ネベツクの呪文《じゅもん》が書かれた巻物《まきもの》が置かれている。ヒュラスはそれに意識《いしき》を集中させようとした。

が、うまくいかなかった。体の下の敷物《しきもの》がチクチクする。棺の底におさめられたものをヒュラスがけがしてしまわないように、ヘリホルがギンバイカの葉っぱをしきつめたからだ。敷物の下の青スイレンがくらくらするような香《かお》りを放ち、さらにその下からは、〈つつまれし者〉のつんとするにおいがただよってくる。聖《せい》なるワニが、そこでドゥアトへと旅立つときを待っている。

パニックと闘《たたか》いながら、ヒュラスはいますぐ行列がいなくなってくれますようにと祈《いの》った。でないと外へ出られない。皿の割《わ》れる音が聞こえるまで待てとネベツクは言っていた。とむらいの供物《くもつ》が入った器《うつわ》が割られると儀式《ぎしき》は終わり、墓が封印《ふういん》されることになっている。

聞こえてくるのは泣き声とくぐもった祈りの声ばかりだ。そろそろ限界《げんかい》が近づいている。

「棺から出るのを早まるな」ネベツクにはそう念をおされていた。「物音を聞きつけられたら、すべてが水の泡《あわ》だ！」
気をまぎらそうと、頭のなかでユセレフの墓《はか》への行きかたをおさらいしてみる。ネベツクはそれを砂《すな》の上に描《えが》いてみせ、すぐに消してしまった。「脇道《わきみち》の入り口には目じるしの黒ネコの像《ぞう》がある。そこを抜《ぬ》けたら、先祖《せんぞ》の墓がならんだ墓室《ぼしつ》があって、その奥《おく》に弟が葬《ほうむ》られている」そこでネベツクは言葉を切った。「トンネルをぬけるのに苦労するかもしれない。おまえはエジプト人より肩幅《かたはば》が広いからな。つっかえないように気をつけるんだ……」

つっかえるだって？　封印《ふういん》された墓の、地下深くにあるトンネルのなかで？

考えるんじゃない、ヒュラス。もっと先のことを思いうかべるんだ。巻物《まきもの》を取りかえて、短剣《たんけん》を手に入れて、ピラが助けだしてくれたあとのことを……。

こめかみにするどい痛《いた》みが走り、ヒュラスはたじろいだ。目の奥がチカチカする。この世と霊界《れいかい》を区切っている垂《た》れ布《ぬの》がめくれたのだ。そりゃそうだ。墓のなかにいるんだから。

なにかが足首をくすぐった。クモか？　アリか？

ひざにもなにかがふれる。小さなかぎ爪《づめ》で、ごく軽く引っかかれたような感触《かんしょく》だ。

クモやアリにかぎ爪はない。棺《ひつぎ》の内側に描かれた小さな聖《せい》なるしるしのことを思いだし、胸《むね》が苦しくなりはじめた。墓のなかでなきがらが生きかえる……。

イティネブの村にいたとき、ピラはしばられたまま殺されるのを待っているカモのしるしを指さし、〝恐怖《きょうふ》〟という意味だと言った。そのときは、おかしくて笑った。いまはとても笑う気になれない。

引っかいたり、かじったりするような音がかすかに聞こえてくる。両手で棺の側面をなぞってみた。なにかがいっせいに逃《に》げだしていく。小さなクサリヘビやハチ、ハゲワシ、ナイフ、人の手や足、それにサソリ……。

横たわったまま必死で気を静めようとしていると、棺がぐらりと揺《ゆ》れた。いや、揺れたのは棺じゃない、その底にいるものだ。ギンバイカをしきつめた敷物《しきもの》とつぶれたスイレンの下で、〈つつまれし者〉が動きだそうとしている。

恐怖に凍《こお》りつきながら、ヒュラスは巨大《きょだい》な尾《お》がヘビのように左右にくねるのを感じた。ワニは最期《さいご》の旅に出ようとしている。ドゥアトのある川上へと泳いでいこうとしているのだ。

ヒュラスを道連れにして。

22

ピラの決断《けつだん》

崖《がけ》の上からもどってきたヘブの行列が向こう岸へ帰っていくころには、あたりはすっかり暗くなり、ピラは心配のあまり吐《は》きそうになっていた。ヒュラスの空気が足りるかどうか、だれにもわからないなんて。

レンシとヘリホルが奴隷《どれい》の姿《すがた》をしてあらわれた。レンシはかつらをはずし、ヘリホルのほうは白髪《しらが》をそりあげていて、ますます骸骨《がいこつ》そっくりに見える。工房《こうぼう》に残ったネベツクに見送られ、三人は〈永《えい》遠《えん》の家〉をめざして歩きだした。

「話すのはわたしにまかせろ」とレンシが言った。「番兵もそういうものだと思っているから。おまえはわたしの言葉のあとに、〝そのとおりよ〟とつづけるだけでいい」

「そのとおりよ、ね」ピラはオウム返しに言った。でも、ハティ・アアの妻《つま》の声ではないことに、気づかれてしまわないだろうか。

レンシは短い足をちょこまかと動かし、その横を大股《おおまた》で歩くヘリホルのほうは、メリタメンが一族の墓《はか》に捧《ささ》げる品々《しなじな》をかかえている。ザクロとエジプトイチジクを盛《も》ったかごに、ワインの瓶《かめ》、ゆさゆさと揺《ゆ》れる大きなスイレンの花束。もっとゆっくり歩いて、とピラは小声でふたりに呼《よ》びかけた。細身のドレスのせいで歩幅《ほはば》がせまくなり、サンダルは底をざらざらにしようと砂利《じゃり》にこすりつけてみたものの、やっぱりすべりそうになる。

レンシの案内で、目立たない裏道《うらみち》を通り、刈《か》り株《かぶ》だらけの畑をぬけた。ワニの墓の場所は聞かされていないし、ピラもたずねようとはしなかった。つかまったときのために、知らずにいるほうがいい。

背後《はいご》には黒っぽい工房の影《かげ》がならび、ハティ・アアの馬屋の明かりがチラチラと光っている。左側には、丘《おか》と丘のあいだにのびる谷間が見え、砂漠《さばく》にいるハイエナの不気味な鳴き声がひびいている。右側にはチェブ村とゲサ村があり、煮炊《にた》きの火があかあかと燃《も》えている。その向こうの右岸はさらに明るく、ヘブの音楽もかすかに聞こえてくる。洪水《こうずい》が本格的《ほんかくてき》にはじまるまで、祭りは七日のあいだつづくことになる。

月が顔を出した。三人は畑を通りぬけ、崖へとうねるようにつづく岩だらけの坂道をのぼりはじめた。両脇《りょうわき》の斜面《しゃめん》にはいくつもの穴《あな》があけられ、粘土《ねんど》の小皿や水とパンの入った鉢《はち》が置かれているものもある。

「貧乏人《びんぼうにん》の墓だ」ヘリホルがぼそりと言った。「地面に穴を掘《ほ》って埋《う》めるんだ、ヤシの葉を編《あ》んだ布《ぬの》になきがらをつつんだだけで。フン！」

「あれでも、せいいっぱいのことはしているのさ」とレンシが言った。

「ハティ・アアの番兵はどこにいるの」ピラは不安な気持ちできいた。

「もっと上だ」レンシが答えた。「墓荒《はかあ》らしが出るとしても、このあたりじゃない。盗《ぬす》むものなんてないからな」

坂をのぼるにつれ、墓はりっぱになっていった。斜面に戸口がきずかれたものが増《ふ》え、さらに上に行くと、幅《はば》の広い戸口の前に一段高くなった庭があるものまであらわれた。まだつくりかけのものもあり、墓掘《はかほ》り人たちが置きっぱなしにしたのか、石くずがつめこまれた手押《てお》し車やかごも見える。戸口の上に水平にわたされた石には、聖《せい》なるしるしがきざみこまれている。雌牛《めうし》の頭をした女神《めがみ》が、昇《のぼ》りゆく太陽に向かって両腕《りょううで》をかかげているしるしもある。

ここにある戸口のどれかが、ワニの墓につづいているはずだ。ヒュラスはもうユセレフの棺《ひつぎ》までたどりついただろうか。とっくに空気が足りなくなって、気を失って倒《たお》れていたらどうしよう……。

ヘリホルはヒュラスに上等の亜麻布《あまぬの》のキルトをはかせ、幅の広い緋色《ひいろ》のベルトをしめさせていた。よく似合《にあ》っていたけれど、〈つつまれし者〉のように扱《あつか》われたようで、ピラはいやだった。まるでヒュラスの死装束《しにしょうぞく》みたい。

ちがう、ヒュラスは死んだりしない、とピラは打ち消した。棺はワニのものだ。でも、その一瞬《いっしゅん》の想像《そうぞう》が、ひどく不吉《ふきつ》に思えた。

ピラはベルトにさげた小袋《こぶくろ》に手をやった。そこにはネベツクの助けを借りてつくったお守りが入っている。たとえほかのことがうまくいかなかったとしても、ユセレフの仇《かたき》だけはとるつもりでいる。でも、ヒュラスのほうは、助けたくても、間に合わないかもしれない。

心の声が口に出てしまったのか、ヘリホルがけげんそうにピラを見た。「空気穴《くうきあな》はたくさんあけておいてくれたのよね。息がつまったりしないわよね？」

返事はなかった。ヘリホルは、息をしない者にしか興味《きょうみ》がない。ワニのほうがずっと心配にちがいない。

静かにしろ、もうすぐだ、とレンシが小声で言った。

道を曲がった先に、番兵たちの姿《すがた》が見えた。アカシアの木立の下に火がたかれ、男が六人、しゃがみこんで夕食をこしらえている。ビールとタマネギのにおいがただよい、ひとまとめにしてつき立てられた槍《やり》や、そりかえった長い刃《は》のついた青銅《せいどう》の剣《けん》が見える。〝そのとおりよ〟と言えばいいだけ、とピラは自分に言い聞かせた。

レンシがよたよたと前へ進みでて、声を張りあげた。「メリタメンさまのお通りだ、道を空けろ。ご先祖《せんぞ》の墓に捧《ささ》げ物《もの》を持ってこられたのだ」

そのとおりよと告げようと、ピラは口を開いた。声を出すより先に、ベールをかぶった人影《ひとかげ》が木々《きぎ》の奥《おく》からあらわれた。

「そのとおりよ」とメリタメンが言った。

＊

「だまってて」メリタメンはアカイア語で言った。「いい、よく聞いて、番兵にひとこと命令して、あなたたちをつかまえさせることだってできるのよ」

ピラもレンシもヘリホルも、その場に立ちつくした。

「なにをしに来たの」ピラはかすれ声で言った。

「わかっているはずよ。テラモンさまは短剣《たんけん》が墓のなかにあると言ってる。そのようすだと、図星みたいね」

メリタメンは番兵たちに見張《みは》りをつづけるようすばやく命じると、話を聞かれない場所にピラたちを連れていった。「時間がないわ」とエジプト語で切りだす。「短剣がどの墓にあるのか教えて」

「なんのこと」ピラはしらばっくれた。

「こっちのふたりは知ってるはずよ。顔を見ればわかるわ」メリタメンはレンシとヘリホルに向かってするどく命令した。「すぐに案内しなさい！」

ふたりとも動かない。

メリタメンはピラに向きなおった。「言うことを聞いて！　こうするしかないのよ、わたしがかわりに入って、ヒュラスを連れだすわ！　ええ、知ってるのよ、墓《はか》のなかにいるってことを。ついさっき密偵《みってい》があなたたちの話を聞いたの。短剣《たんけん》を取りに行ったんでしょ、ちがう？」

「あなたにわたしたりしないわ」

「わからないの、助けようとしてるのよ！」

「助けるですって？」ピラはピシャリと切りかえした。「ユセレフの棺《ひつぎ》から巻物《まきもの》を盗《ぬす》んだくせに。魂《たましい》を苦しめているくせに。助けるなんて、よく言えるわ。なんでこんなことをするの。ほんとは、テラモンもここにいるんじゃないの」

メリタメンはもどかしげに声を荒《あら》らげた。「ヒュラスは妹の命の恩人《おんじん》なのよ！　だから命を助けたいの。それに、わたし、テラモンが大きらいなの！　それでじゅうぶんでしょ？　さあ、急がないと！　テラモンはパ・ソベクに足止めしてある。こぎ手たちに、舟《ふね》を出さないように命令しておいたから。でも、そう長くは引きとめられないわ！　言うとおりにしないと、あなたはつかまって、力ずくで短剣のありかを白状《はくじょう》させられる。そのあいだに、ヒュラスは死んでしまうわ！」

「ただの脅《おど》しでしょ」ピラは言いかえした。「ヒュラスを死なせたりしないはずよ」

メリタメンはぐっとあごをあげた。「短剣を手に入れないと、一族が破滅《はめつ》するの。なんだってやるわ。あなたはどうなの」

ピラはためらった。

レンシが耳打ちする。「ユセレフのバーさえ無事なら、短剣なんてどうでもいいだろ？　おまえがうんと言えば、ふたりでメリタメンさまを案内する。どの墓かはさとられないようにするから、正確《せいかく》な場所は秘密《ひみつ》のままにできる。あの若造《わかぞう》も無事に連れもどせるんだぞ！」

ピラはくちびるを噛《か》んだ。レンシの言うとおりだ。ヒュラスが生きてもどれるなら、短剣はテラモンにわたしたっていい。

でも。もし、メリタメンがうそをついていたら？　テラモンがもう西岸に来ていて、墓までつけてきて、ヒュラスが出てきたとたんに殺すつもりだとしたら？

「早く！」メリタメンがせかした。「もう時間がないわ！」

ピラは相手の顔を見て、ゆっくりとうなずいた。「あなたにまかせるわ。でも、たのみがあるの」

23

墓《はか》のなか

ヒュラスは棺《ひつぎ》のふたをおしやり、必死にあえいだ。

暗闇《くらやみ》がのしかかり、お香《こう》と、くさりかけた捧《ささ》げ物《もの》のにおいが重く立ちこめている。物音ひとつ聞こえない。ヘブの行列は生者の地へとはるばる帰っていったらしい。

外に這《は》いだすと、両手の上をコガネムシみたいな小さなものが無数に走りまわるのを感じた。メドゥ・ネチェルがいっせいに棺からあふれだし、床《ゆか》をちらばっていくところが目に浮《う》かんだ。ヒュラスは頭に巻《ま》いたパピルス紙に手をふれ、ネベツクの呪文《じゅもん》が守ってくれますようにと祈《いの》った。

あたりは漆黒《しっこく》の闇《やみ》で、目の前にかざした自分の手さえ見えない。手さぐりでふたを見つけ、元どおりに棺を閉《と》じると、ネベツクの巻物《まきもの》をにぎりしめ、ふらつきながら立ちつくした。ここはどこだ？　聖《せい》なるワニは、ヒュラスを置きざりにして、泳いでいってしまったのだろうか。それとも、ここはもうドゥアトのなかなのだろうか。

ネベツクはドゥアトのことを説明してくれようとしたが、わからないことも多いらしかった。「人間の魂《たましい》は、七つの要素《ようそ》で成りたっていて、そのうちのふたつがバーとカーと呼《よ》ばれている。カーは墓《はか》のなかにとどまる。バーのほうは、ドゥアトの審判《しんぱん》を無事に終えさえすれば、昼間は飛びまわってアシ原の国ですごし、夜になると墓にもどってくるようになる」

熱く重たい空気のせいで、息があがる。耳が痛《いた》いほどの静けさだ。「まずは火だ」ヒュラスは自分をはげまそうと、そうつぶやいた。その声がやけに大きくひびいた。

「必要なものはすべて壺《つぼ》のなかに入っている」とネベックは言っていた。「棺のなかの、足元のあたりにあるはずだ。どの壺かはふたで見分けられる。ヒヒのふたがついたやつだ」

なにがあるかもわからないまま、暗闇のなかで手さぐりするのは恐《おそ》ろしかった。いろんな形をしたふたが指先にふれる。鳥のくちばし、ジャッカルのとがった耳……あった。この丸っこい鼻づらはヒヒだ。

手にふれた鼻づらが、うなり声をあげて歯をむきだした。ヒュラスはわっと叫《さけ》んでのけぞった。壺がガタンと倒《たお》れる。その音がやむと、静寂《せいじゃく》のなかに、ふと気配を感じた。なにかが目をさましたような気配を。

心臓《しんぞう》を波打たせながら、壺に手をのばした。なかをたしかめる。思っていたとおりのものが入っていて、少し気持ちが落ちついた。火打ち石に、打ちだした火を移《うつ》しとるためのヤシの繊維《せんい》の火口《ほくち》、たいまつが二本。棺に入る前に、レンシに教えてもらったから、どんなものが入っているかはわかっていた。たいまつはよじった粗布《あらぬの》を二本の添《そ》え木《ぎ》のあいだにはさんだもので、亜麻仁油《あまにゆ》にひたしてある。「壁画職人《へきがしょくにん》のたいまつさ」とレンシはネベックの通訳《つうやく》でそう説明した。「油に塩をまぜて煙《けむり》が出ないようにしてあるんだ、壁画が汚《よご》れないように。なにがあっても、落とすなよ。墓のなかで火事になったら、一巻《いっかん》の終わりだ」

手がぶるぶるふるえて火打ち石を落としそうになったが、どうにか打ちだした火花を火口に移し、その火をたいまつにつけた。ぱっと炎《ほのお》があがる。闇が払《はら》われ、メドゥ・ネチェルたちが物陰《ものかげ》に逃《に》げこんでいく。後ろをふりかえってみたが、自分の影《かげ》は見あたらなかった。ここに入るのがいやで、外で待っているのだろう。

たいまつをかかげると、何百もの目に見つめられた。〈つつまれし者〉にされた動物たちがそこらじゅうに置かれている。床《ゆか》にも、壁《かべ》に掘《ほ》りこまれたたくさんのくぼみにも。聖《せい》なるワニと同じように、りっぱな棺《ひつぎ》に入っているものもいるが、多くは、亜麻布《あまぬの》で巻《ま》かれ、顔を描《えが》かれているだけだ。揺《ゆ》らめくたいまつの明かりに、ひざまずいた雄《お》ヒツジや、きゃしゃなガゼルや、筒状《つつじょう》にのばされた二匹《ひき》のヘビが浮《う》かびあがる。つりあがったネコの目を見て、ハボックを思いだした。ハヤブサの涙模様《なみだもよう》で、ピラの顔も浮かんだ。

仲間のことを考えると、勇気がわいてきた。さあ行くぞ、ヒュラス。トンネルを見つけて、さっさと用事を片《かた》づけよう。

＊

ネベツクの言っていた黒ネコは、左側にあるふたつ目のくぼみの前にすわっていた。表面にはマツやにが塗《ぬ》られ、あざやかな黄色い目でヒュラスを見おろしている。その奥《おく》は灰色《はいいろ》の平らな石でふさがれているように見えたが、ネベツクに聞いたとおり、楽にどけられた。

どうしようかと考えるまもないまま、ヒュラスは巻物《まきもの》と予備《よび》のたいまつをベルトに差しこみ、ネコを脇《わき》に寄《よ》せると、トンネルにもぐりこんだ。

なかはひどくせまく、正面を向いたままではつっかえてしまう。しかたなく、体をななめにして、たいまつを持ったほうの腕《うで》を前にのばし、もう片方《かたほう》は後ろにやった。さいわい、トンネルは短かった。奥までたどりつくと、ヒュラスはでこぼこの石の床の上にドスンと落ちた。

そこは天井の低い小さな墓室《ぼしつ》だった。岩肌《いわはだ》が粗《あら》くけずられ、しっくいが塗られている。その前には、赤い粘土《ねんど》でできたユセレフとネベックの先祖《せんぞ》たちの像《ぞう》がならんでいる。白い亜麻布の衣《ころも》を着た女たちや、足を組んですわり、巻物や絵皿をひざにのせた書記たちもいる。どれも、干《ひ》からびたヤグルマギクの花輪をかけられ、ビールや水の瓶《かめ》や、かびたパンが捧《ささ》げられている。喜びにみちた壁画《へきが》の世界のなかで、安らかな表 情《ひょうじょう》を浮かべている。

天井には真っ青な空が描かれ、そこから緑色の女神《めがみ》が両腕《りょううで》を広げて、先祖たちを見おろしている。一方の壁の絵のなかでは、奴隷《どれい》たちが小麦を刈《か》り入れ、家畜《かちく》や丸々《まるまる》と実った紫 色《むらさきいろ》のブドウの世話をし、先祖たちがワインと焼いたガチョウの肉を楽しんでいる。メリタメンを思わせる美しい娘《むすめ》が皿に盛《も》られたミツバチの巣を食べていて、その足元で、飼《か》いならされたハリネズミが、椅子《いす》の脚《あし》にひもでつながれてすわっている。

反対側の壁には、緑豊《ゆた》かなパピルスの湿地《しっち》が広がり、カモたちがひしめきあい、幾筋《いくすじ》もの青い川にたくさんの魚が泳いでいる。まわりにはナツメヤシとザクロの木がならび、二輪戦車に乗った若者《わかもの》が、二頭の白馬を勢《いきお》いよく走らせている。緑の大地に似《に》ているが、危険《きけん》なワニやサソリはいない。これがきっと、だれもが若《わか》くすこやかに暮《く》らせ、病《やまい》も痛《いた》みもないという、アシ原の国なのだろう。

チラチラと揺れるたいまつの火をたよりにあたりをながめているうち、真正面に扉《とびら》があるのに気づいた。悪霊《あくりょう》よけのために緋色《ひいろ》に塗られていて、わずかに開いている。両脇の壁には大きな黒いジャッカルが一頭ずつ描かれている。腹這《はらば》いになって頭をかかげ、とがった耳をぴんと立てている。

「沈黙《ちんもく》の王、アヌプだ。墓室を守ってくださる」とネベックは言っていた。「わたしの書いた呪文《じゅもん》があれば、通してくださるはずだ」

「墓室は封印《ふういん》されていないの？」とそのときピラがたずねていた。

「開けておいたんだ。じきにわたしも〈つつまれし者〉になる。そうしたら、レンシとヘリホルに封《ふう》印《いん》してもらえる」

首筋《くびすじ》を汗《あせ》が伝い落ちた。ヒュラスは手をのばし、扉《とびら》のへりをつかんで、手前に引いた。

＊

トンネルは急な下り坂で、ほとんど垂直《すいちょく》に落ちこんでいた。岩肌《いわはだ》をけずってつくられたあぶなっかしい足場をつたい、暗闇《くらやみ》のなかにおり立った。静寂《せいじゃく》が耳を打つ。物音ひとつ聞こえないほど、地下深くにいるのだ。

こちらの墓室《ぼしつ》は、上で見たものよりせまく、簡素《かんそ》だった。楽園の壁画《へきが》も見あたらない。ほこりをかぶった棺《ひつぎ》と、死者に必要な埋葬品《まいそうひん》だけがつめこまれている。うす暗い明かりのなかに、腰掛《こしか》けやサンダル、衣服、遊戯盤《ゆうぎばん》などが浮《う》かびあがっている。たくさんの巻物《まきもの》はネベツクが弟に捧《ささ》げたものだろうか。枝《えだ》を編《あ》んでつくったたんすの上には、青銅《せいどう》の円盤《えんばん》ものせられている。それなら知っている。春に女神《めがみ》の館《やかた》に入ったとき、ピラに見せられ、鏡というものだと教わった。そばに寄《よ》って、のぞきこんでみてと言われ、青銅の表面にぼんやりとうつった少年の姿《すがた》を見てヒュラスが思わず後ずさりすると、ピラは笑いころげていた。

あたりには呪文《じゅもん》とくさりかけたスイレンの甘《あま》ったるいにおいが立ちこめている。頭に巻《ま》いたネベツクのパピルス紙がちゃんと効《き》いてくれますように、とヒュラスはまた祈《いの》った。

そのとき、遠くで翼《つばさ》がはためくような音がした。ワニの墓《はか》のなかの使われていないトンネルのどこかに、鳥でも閉《と》じこめられているように。さらに、もっと近くで、引っかくようなかすかな音と、小さな虫の羽音のような声も聞こえた。

腕《うで》の毛がさかだつ。声は墓室の奥《おく》から聞こえてきている。黒っぽい影《かげ》がうごめき、揺《ゆ》れる明かりのなかに、何列にもならんだシャブティが浮かびあがった。どれも、機織《はたお》りや縫《ぬ》いものをしたり、しゃがみこんで石うすを引いていたり、ビールをかきまぜていたりと、いそがしそうだ。迷惑《めいわく》そうにたいまつの炎《ほのお》を見あげている。ヒュラスは後ずさり、シャブティたちを闇《やみ》のなかに沈《しず》めた。

ユセレフの棺は、墓室の真んなかに置かれていた。人間をかたどった形をしていて、ふたは足先の部分が真上につきだし、頭部には顔が彫《ほ》られ、絵の具が塗《ぬ》られている。縞模様《しまもよう》の入った青い髪《かみ》、黒くくまどられた安らかな目、胸《むね》の上で交差した腕、そして体の下には、広げられた大きな翼が描《えが》かれている。どう見ても、死者の眠《ねむ》りをじゃまするのは利口じゃない。

でも、それは死者が安らかに眠っている場合だ。必死な羽ばたきの音はあいかわらず聞こえている。ユセレフのバーは、閉じこめられたままなのだ。

棺のふたは、ワニのものよりも重たく、おまけに今度は片手《かたて》しか使えない。エジプトじゅうの神々《かみがみ》に命じられたって、たいまつを手ばなすわけにはいかない。苦労した末に、やっとのことでふたをずらし、ななめに立てかけることができた。

ユセレフのサフは横向きに寝《ね》かせられ、生きている人間と同じように、石灰岩《せっかいがん》の頭置きの上に頭をのせられていた。ヘリホルは持てる技《わざ》のすべてを注ぎこんだようだ。なきがらには赤く染《そ》められた亜《あ》麻布《まぬの》が何重にも巻かれ、中身が飛びだすのを防《ふせ》ぐように、その上から交差したひもがかけられている。胸の前には干《ひ》からびた花輪。頭には空のように青いかつら。顔にはユセレフがあがめていた復活《ふっかつ》の神、アウサルに似《に》せた緑色の仮面《かめん》がかぶせられている。組みあわせられた両腕《りょううで》のそばには、メリタメンの密偵《みってい》によって残酷《ざんこく》にもすりかえられた白紙の巻物が置かれている。そして、背中側《せなかがわ》にはコロノス一族の短剣《たんけん》が横たえられていて、神々がこわしてくれるよう、呪文が書かれた亜麻布でつつまれている。

もちろん、願いは聞きとどけられていない。亜麻布《あまぬの》のすきまから、青銅《せいどう》の刃《は》が血に飢《う》えたようにギラリと光った。

脇腹《わきばら》を汗《あせ》が流れ落ちる。ユセレフのサフは、いまにもひじをついて起きあがり、ぞっとするようなまなざしをこちらに向けそうだ。「ごめんなさい、眠《ねむ》りのじゃまをして」ヒュラスはささやいた。

そして太ももで手をぬぐってから、棺《ひつぎ》の前にかがみこみ、白紙の巻物《まきもの》に手をのばした。

と、羽ばたきの音が急に大きくなった。当惑《とうわく》と苦しみが砂《すな》ぼこりのように渦《うず》を巻《ま》き、ヒュラスをすっぽりとつつみこむ。はっとふりむくと、青銅の鏡がたいまつの火に照らしだされていた。

心臓《しんぞう》がはねあがる。鏡にはヒュラスの姿《すがた》がうつり……その後ろの暗がりのなかに、背《せ》の高い翼《つばさ》の生えた人影《ひとかげ》が立っている。

くらりとめまいがした。「……ユセレフ？」

24

〈つつまれし者〉の影《かげ》

その影は棺の向こうに立っていた。砂ぼこりと闇《やみ》のかたまりが、揺《ゆ》らめき、ぼやけ、ちぎれてはまたより集まっている。

頭は低くたれ、折りたたまれた翼の上端《じょうたん》が肩《かた》の上につきだしている。苦しみがひしひしと伝わってきて、ヒュラスの恐怖《きょうふ》は、胸《むね》をしめつけられるような同情《どうじょう》に変わった。この影はかつて人間だった。ピラの兄同然だった人だ。ヒュラスがお守りにしているライオンのかぎ爪《づめ》を見つけてくれたのも、タラクレアが爆発《ばくはつ》したとき、ハボックを助けてくれたのもユセレフだ。その人の魂《たましい》がいま、危機《きき》におちいり、助けを求めている。

生者と死者をへだてる黒々《くろぐろ》とした川の向こうから、霧《きり》のようにおぼろげな声が心のなかにささやきかけてくる——なぜ……。

ヒュラスはたいまつをぎゅっとにぎりしめた。「ネ、ネベツクに言われて呪文《じゅもん》を持ってきました。必要でしょ、〈ふたつの真理の間《ま》〉で……」

真理の間で……と声がこだまする。

「ほら、そばに置きますね……」空いたほうの手をもう一度太ももでぬぐい、棺のなかに身を乗りだして、白紙の巻物《まきもの》をつかむ。気をつけろ、〈つつまれし者〉にはさわっちゃだめだ。つかんだ巻物を地面に置くと、今度は本物の巻物をベルトからはずし、高くかかげた。

黒っぽい翼《つばさ》がはためく。魂《たましい》に見つめられ、肌《はだ》がぞくりと冷たくなる。

〈日のもとにあらわれるための呪文《じゅもん》〉はきつく巻《ま》かれ、ひもでくくられて、結び目を小さな粘土《ねんど》の円《えん》盤《ばん》でとめられていた。置くときに上下をまちがえないようにとネベツクには言い聞かされている。上のほうにハチの絵を描《か》いてあるから、そこが心臓《しんぞう》の真上に来るように置くんだ、と。

ヒュラスは言われたとおりにした。〈つつまれし者〉の組みあわせられた両腕《りょううで》のところに巻物を置くと、頭のなかで、深々《ふかぶか》としたため息が聞こえた。ああ……。

次は、コロノス一族の短剣《たんけん》だ。

ヒュラスはまたてのひらをキルトでぬぐった。「ネベツクから……短剣を持ち帰っていいと言われてます」だが、手をのばしたとたん、氷のような風がさっと吹《ふ》きつけ、冬の寒さよりも容赦《ようしゃ》ない力で手首をつかまれた。ヒュラスは身を引こうとした。だめだ、ぴくりとも動けない。

そのとき、はたと思いあたった。ユセレフはピラが死んだと思っている。短剣を守るという誓《ちか》いを、いまもはたそうとしているのだ。

「ピラは死んでない」ヒュラスはあえいだ。「生きてるんです！」

手首をにぎる力がいっそう強くなる。

「証拠《しょうこ》だってある！　ほら、あなたのウジャトです。ピラが病気になったとき、寝台《しんだい》の柱にぶらさげておいたでしょ！　ピラから聞いたんじゃなけりゃ、ぼくが知ってるはずがない！　ピラもいまエジプトにいて、これをわたしてほしいってぼくにたのんだんです。あなたをすごく恋《こい》しがってて、こう伝えてって言ってました――どうぞ安らかに！」

安らかに……頭のなかでまた声がこだまする。手首の冷たさがすっと消え、体の自由がきくようになった。けれど、相手は棺《ひつぎ》のすぐ向こうからあいかわらず見おろしている。

その視線《しせん》を感じながら、ヒュラスはかがみこんで短剣を拾いあげ、ベルトにさげた空のさやにおさめた。

ところが、ウジャトのお守りを首からはずすと、それをさえぎるように黒い翼がはためいた。影《かげ》は頭を横にふり、指をヒュラスの胸《むね》につきつけた。

「も、もしかして……ウジャトをぼくにくれるんですか」

そうだというように影がうなずく。

ウジャトを首にさげなおすと、頭のなかでまたため息が聞こえた。今度は苦しみでなく、安堵《あんど》のため息が。ああ……。

最後に、ヒュラスはもう一度棺にかがみこんで、〈つつまれし者〉の上にふたをかぶせた。

身を起こしたとき、墓室《ぼしつ》のなかにはだれもいなかった。ユセレフのバーは飛びたったのだ。

＊

帰り道は、来たときよりもずっと息苦しかった。呪文が解《と》けたように、地下に長くいすぎたのがわかった。生ける者の世界では、きっと真夜中をすぎているだろう。

息を切らし、めまいをおぼえながら、ヒュラスは先祖《せんぞ》の墓室へと這《は》いあがり、トンネルをぬけた。早く、早く。

短剣がカタンと地面に落ちた。さやがゆるすぎる。急いでしまいなおすと、トンネルをかくすための石板を元どおりにもどし、黒ネコの像《ぞう》をその前に置いて、ワニの墓《はか》へとかけもどった。

出口はどこだ？　ネベツクからは目じるしを教わってある。子牛のサフのところで左に曲がり、ガゼルのところでもう一度曲がると、その二歩先に出口の扉《とびら》があるはずだ。

子牛らしきものはどこにも見つからない。頭が真っ白になる。どこでまちがえたんだ？　そして気づいた。ワニの墓《はか》にもどってはいけなかった、それとは逆《ぎゃく》の方向へ行くべきだったのだ。

いま来た道を必死でもどり、うつろな黄色い目で見つめる黒ネコの前を通りすぎた。息苦しさに胸《むね》が波打つ。空気は熱くよどみ、砂《すな》でも吸《す》っているようだ。

ようやく子牛が目に入った。ガゼルもいる。暗闇《くらやみ》の先に、両開きの扉があらわれた。ヒュラスはその前に倒《たお》れこみ、コン、コン、コンと三度扉をたたいた。「ピラ！　出してくれ！」

答えはない。

もう一度たたく。両手のこぶしを打ちつける。扉は外側からかんぬきがかけられ、びくともしない。

自分の荒《あら》い息づかいを聞きながら、ヒュラスはようすをうかがった。扉の向こうのどこか遠くから、聞きなれた音がした。ハボックのくぐもった遠吠《とおぼ》えの声だ――どこにいるの？

たいまつの火がかき消えた。

ヒュラスは扉をたたきつづけた。「ピラ！」

暗闇と静寂《せいじゃく》。

ピラはいなかった。

25

一騎打《いっきう》ち

子ライオンはしきりに鼻をひくつかせたが、風のなかに少年のにおいはかぎとれなかった。〈光〉のあいだずっと焼けつくような土地で待っていて、〈闇《やみ》〉になってもまだ帰ってこないので、勇気をかき集めて、少年をさがしに来たのだった。

銀色の〈大ライオン〉が〈上〉に昇《のぼ》ると、ようすをさぐるために、崖《がけ》の上をうろついてみた。大勢《おおぜい》の人間たちが、胸の悪くなるような花のにおいをさせ、うなり声をあげながら、〈大きな流れ〉をわたって向こう岸にもどっていこうとしている。

そのとき、どこか下のほうで、くぐもったうめき声と、必死に引っかくような音がした。どうしよう、少年は死んだ人間たちのねぐらのなかにいる。呼《よ》びかけよう、おたけびをひびかせようとしたけれど……いつものように、気弱なうなり声しか出てこなかった。

風のようで風でないものが毛皮をそよがせたかと思うと、ハヤブサが頭上をかすめて、岩の上に止まった。〈闇〉のあいだは眠《ねむ》っているはずなのに、いまはしっかり目をさましている。

ハヤブサは首の羽毛をさかだてながら、うらやましくなるほど上手に頭をぐるりとまわした。そしてキーッ、キーッ、キーッと警戒《けいかい》するようにするどく鳴いて、飛びたった。

なにを見たんだろう？

なにかのにおいをかぎとり、子ライオンは背中《せなか》の毛をさかだてた。〈大きな流れ〉のほうから、黒いぺらぺらの毛皮を生やした恐《おそ》ろしい人間たちの苦いにおいがただよってくる。母さんと父さんを殺し、自分のことも殺しかけた男たちだ。少年をつかまえようとしている。

子ライオンはそろそろと崖《がけ》のふちに近づいた。はるか下のほうで、男たちが〈大きな流れ〉からあがってこようとしている。空飛ぶ牙《きば》に肩《かた》をひどく嚙《か》まれたときの痛《いた》みがよみがえった。勇気がしぼんでいく。敵《てき》の数が多すぎる。

あんなに大勢《おおぜい》の人間が相手じゃ、ちっぽけなライオンの子など太刀打《たちう》ちできるはずがない。

＊

熱くなめらかな風に乗って舞《ま》いあがると、カラス人間たちはちっぽけな点になり、ハヤブサはようやく軽《かろ》やかで自由な気分になった。少女の心配を感じるせいで、自分まで不安になり、それがいやでたまらなかった。心配なんて、飛べない生き物たちがすることだ。ハヤブサはちがう。

空を舞っていると、少女が人間たちの小屋のあいだをかけていくのが見つかった。ただならぬようすだ。一心になにかをやりとげようとする、激《はげ》しさが感じられる。そう、そのほうがずっといい。ハヤブサには激しさこそがふさわしいのだから。

カラス人間たちはまだ少女に気づいていないが、じきに見つかってしまうだろう。どうすればいいかはすぐにわかった。

ハヤブサは月に向かって舞いあがり、両足をしまうと、翼《つばさ》をたたんで急降下《きゅうこうか》した。ヒューッと風を切り、ぐんぐん地面に近づいていく。カラス人間たちは役に立たない翼を背中にだらりとたらして、よたよたと歩いている。なんてのろまで、なんてにぶいんだろう。頭をあげてみようともしないから、いっこうにハヤブサに気づかない。

ぎりぎりまで近づいた瞬間《しゅんかん》、翼と尾羽《おばね》を広げ、鳴き声をひびかせながら身をひるがえした。男たちは頭の上をかすめるハヤブサを見て首をちぢこめた。あたりにちらばり、いっせいに上を指さしたが、そのときにはもう、ハヤブサははるかな高みへと飛び去っていた。

渦《うず》を巻《ま》く熱風に乗って崖の上へ舞いあがると、またカラス人間が見つかった。こちらはひとりきりで、死人のねぐらのひとつをめざして歩いている。ねぐらの前には少女が待っている。仲間の少女じゃなく、あの子がきらっている、別の少女だ。

ハヤブサはもっとよく見ようと、静かにそちらへ近づいた。

＊

いまにも気を失いそうになったそのとき、墓《はか》の扉《とびら》がギィーッと音を立てて開いた。ヒュラスはよろめくように外に出ると、ひざから倒《たお》れこんだ。なにも見えず、なにも聞こえない。砂利《じゃり》の地面と、頭上の星空と、肺《はい》に注ぎこむ夜風しか感じられない。

どうやらそこは、崖の斜面《しゃめん》に掘《ほ》られた砂利《じゃり》敷きの小さな前庭らしかった。ピラが上からのぞきこんだ。スパイスの香《かお》りがただよい、長い髪《かみ》がヒュラスのほおをくすぐり、やわらかい手が肩をなでる。

「ヒュラス……」

ピラじゃない。ヒュラスは必死に身を起こした。腰《こし》のさやは空っぽだ。「な、なにを……」

メリタメンは包みを大事そうにかかえ、暗がりのなかへしりぞきながら、小声で言った。「やっと短剣《たんけん》を手に入れたわ。ごめんなさい、ヒュラス。でも、こうするしかないの！」

「ピラはどこだ」ヒュラスはあえいだ。「ピラになにをした？」

「追っ手が近づいているわ、ヒュラス。崖《がけ》の下まで来ているの！　この小道の少し先に」メリタメンが指をさす。「右に入る脇道《わきみち》があるわ、見えるでしょ？　そこを行けば、見つからずに砂漠《さばく》に出られるから！」

「なあ、ピラはどこなんだ！」

「忘《わす》れないで、ピラは右の脇道よ。さあ、行って！」そう言うと、メリタメンは暗がりに姿《すがた》を消した。

よろよろと立ちあがると、めまいがした。ふらつきながら二、三歩進んでみる。小道を歩きだそうとしたとき、はるか頭上で警告《けいこく》するようなエコーの鳴き声がひびいた。ヒュラスははっとふりかえった。墓《はか》の上の斜面《しゃめん》に、黒っぽい人影《ひとかげ》が見える。とっさに横っ飛びで地面に伏《ふ》せた。テラモンの槍《やり》がヒュンとそばをかすめ、砂利《じゃり》の上に落ちた。

崖のふもとから、カラス族の戦士たちがのぼってこようとしている。そうか、テラモンは兵たちを下で待たせておいて、自分ひとりだけでよそ者を殺すつもりだ。早くもナイフを手に、前庭に飛びおりてくる。ふたりは、砂利の上に落ちた槍をねらいながら、そのまわりをじりじりとまわった。テラモンが槍に手をのばす。ヒュラスがそのあごを蹴《け》りつける。テラモンは倒《たお》れたが、すぐに起きあがった。ヒュラスは槍を拾おうとかがみかけた。ナイフが顔の真横で空《くう》を切り、思わずずしりぞく。テラモンが槍をつかんだ。また向きあったままぐるぐるとまわる。ヒュラスの手元には、武器《ぶき》になりそうな石さえない。テラモンにやられなかったとしても、家来たちがやってきたら、一巻《いっかん》の終わりだ。

崖はけわしく、とてものぼれそうにない。ヒュラスは横方向へ逃《に》げ、つくりかけの墓らしきものを見つけて、そちらへ走った。

「逃げる気か」テラモンがあざけるように笑い、あとを追ってくる。

斜面に掘《ほ》られた墓穴《はかあな》の前には平らな足場がつくられ、石くずを積んだ手押《てお》し車が置きっぱなしになっている。石鎚《いしづち》ものみも、役に立ちそうなものはなにもない。背後《はいご》のテラモンは槍とナイフを手にしているせいで、もたついている。ヒュラスはその頭めがけ、石を投げつけた。それをよけた拍子《ひょうし》に、テラモンは足を踏《ふ》みはずしてすべり落ち、槍の石突《いしづ》きを斜面につきさして、二十キュービット（一キュービットはひじから指先までの長さ）ほど落ちたところでようやく止まった。

手押し車の車輪は、石がいくつも差しこまれて固定してある。なんとかしてテラモンの気をそらすことができれば……。「家来を下に残してきたのは失敗だったな。連れてきてたら、こっちはとっくに死んでたはずなのに！」

テラモンは返事もせずにのぼってくる。月明かりに照らされ、イノシシの牙《きば》のかけらが張《は》りつけられた兜《かぶと》がギラリと光る。兜が完成したなら、戦士になったということだ。

「兜があたって、一人前だとはかぎらないぞ」ヒュラスは車輪の下の石をどかしながらあざけった。

「なら、墓破《はかやぶ》りはどうなんだ」テラモンが言いかえす。

ヒュラスは最後の石を蹴とばし、手押し車に肩《かた》をおしあてた。石くずがいっぱいに積まれていて、びくともしない。「ピラはどこだ！」

テラモンはためらった。「生きてるさ……いまはまだ。降参《こうさん》しないと、あいつが死ぬことになるぞ！」

「ピラをはなせ！　短剣《たんけん》ならメリタメンが持ってる！」

「でも、おまえも始末してやる。おりてこないと、ピラを痛《いた》めつけてやるぞ！」

今度はヒュラスがためらう番だった。「ピラをつかまえてなんかいないんだろ」一《いち》か八《ばち》かで言う。

「へえ、なんでそう思う」テラモンがせせら笑う。

手押《てお》し車がぐらりと揺《ゆ》れた。よし、動きそうだ。「ピラはどんな服を着てる？」

テラモンがだまりこむ。

ヒュラスは確信《かくしん》した。「言えないってことは、つかまえてないんだな！」

やはり答えはない。図星だったらしい。力いっぱいおすと、手押し車は足場から転がり落ちた。

テラモンの絶叫《ぜっきょう》は、ガラガラとなだれ落ちる石の音にかき消された。

小道をかけだすと、メリタメンが言ったとおり、脇道《わきみち》が見つかった。カラス族の戦士たちはまだずっと下にいる。うまくいけば、逃《に》げのびられるはずだ。

ふりむくと、砂《すな》ぼこりのなかでテラモンがよろよろと立ちあがるのが見えた。ヒュラスは急いで右の脇道に入った。道は目立たないようにつくられ、崖《がけ》の裏側《うらがわ》へと曲がりくねりながらのびていて、やぶでおおわれた涸《か》れ川につながっていた。いかにもヘビやサソリがいそうに見え、あわてて〈野の生き物の母〉に祈《いの》りを捧《ささ》げた。

戦士たちの叫《さけ》びとテラモンの怒鳴《どな》り声が背後《はいご》で小さくなったあとも走りつづけ、ようやく崖の下までおりきると、ヒュラスは前かがみになって、ひざに両手をついた。

後ろには崖と崖にはさまれた谷間がある。ゆうべ、ハボックをさがしに出たときは、そこを通ってここまでやってきた。前方には、月明かりに照らされた砂漠《さばく》がはてしなく広がっている。

じきにカラス族が谷間を見つけて追ってくるだろう。ピラはいったいどこだ？　なんで墓《はか》の外で待ってなかったんだ？

そのとき、谷間にひづめの音がひびいた。やがて、二輪戦車の黒っぽい影《かげ》があらわれ、ヒュラスのほうへ真っすぐ向かってきた。

かくれようにも、岩ひとつない。ヒュラスはジグザグに逃げながら、石かなにか、投げつけるものはないかとさがした。

戦車はぐんぐん近づいてくる。馭者《ぎょしゃ》は低く身をかがめ、馬たちは首をいっぱいにのばして疾走《しっそう》している。馭者が手綱《たづな》を引くと、戦車はもうもうと砂ぼこりをあげ、ななめになりながら止まった。

「乗って！」ピラが叫んだ。「ほら、ヒュラス、行くわよ！」

26

疾《しっ》走《そう》する戦車

「だいじょうぶ？」ピラが騒々《そうぞう》しいひづめの音と車輪のきしみに負けじと声を張《は》りあげた。

「もう平気さ！」ヒュラスも叫《さけ》びかえした。

心配げな視線《しせん》が送られてくる。

ヒュラスは浮《う》かんでくる満面の笑《え》みをおさえられなかった。西へ向かって走りはじめてだいぶたったが、追っ手の音はまだ聞こえない。ピラが手綱《たづな》で馬たちの背中《せなか》を打つと、戦車はさらに勢《いきお》いを増《ま》した。ピラは黒髪《くろかみ》をなびかせ、ほっそりとした小さな顔をこわばらせている。「戦車のあやつりかたをどこでおぼえたんだ？」

「ケフティウよ！　母が留守《るす》のとき、ユセレフが中央の中庭で練習させてくれたの」ピラは顔をしかめた。「なんで笑っていられるの？　メリタメンに短剣《たんけん》をうばわれちゃったから、いまごろはテラモンの手にわたってるかもしれないのに！」

「いや、それはない」腕《うで》に結《ゆ》わえつけたさやから、ヒュラスは短剣をぬき、高くかかげた。コロノス一族の短剣だ。

ピラはびっくり仰天《ぎょうてん》して、手綱を取り落としそうになった。「どういうこと？」

「神々《かみがみ》の思《おぼ》し召《め》しだよ！　ベルトにさげたさやが合わなかったから、自分のナイフのと取りかえたんだ。メリタメンはそっちを持っていったのさ！」ヒュラスは勝利のおたけびをあげ、短剣をふりかざした。炎《ほのお》のようなパワーが全身をかけめぐる。「やっと手に入れたぞ！　これで帰れるんだ！」

そのとき馬たちが急に向きを変え、ヒュラスはふり落とされそうになった。「しっかりつかまってなさいよ、おばかさん！　それに、ひざはしっかり曲げておいて！」

ヒュラスは笑い声をあげた。「忘《わす》れてたよ、戦車には一度しか乗ったことがないんだ！」げらげら笑いつづけていると、だしぬけにピラまで笑いだした。砂《すな》ぼこりを巻《ま》きあげ、熱風を顔に浴びながら、ふたりは歓声《かんせい》をあげて砂漠《さばく》をかけつづけた。

エコーが舞《ま》いおりてきて戦車にならび、こわがるようすも見せずに、馬の股《また》のあいだを縫《ぬ》うように飛びはじめた。

「こいつ、どうかしてるよ！」ヒュラスは叫んだ。

「そうじゃないわ」ピラがにっと笑った。「やっとわたしが飛べるようになって、喜んでるだけよ！」

背後《はいご》では空が白《しら》みはじめ、遠くはなれた灰色《はいいろ》の崖《がけ》の上には、エジプト人がソプデトと呼《よ》ぶ星がまたたいている。そういえば、今日は〈はじまりの日〉の前日だ。たしかに、ヒュラスにはなにもかもが新しくはじまりそうに思えた。こうして無事に墓《はか》からぬけだせたし、カラス族もはるか後ろだ。

まるで、生まれ変わったみたいだ。

＊

大岩が立ちならんだ場所までたどりつくと、ピラは戦車を止めた。ここなら崖のほうから見られても、気づかれずにすむ。

馬たちはたてがみのほこりをふりはらい、頭を低くしてせきこみはじめた。ヒュラスは二頭をイバラのしげみにつなぎ、戦車を引いたまま逃《に》げてしまわないように、車輪にも石を差しこんで固定しておいてから、大岩にヒヒがいないかたしかめに行った。

ピラはかたい地面にすべりおりると、ふらついた。腕《うで》も肩《かた》も痛《いた》くてたまらず、体の下でまだ戦車がガタガタと揺《ゆ》れているような気がする。

ヒュラスがしとめたヘビをベルトにさげてもどってきた。「ヒヒはいないし、岩がせりだしたところがあるから、日ざしもよけられそうだ」そこで目をぱちくりさせた。「それ、水袋《みずぶくろ》か？」

ピラは戦車から水袋をおろし、ヒュラスにほうった。

「なにもかもすっかり用意してきたんだな」ヒュラスは感心したように言った。「食べ物以外は」そしてヘビを持ちあげてみせた。「火はおこせないけど、生のままでも食べられる」

馬たちに水をふたすくいずつやってから、ふたりもひとすくいずつ飲んだ。それだけではとても足りない。馬たちも同じだろう。うらめしげな目をしている。

ヒュラスはせりだした岩の下でヘビをさばき、はらわたと頭をエコーに投げてやった。ヘビはピラが覚悟《かくご》していたよりもおいしかった。自分で気づいている以上におなかがへっていたせいかもしれない。ふたりとも、ものも言わずに食べた。

興奮《こうふん》が冷めるにつれ、ピラは疲《つか》れとのどのかわきを痛いほど感じはじめた。これからどうすればいいだろう。さっきヒュラスは、これで帰れるんだと言っていた。でも、どうやって？　まずはハボックを見つけないといけないし、水も必要だから、つかまらないように川までもどらないといけない。それから小舟《こぶね》を盗《ぬす》んで、エジプトの南の端《はし》から北の端まで引きかえさないといけない——もちろん、つかまらないように。そのあとは、よそ者の野蛮人《やばんじん》をふたりとハヤブサとライオンを乗せてくれる船を見つけて、はるばる海をわたることになる。でも、どこをめざしたらいい？　帰る場所なんてあるんだろうか。ケフティウにはもどれないし、ヒュラスの故郷《こきょう》はカラス族に支配《しはい》されている。それに、短剣《たんけん》のこともある。こわすには、神さまの力を借りるしかない。それができなければ、いつかはカラス族にうばわれてしまうだろう。

ヒュラスは岩にもたれてすわり、ひざをかかえて、砂漠《さばく》の向こうを見やっている。頭にはまだネベツクのパピルス紙を巻《ま》いていて、やけにりりしく、たのもしそうに見える。上等なエジプト風のキルトと緋色《ひいろ》のベルトを身につけているけれど、リュコニア人らしい通った鼻筋《はなすじ》と、戦士風に編《あ》んだ金髪《きんぱつ》は、どう見てもアカイア人だ。

見られているのに気づいたのか、ヒュラスが片《かた》ほおをゆがめてにっと笑った。とたんに、ピラは汚《よご》れきった自分の姿《すがた》が気になりだした。月明かりを浴びたメリタメンは、さぞかしきれいだったろう。むしゃくしゃした気持ちになり、編んだ髪《かみ》をほどいて、花や羽根の飾《かざ》りをむしりとりはじめた。

ヒュラスも自分の髪をほどきにかかる。「なんできみのかわりにメリタメンが来たんだ？」

ピラは、墓《はか》にたどりつく前にメリタメンに止められ、自分をかわりに行かせなければ、ヒュラスは墓のなかで死ぬことになると脅《おど》されたと話して聞かせた。「あなたを助けるには言うことを聞くしかなかったのよ。そのかわり、わたしは自由にしてもらったから、ヘリホルがメリタメンを案内しているあいだに、レンシといっしょに大急ぎで馬屋に行ったの。番兵は全員お墓のほうに行っちゃって、だれもいなかった。ふたりで逃げるための戦車を盗むつもりだったけど、そのときはまだ、あなたが無事かどうかもわからなくて」思わず顔がゆがむ。「カラス族が川からあがってくるのも見えた。もうだめだと思ったとき、ヘリホルが飛んできたの。メリタメンがあなたを助けだして短剣を受けとってから、砂漠に逃げられる道を教えたって聞かされたわ。それで、ヘリホルたちの助けを借りて戦車を盗んだの。あとはわかるでしょ」

ピラはエコーがヘビの頭を片足《かたあし》でおさえつけ、くちばしで引きさくのをながめた。「カラス族が西岸に来てるなんて、メリタメンは言いもしなかったわ」腹《はら》が立って、そうつけくわえた。

「きっと知らなかったんだろ」

「まさか、あの人の肩《かた》を持つつもり？」

「まあ、逃《に》げ道を教えてもらったしな。その必要もないのに」

ピラはむくれた。「メリタメンが美人じゃなくても、同じことを言う？」

「ピラ。メリタメンのことなんて気にしなくていい」

急にほおが熱くなったピラは、しきりに髪《かみ》をなでつけ、それからナイフをぬいてドレスのひざから下を切りとりにかかった。これで歩きやすくなるし、切った布を頭に巻《ま》いて日よけにできる。

それがすむと、ピラはコロノス一族の短剣《たんけん》からネベツクの呪文《じゅもん》が書かれた布《ぬの》をほどいた。そしてヒュラスがその刃《は》を砂《すな》でピカピカにみがきあげた。「助かったのは偶然《ぐうぜん》みたいなもんだ」ヒュラスは考えこむように言った。「テラモンは手柄《てがら》をあげようと、ひとりでぼくを殺そうとした。だから家来たちを置いて、自分だけ先に来たんだ。そこまで名誉《めいよ》にこだわりさえしなけりゃ、墓《はか》を取りかこませていただろうから、そしたらいまごろぼくは死んでた」

「そんなこと、口にしないで！」

ふたりのあいだに沈黙《ちんもく》が落ちた。お墓のなかでなにがあったの、とピラは低い声できいた。

ヒュラスは一気に話しだした。棺《ひつぎ》のなかに横たわっているとメドゥ・ネチェルが動きだしたこと、トンネルとシャブティのこと、そして、墓室《ぼしつ》で出会った翼《つばさ》のある人影《ひとかげ》のこと。

ピラが想像《そうぞう》していたより、ずっと恐《おそ》ろしい話だった。

「でも、もうだいじょうぶだ。巻物《まきもの》を取りかえたら、ユセレフはいなくなった。きっと自由になれたんだと思う。でなきゃ、その途中《とちゅう》か」

そのとき初めて、ピラはヒュラスが胸《むね》にふたつのお守りをさげているのに気づいた。自分のライオンのかぎ爪《づめ》と、ユセレフのウジャトを。「それ、置いてこなかったの」

「わたそうとしたけど、持っててくれって言われたんだ」

「どうして？」

「わからない。ほら、返すよ」

「――いいえ」ピラはゆっくりと答えた。「あなたが持ってて。ユセレフはそう望んでる。きっと理由があるはずよ」急に気持ちが落ちこんだ。コロノス一族の短剣は手に入れたけれど、亡《な》くなったユセレフはもうもどらない。それに、エジプトを脱出《だっしゅつ》する手だてが見つかったとしても、テラモンとアレクトをこらしめることはできそうにない。ユセレフの仇《かたき》もとってあげられない。

岩に止まったエコーが、ヘビの骨《ほね》とキラキラしたウロコのかたまりを吐《は》きだした。ヒュラスはせりだした岩の端《はし》まで行って立ちあがり、あたりを見まわした。日ざしが猛烈《もうれつ》に照りつけ、砂漠《さばく》は熱気で揺《ゆ》らめいている。それから水袋《みずぶくろ》を持ちあげ、重さをたしかめた。「人間ふたりと馬二頭で飲んだら、一日ももたないな」ふりかえって、ピラが考えていたのと同じことを言った。「川にもどるしかない」

「そうね。でも、谷間は見張《みは》られているわ」

「だろうな」

「崖《がけ》をぬけられる道がほかにあった？」

「崖のてっぺんに、ちょっとくぼんだ場所があったと思う。南のほうに。そこなら崖を越《こ》せるかもしれない」

「そこも見張《みは》られてなければね」

「ああ、でもほかにどうできる？」

ピラはまた不安が胸《むね》の底に沈《しず》むのを感じた。運命、神々《かみがみ》、ハボック、なくなりそうな水……なにもかもが、網《あみ》のようにふたりをとらえようとしている。「しかたないわね。もどるしかないわ」

＊

めまいがするほど暑い一日がようやく終わり、日が沈むと、ふたりは出発した。

計画では、馬たちを谷間のほうへはなしてカラス族の気をそらし、そのすきに南にある崖《がけ》のくぼみを越《こ》えるつもりだった。計画と呼《よ》ぶにはほど遠いが、ほかにいい手も見つからない。

ふたりは円を描《えが》くようにまわりこみながら谷間に近づき、そこで戦車のスピードを落とした。馬たちは川のにおいをかぎつけて首をもたげた。ヒュラスはそっと戦車をはずし、二頭を谷間の入り口まで連れていった。あたりは静まりかえり、カラス族の気配はない。手綱《たづな》をはなすと、馬たちは尾《お》をふり立て、川めざしてかけだした。

ヒュラスはピラに目をやった。闇《やみ》のなかで目立たないように、白いドレスには土をなすりつけてある。ヒュラスも同じようにキルトを汚《よご》してあった。暗がりのなかに、意志《いし》の強そうなピラの顔が青白く浮《う》かびあがっていた。

さいわい、すぐに小道が見つかった。ヤギが通るようなけわしい道だが、のぼれなくはない。上をめざしながら、ヒュラスはハボックがにおいをかぎつけて、向こう側で待っていてくれるようにと祈《いの》った。

しばらくすると、平らなところに出て、風が強くなった。崖のてっぺんに着いたのだ。月はまだ顔を出していないが、星明かりの下、はるか北のほうに工房《こうぼう》や村々《むらむら》の黒っぽい影《かげ》が見えている。下方には真っ暗な畑が広がり、その向こうで川面《かわも》が銀色に輝《かがや》いている。川岸にはりっぱな天蓋《てんがい》のついた舟《ふね》が見える。メリタメンのものだろう。その北にある木々《きぎ》の生えた小島には、黒々《くろぐろ》とした大きなカラス族の船が泊《と》まっている。

ピラが腕《うで》にふれ、指をさした。馬たちが谷間から飛びだし、数人の戦士がそのあとを追っている。暗がりのなかで、ピラの白い顔がにっと笑った。ヒュラスはうなずいた。ここまでは、うまくいった。運がよければ、戦士たちはだれも乗っていないことに気づかないまま、ふたりをつかまえようと、馬を追いつづけるだろう。

くだりはさらに道がけわしくなったが、イバラのしげみに身をかくしながらどうにかふもとまでたどりついた。あたりには岩がごろごろ転がっている。

四十歩ほど先にアシがしげっていて、そのせいでよく見えないが、アシの向こうには川があるはずだ。と、ヒュラスの心臓《しんぞう》がはねあがった。アシのあいだに、崖の上からは見えなかったものがある。川岸に引きあげられた小舟《こぶね》だ。

「ついてるわ！」ピラが声をはずませ、かけだした。

ヒュラスもあとを追った。そのとき、ハボックがアシのあいだにうずくまっているのが見えた。耳をぴんと立て、銀色の目でヒュラスが気づかなかったものを見つめている。

「ピラ！」ヒュラスは声をひそめて呼んだ。

その瞬間《しゅんかん》、ハボックが逃《に》げだし、暗がりからあらわれたカラス族がピラを取りかこんだ。「逃げて！」ピラが叫《さけ》んだ。

27

一人前のライオン

アシ原のなかを逃《に》げる子ライオンの耳に、少女の叫《さけ》び声《ごえ》がつき刺《さ》さった。でも、あんなにたくさんのカラス人間を相手に、なにができるだろう?

少年だって、手も足も出ないと気づいたのか、逃げていった。崖《がけ》のふもとの大岩の陰《かげ》にかくれているのがにおいでわかる。

でも、あそこでなにをするつもりだろう。馬が一頭、水をたっぷり飲み終えて、鼻を鳴らし、首をふり立てながら、のんびりと歩いていく。少年がそこへしのびよる。できるだけ足音を立てないようにしているけれど、こちらにはまる聞こえだ。馬からかくれようとはしていないから、狩《か》りをするつもりじゃないらしい。首をやさしくなでてやりさえしている。それから、びっくりするようなことをした。なんと、馬の背中《せなか》によじのぼったのだ!

なるほど、かしこいやりかただ。少年は馬に乗ったまま谷間のほうへつっ走っていく。でも、谷間の入り口にも大勢《おおぜい》のカラス人間たちがうずくまって待ちかまえていることには、気づいていないらしい。

迷《まよ》っているひまはない。子ライオンは泥《どろ》でできた人間たちの小さなねぐらのあいだをかけぬけ、少年を助けにひた走った。一頭の犬が飛びかかってくる。前足ではねのけると、犬は壁《かべ》にたたきつけられ、悲鳴をあげて逃げだした。さらに三頭が猛然《もうぜん》と吠《ほ》えたてながら追いかけてくる。子ライオンはふりかえり、うなり声をあげてかぎ爪《づめ》でなぎはらった。驚《おどろ》いたことに、三頭とも尻尾《しっぽ》を巻《ま》いて近くのねぐらに逃げこんだ。

子ライオンは谷間に急いだ。少年と馬は、カラス人間たちが大勢待ち伏《ぶ》せしている大岩のほうへ近づいている。男たちは子ライオンには気づいていないみたいだ。あごをぐっと嚙《か》みしめて覚悟《かくご》を決めると、子ライオンはそっちへ飛びだし、咆哮《ほうこう》と呼《よ》べそうなくらいの激《はげ》しいうなり声をあげながら襲《おそ》いかかった。男たちは肝《きも》をつぶしたネズミみたいにちりぢりになり、馬もようやく子ライオンのにおいに気づいたのか、しがみついた少年を背中に乗せたまま、谷間の奥《おく》にかけこんだ。

よかった。とりあえず、これで少年は心配ない。ようやく気持ちが落ち着いて、子ライオンは崖のてっぺんへかけあがった。

少年が消えた焼けつく大地のほうから、熱い風が吹《ふ》きよせた。いざとなったら、あの子はかならずまたむかえに来てくれるだろう。そうしたら、いっしょにカラス人間たちから少女を助けだす方法を考えられるはず。そうに決まってる。自分と少年と少女は群《む》れの仲間で、ずっといっしょにいるべきなんだから。

ハヤブサも同じようにそう信じてくれたら、もっといいのに。

ふとさびしくなり、子ライオンは鼻づらをあげて〈闇《やみ》〉をあおいだ。でも、聞きなれた羽ばたきの音もしなければ、しゃくにさわるのになぜか憎《にく》めないあの姿《すがた》が舞《ま》いおりてくるところも見えなかった。

ハヤブサはアシ原を見わたせる居心地《いごこち》のいい木を見つけた。アリもいないし、ねぐらにはぴったりだ。

この場所はなにもかもがおあつらえ向きで、ハヤブサのためにあるように思えるくらいだった。ねぐらにぴったりの木に、水浴びができる水の流れ、翼《つばさ》の裏側《うらがわ》やくちばしを冷やせる風、それに、おいしくてのろまな水鳥やカリカリしたカワトンボがいっぱいのアシ原もある。大岩の上にはほかのハヤブサたちもいるし、かといって多すぎもしないから、うんざりさせられることもない。

それでも、ハヤブサはさびしかった。少年も、子ライオンもいない。なにより、少女がいっしょじゃない。

卵《たまご》のなかにいたときのことは、もうほとんど忘《わす》れてしまった。そのあと、少女と出会ったときのことはよくおぼえている。羽の生えていない、へんてこな顔。くちばしのかわりに生えた、やわらかい小さな鼻……でも、瞳《ひとみ》はハヤブサのものと同じように大きくて黒く、魂《たましい》もハヤブサのように激《はげ》しく、飛びたいと願っているのが感じられた。

少女が恋《こい》しかった。そう、とびきりすてきなこの場所にいても、やっぱり恋しかった。それに、少女が困《こま》っていて、自由になろうともがいているのも感じていた。息ができないほどの恐怖《きょうふ》が伝わってきて、自分まで閉《と》じこめられ、飛べずにいるような気がするのだった。

ハヤブサは寝《ね》つけなかった。どうしたらいいだろう。

＊

子ライオンはのどがかわいてたまらなかった。それで、銀色の〈大ライオン〉が〈上〉に顔を出すと、わめきあったり、少女を怒鳴《どな》りつけたりしているカラス人間たちのそばをはなれ、〈大きな流れ〉のところにもどった。まわりには人間も犬もいない。

用心深く、あたりの泥《どろ》のにおいをかいでみる。大きなトカゲのにおいは残っているけれど、いまはいないようなので、流れのそばまで行って、のどをうるおそうと首をのばした。

そのとたん、はっとして飛びのいた。流れのなかに、雌《めす》のライオンがいる。

そのまま待ってみた。雌ライオンは出てこない。それで、腹這《はらば》いになって近よった。

やっぱりいる。下からこちらを見あげている。敵意《てきい》はなさそうで、びっくりしたような、ふしぎそうな顔をしている。自分と少し似《に》ている。

そっと前足をのばしてみた。

雌ライオンもまねをする。

ふたつの前足が同時に水面にふれ、ぱっと引っこめられた。

ひょっとして、これは……。子ライオンがバシャバシャと流れをたたくと、雌ライオンは消えてしまった。後ろにさがって、しばらく待つ。流れはだんだん静まり、雌ライオンがまたあらわれた。

やっぱり。子ライオンはすわりこんで、どういうことかと考えた。あの雌ライオンは自分なのだ。さっきの犬たちが恐《おそ》れをなしていたのも納得《なっとく》がいく。わたしはもう子どもじゃない。大きくて強い、一人前のライオンなんだ。

28

テラモンの計略《けいりゃく》

選ばれし者は恐《おそ》れも疑《うたが》いも抱《いだ》かない。川岸を歩きながら、テラモンは自分に言い聞かせた。

選ばれし者は、あらゆる失敗を勝利へと変えられるはずだ。

それでもやはり、腹《はら》が立ってたまらなかった。ヒュラスは川岸にもどってくるはずだと予想して、一日じゅう家来といっしょに待ち伏《ぶ》せをした。夜になっても、闇《やみ》にまぎれてやってくることを見こして、そのまま寝《ね》ずの番をつづけた。

そのあげくが、これだ。ついさっき、副官のイラルコスが暗がりのなかからかけよってきて、肩《かた》で息をしながら言った。「逃《に》げられました」

「どういうことだ」テラモンは冷ややかにきいた。

「馬に乗って、谷間をぬけて――」

「――その谷間を見張《みは》っていたはずだろ」

「馬が速すぎたもので。それに、兵たちが……見たと言いだしまして」

「なにをだ!」

「その……巨大《きょだい》なライオンを。でなければ、ライオンの姿《すがた》をした悪霊《あくりょう》を」

テラモンはイラルコスをにらみつけた。「まさか、恐れをなしたってことか?」

イラルコスはうなだれた。

自分はまたしくじったというわけか、とテラモンは心のなかでつぶやいた。兵の半分を谷間に、残りを川岸にやって、自分はその中間で指揮《しき》をとるつもりが、計画が失敗するのをただ見ているしかないなんて。

手を貸《か》そうともしないエジプト人たちも憎《にく》らしかった。墓《はか》を守っている番兵たちはかたくなに持ち場をはなれず、メリタメンの奴隷《どれい》たちも舟《ふね》をおりようとしないうえ、村や工房《こうぼう》も残らず火が消えて静まりかえっている。野蛮人《やばんじん》たちがいなくなるのを、だれもがひたすら待っているのだ。

まったくやりきれない。くだす決断《けつだん》、くだす決断、ことごとく失敗している。メリタメンから目をはなしたりしなければ、いまごろ短剣《たんけん》を手にしていただろう。家来たちをともなって墓まで行きさえすれば、ヒュラスだってとっくに死んでいたはずだ。アクレトが聞いたら、せせら笑うにちがいない。そしてミケーネにもどったら、喜々《きき》としてコロノスに告げ口するだろう。

それでも、ピラだけはつかまえた、とテラモンは自分をはげました。そうだ。それをうまく利用してやるんだ。

かけよってきたメリタメンが、両手をきつくにぎりあわせた。ヒュラスに逃げられた直後に墓のそばで出くわしたときも、メリタメンは同じしぐさをした。「大事な短剣なら、手に入れたわよ」最初はあざけるようにそう言ったものの、あざけりの色はすぐに恐怖《きょうふ》に変わった。さやのなかから出てきたのが、コロノス一族の短剣ではなく、使い古したナイフだったからだ。

今度はテラモンがあざけりの目で見る番だった。だいたい、なんでまだパ・ソベクにもどっていないんだ? なんの用がある?

「あの女の子を傷《きず》つけないで」メリタメンは懇願《こんがん》した。「なにも悪いことはしてないんだから！」

「なんでそんなこと気にするんだ」テラモンは怒鳴《どな》った。

「ひどいことをするのはもうたくさん。自分のせいで、あの子に血を流させたくないの！」

テラモンは返事をせずに相手の横を通りすぎた。

兵たちに取りかこまれたピラは、ずいぶんちっぽけに見えた。後ろ手にしばる必要はなかったが、それでも自由をうばわれたその姿《すがた》を見て、テラモンは満足をおぼえた。ピラにはずっと、野蛮人扱《やばんじんあつか》いされてきた。前にケフティウで面と向かいあったとき、ヒュラスは最高のアカイア人で、自分は最低のアカイア人だと言われたのだ。

いいか、今日こそ思い知らせてやる。

ピラは背筋《せすじ》をのばして立ち、テラモンなど目に入らないかのように真っすぐ前を見つめている。エジプト流の化粧《けしょう》をした顔は仮面《かめん》のようにつるりとしているが、おびえているのはまちがいない。

テラモンは、手首につけた小さな紫水晶《むらさきずいしょう》の印章をわざとつまんでみせた。ハヤブサがきざまれたその印章は、ピラのものだ。さらに、腰《こし》に手を当ててベルトも見せつけた。そこにはケフティウ製《せい》の金の飾《かざ》りがつけられている。それもピラのものだった。

ピラは眉《まゆ》ひとつ動かさない。

ふしぎだ。メリタメンのほうが美人なのに、ピラには燃《も》えさかる炎《ほのお》のような、相手を引きつけてはなさないものがある。

そばにいたメリタメンが口を開いた。「わたしはパ・ソベクにもどります、この子もいっしょに。お願い、この子に用はないでしょ！」

「それはどうかな」テラモンはにこやかに答え、ピラに向きなおった。「ヒュラスは逃《に》げたようだな。そう、逃げたんだ！」わざとそうくりかえした。「馬にしがみついて、砂漠《さばく》に逃げだしたんだ」

「よかった」ピラはあいかわらず目を合わせようとしない。

テラモンはまたにやりとした。「なんのためらいもなく、おまえを見捨《みす》てたんだ。ずいぶん臆病《おくびょう》になったもんだな」

「二十人を相手にはできないわ。わたしが逃げてって言ったの。戦うなんて、正気のさたじゃないから」

言いかえそうとしかけたとき、いいことを思いついた。ピラをおとりにしてやれ。テラモンはメリタメンに向きなおった。「パ・ソベクまで舟《ふね》で送っていく。でも、そっちのこぎ手はここに残ってもらう。こぐのはぼくの兵たちだ」つづいてイラルコスに指示《しじ》を出す。「舟のこぎ手を四人選んで、残りを連れて船にもどるんだ。帰りじたくをしろ。ぼくもアレクトをむかえに行って、すぐに追いかける。そうしたら、国へ帰る」

戦士たちのあいだに安堵《あんど》のつぶやきが広がり、イラルコスも顔を明るくした。「このケフティウの娘《むすめ》はどうしましょう」

「こいつは連れていく。よそ者に見せるために」

イラルコスはけげんな顔をした。「でも、あの者は砂漠にいます」

「いや、もどってくるさ。ひとりで逃げたりしない。かならずもどってくるだろうから、そしたら見せてやるんだ。こいつが、アレクトといるところを」

イラルコスがはっと息をのむ。メリタメンも両手をぎゅっとにぎりしめた。

ピラは動揺《どうよう》を見せまいとしている。「わたしをおとりにしたってむだよ。ヒュラスだって、助けに来るほどばかじゃないわ」

だが、テラモンにはわかる。口で言うほど確信《かくしん》はないことも、アレクトをこわがっていることも。だれだってアレクトのことはこわいだろう。

ぼくはちがう、とテラモンは心のなかでつぶやいた。アレクトなんてしょせんは女だ。恐《おそ》れることはない。

なんで神々《かみがみ》に見はなされたんじゃないかと疑《うたが》ったりしたのだろう。なにもかも、計画通りに進んでいるじゃないか。アレクトとは、夜明けに船着き場で待ちあわせてある。それまでにすべて片《かた》をつけるから、すぐに国へもどれると約束したのだ。コロノス一族の短剣《たんけん》と、まだ温かいよそ者の心臓《しんぞう》を持ち帰るからと。それはまだ実行できていない。でも、かわりにピラを引きわたして、アレクトに痛《いた》めつけさせれば、ヒュラスは短剣も命もさしだすにちがいない。

祖父《そふ》が自分といっしょにアレクトをエジプトに来させたのは正解《せいかい》だったと、テラモンはあらためて思った。いまこそおばの才能《さいのう》が役に立つ。自分の手でピラを痛めつける自信はないが、アレクトなら、喜んでやるはずだ。

そう考えたとたん、心にためらいが生まれた。だが、コロノスを思いうかべた。男になれ。コロノスならきっとこうする。

「ヒュラスは来ないわ」ピラがまた言った。口にすれば、それが現実《げんじつ》になるかのように。

「いや、来るさ。おまえの悲鳴を聞きつけたらな」

＊

〈はじまりの日〉の夜明け。銅板《どうばん》のような色の空の下、砂漠《さばく》から熱風が吹《ふ》きよせている。東岸では、パ・ソベクじゅうの人々《ひとびと》が神殿《しんでん》の石段《いしだん》の上に集《つど》い、神官たちが洪水《こうずい》のはじまりを告げる瞬間《しゅんかん》を待っていた。

船着き場に着いたハティ・アアの舟《ふね》からはメリタメンがおりたち、入れちがいに美しい異国《いこく》の女が乗りこんだが、気にとめる者はだれもいなかった。野蛮人《やばんじん》たちなど、さっさと帰ってしまえばいい。じきに〈大いなる川〉があふれ、エジプトは水のなかからまたよみがえる。この世のはじまりからずっと、くりかえされてきたように。

ハティ・アアの舟の天蓋《てんがい》の下でうずくまったピラは、川が目めざめかけているのを感じていた。川のほうは、ピラのことなど気にもしていない。だれもがそうだ。こぎ手のカラス族の戦士たちは、死人でも積んでいるみたいに目をそらし、船尾《せんび》に立って舵取《かじと》り用の櫂《かい》をあやつるテラモンも、ピラの頭上に目をやりつづけている。ピラの命は、もうアレクトにゆだねられている。

同じ天蓋の下にいるアレクトは、少しはなれた長椅子《ながいす》の上にすわっている。絹《きぬ》のドレスが風を浴びて優美《ゆうび》な手足にまとわりつき、黒い巻き毛《まげ》が美しい首にたれかかっている。舟に乗りこんでからピラのことは無視《むし》しつづけていたが、ようやくふりむいて、わなにかかって死ぬのを待っている動物でも見るように冷ややかな目を投げかけてきた。

悲鳴なんかあげるもんですか、とピラは心に誓《ちか》った。

でも、いざそのときになれば、きっとあげてしまうだろう。といっても、恐怖《きょうふ》はまだ実感できずにいた。背中《せなか》でしばられた腕《うで》のきゅうくつさや、ひじや手首の痛みは感じている。それ以上のことは、まるで受け入れられずにいた。こんなのうそよ、現実じゃない。いまごろ、きっとハボックは崖《がけ》をうろつきまわっていて、エコーはどこかの木で目をさまして羽づくろいをしているところで、そして、ヒュラスは……。

「その傷《きず》は、だれにつけられたの」アレクトの声に、ピラははっとした。

「自分でつけたのよ」

「どうやって？」

「……火のついた棒《ぼう》をおしあてて」

美しいくちびるが、嫌悪《けんお》と喜びが入りまじったような、奇妙《きみょう》な形にゆがんだ。「痛《いた》かったでしょうね」

「ええ」

「そう」

ピラは顔をそむけ、緑色ににごった川面《かわも》をのぞきこんだ。飛びこんだらおぼれてしまうだろう。だいいち、そばにはこぎ手の戦士がふたりすわっているから、身動きひとつできそうにない。いちばん近くにいる戦士はまだ若《わか》く、ヒュラスと同じくらいで、あごにはにきびがたくさんでき、ひげが生えかけている。生皮の鎧《よろい》とタマネギくさい汗《あせ》のにおいがする。見られているのに気づいたのか、戦士がにらんだ。助けてはもらえそうにない。

「あなたの奴隷《どれい》は、たくさん血を流していたわ」アレクトがうっとりと言った。

ピラは身をこわばらせた。

「川に飛びこんだから、ワニたちがにおいにつられて寄《よ》ってくると思ったの。でも、残念なことに、あっけなくおぼれ死んでしまったのよ。まあ、おぼれて死ぬのもひどく苦しいものだと言うけれど」

ピラは背中《せなか》でしばられた両手をにぎりしめた。どんなことをしても、報《むく》いは受けさせてやるから。口には出さずにそう誓《ちか》った。

そして、わざと目立つように、ベルトにつけた小袋《こぶくろ》に目を落とした。そこにはネベックの助けを借りてこしらえた呪文《じゅもん》が入れてある。

「それはなんなの」アレクトがやさしげな声できいた。

ピラはあわてた顔をしてみせた。「いえ、な、なんでもないわ」と口ごもってみせる。おびえたふりをするのは、たいしてむずかしくなかった。

アレクトの美しいくちびるがゆがんだ。「なにか大事なものなのね、金髪《きんぱつ》のよそ者からもらったのかしら？」

「ちがうわ！　ただのお守りよ、おぼれ死なないためのの！」

アレクトが合図すると、若い戦士がピラのベルトから小袋を切りとり、さしだした。「あら、おぼれ死にはさせないわ」アレクトは手のなかで小袋の重みをたしかめるようにしながら言った。それから舟《ふね》の外に投げすてようとして、ふと気が変わったのか、自分のベルトに結びつけた。

ピラはうちひしがれたようにうなだれながら、全身をかけめぐる激《はげ》しい憎《にく》しみをおしかくした。わたしになにがあろうと、どうか願いは聞きとどけてください。心のなかで女神《めがみ》にそう祈《いの》る。この女に、ユセレフを殺した報いを受けさせてください。

それから、エジプトにいることを考えて、故郷《こきょう》のケフティウの女神によく似《に》たヘト・ヘル女神にも祈りを捧《ささ》げた。そして最後に、わらにもすがる思いで、ヒュラスの信じるリュコニアの女神、〈野の生き物の母〉にも祈った。

川のなかほどまで来ると流れが急になり、舟がぐらりと揺《ゆ》れた。こぎ手たちがうなり声をあげながら、必死で揺れをおさえようとする。ぼんやりとそれをながめているうち、ピラは舟が進路をあやまっていることに気づいた。近道を選ぼうとするあまり、危険《きけん》な方向へと進んでいる。

西岸にあるゲサ村とチェブ村では煮炊《にた》きの煙《けむり》が昇《のぼ》りはじめ、人々《ひとびと》が一日をはじめようといそがしく動きまわっている。正面にはヒュラスといっしょに越《こ》えてきたばかりの崖《がけ》のくぼみが見えている。その下の川岸にはナツメヤシが風にそよぎ、さらに手前にある木々《きぎ》の生えた小島の先端《せんたん》には、カラス族の黒い船が揺《ゆ》れている。すでに戦士たちが乗りこんでいて、櫂《かい》をおろして出発のしたくをしている。

ヒュラスのことが頭をよぎり、胸《むね》をナイフでえぐられた気がした。近づいちゃだめよ、命を大事にして、とピラは心のなかで呼《よ》びかけた。助けに来たりなんてしないで。来たらテラモンたちの思うつぼだから。

生ぐさい川のにおいにはっとして足元を見おろすと、そこに水たまりができていた。爪先《つまさき》が少しぬれるくらいのわずかな水だけれど、さっきまではなかったはずだ。

そういえば、さっき川の真んなかで舟《ふね》が大きく揺れた。水中にかくれた丸太か岩にでもぶつかったんだろうか。〈大いなる川〉が野蛮人《やばんじん》たちにうんざりしたんだろうか。それとも、アレクトがベルトにさげた呪文《じゅもん》の効《き》き目《め》がいよいよあらわれはじめたとか？　そのせいで舟が沈《しず》むんだろうか。

アレクトは水たまりに気づいていない。金張《きんば》りのサンダルをはいているせいで、ヘンナをほどこしたつややかな足にはまだ水がふれていないのだ。

そのとき、川岸のナツメヤシの幹《みき》と幹のあいだに、金色の髪《かみ》がちらりと動くのが見えた。ああ、だめよ、ヒュラス。ピラはとっさにそっぽを向いた。どうか、アレクトに見られていませんように。

その祈《いの》りはかなえられなかった。アレクトは身を乗りだし、テラモンに向かって声を張《は》りあげた。

「あそこよ！」

29

アレクトの絶叫《ぜっきょう》

ピラが見ていると、ヒュラスはナツメヤシの陰《かげ》に身をかくした。その後ろには、さえぎるもののない平らな地面が広がっている。そっちへ逃《に》げたら、カラス族の船に乗った戦士たちに矢で射《い》られてしまう。でも、すぐそばの川ぞいにはアシのしげみがつづいているから、そこへなら逃げこむことができそうだ。

アレクトもそれに気づいて、テラモンに言いつけた。「船を岸へつけさせて、始末させなさい。あそこへもぐりこまれたら、見失ってしまうわ」

「決めるのはぼくだ！」テラモンが噛《か》みつくように言った。

舟がまたぐらりと揺れ、ピラはほうりだされそうになった。生ぐさいにおいが強くなり、足首のまわりで水がチャプチャプと音を立てはじめる。なのに、気持ちはなぜか落ち着いていた。舟のなかにいるのではなく、まるでハヤブサになって大空を舞《ま》いながら、ちっぽけな人間たちを見おろしているみたいだ。「どうするの、テラモン」ピラはふりかえってそう呼びかけた。「この舟、沈みかかってるわ。船でヒュラスを追わせたら、わたしたちはどうなると思う？」

テラモンがぐっとにらみつけてくるが、目のなかには迷《まよ》いが見える。

そばにいるアレクトが、なにを考えているのかという顔でピラをちらりと見たが、ピラは気づかないふりをした。ヒュラスに逃《に》げるすきをあたえるために、ふたりの注意を引きつけておかないと。

「この舟《ふね》、沈《しず》むわよ」そうくりかえした。「船を呼《よ》んで助けに来させないと、みんなおぼれ死ぬわ！」

「いや、そんなことはない」テラモンはぼそりと言い、それから声を張《は》りあげて、船にいる副官に命令を出した。「イラルコス、その場で待機したまま、こぎ手たちを持ち場につかせろ。それと、縄《なわ》を投げる準備《じゅんび》をするんだ！」それから舟にいる四人の戦士にも号令をかけた。「もっと速くこぐんだ、ぜったいに沈ませるな！」

ピラのすぐそばにいる若《わか》い戦士は、おびえたようにゴクリとのどを鳴らすと、水をかきだすものがないかとあたりを見まわした。なにもない。舟を没収《ぼっしゅう》されて怒《おこ》ったエジプト人のこぎ手《て》たちが、手桶《おけ》を持ち去ってしまったのだ。

「手を使ったら？」ピラはあざけるように言った。

「だまれ、ピラ」テラモンが怒鳴《どな》る。

ヒュラスはあいかわらずナツメヤシの陰《かげ》から動こうとしない。どうしてこのすきにアシのしげみに飛びこまないんだろう？　こうなってしまったら、もうわたしを助けるなんて無理なのに。ヒュラスにも、だれにも。

まわりに聞こえるように大きな声で、ピラは若い戦士に話しかけた。「川のわたりかたをまちがえたのよ！　近道をしたせいで、いちばん危険《きけん》な場所を通っちゃったの。エジプト人ならぜったい通らないところをね！」無理やり笑い声をあげてみせる。「川のきげんをそこねたから、みんな沈んじゃうわ！」

「もっと速くこげ！」テラモンがこぎ手たちを怒鳴りつけた。「もうすぐだ！」

泥水《どろみず》が全員の足首まで上がってきている。アレクトは不快《ふかい》そうに口をぎゅっと閉《と》じ、ドレスのすそを引っぱりあげた。足に塗《ぬ》られたヘンナが溶《と》けだして、水が赤く染《そ》まる。

とつぜん、舳先《へさき》のほうにいるこぎ手たちがわっと叫《さけ》んだ。

ピラは吐《は》き気をおぼえた。少しはなれた砂州《さす》にいるワニたちが次々《つぎつぎ》と川にすべりこみ、水中へともぐっている。アレクトのベルトについた呪文《じゅもん》がまた頭をよぎった。想像《そうぞう》していた以上に、効《き》き目《め》は強烈《きょうれつ》らしい。

若い戦士はあわてふためき、必死に両手で水をかきだそうとしている。舳先にいるこぎ手たちもそれにならう。

「ばかね、しっかりこぐのよ！」アレクトがしかりつけた。顔を引きつらせ、天蓋《てんがい》の柱をにぎりしめている。

「むだよ」ピラは言った。「おぼれ死ぬか、ワニに食われるか、どっちかよ」

「だれも死んだりするものか」テラモンが言いかえす。「船まではもうすぐだ。船からすぐに縄を投げさせる！」

イラルコスが船べりから身を乗りだし、縄を投げた。舟の舳先にいるこぎ手がそれを受けとると、歓声《かんせい》があがった。そのとき、また舟がぐらついたが、今度は船にいる戦士たちが縄を引いたせいだった。

テラモンが高笑いする。「ピラ、言っただろう、助かったんだ！」

さいわい、エジプト人たちも踏《ふ》み板までは持ち去っていなかった。こぎ手がふたりがかりで踏み板をさしだすと、船にいる男たちが手をのばしてその先端《せんたん》をつかんだ。舟は上下左右に激《はげ》しく揺《ゆ》れ、船にわたした踏み板はじきに流されてしまいそうだ。舳先にいるふたりのこぎ手はそれに気づいて、さっさと板をわたってしまった。

「臆病者《おくびょうもの》どもめ！」そう怒鳴《どな》りながら、テラモンもあわててアレクトをおしのけ、ピラの手をつかむと、板をわたりはじめた。足元で渦巻《うずま》く川面《かわも》がちらりと目に入ったとたん、残っていたふたりのこぎ手もつづいた。次の瞬間《しゅんかん》、板がバシャンと川に落ち、流れていった。

と同時に、テラモンがピラを船に引っぱりあげた。

＊

そのとたん、叫《さけ》び声《ごえ》がひびきわたった。テラモンがこれまで聞いたこともない、人間のものとは思えない恐怖《きょうふ》の絶叫《ぜっきょう》だった。全員がふりかえると、川の真んなかで、ハティ・アアの舟《ふね》の舳先《へさき》がずぶずぶと沈《しず》んでいた。黄色いドレスをはためかせながらアレクトがしがみつき、大声をあげつづけている。そのまわりを、不吉《ふきつ》な緑の星が放つ光の輪のように、ワニたちが取りかこんでいる。

「船を出せ！」イラルコスが怒鳴った。「まだ間に合う！」

テラモンは必死に自分に言い聞かせた。弱気は捨《す》てろ。これは神々《かみがみ》の思《おぼ》し召《め》しなんだ。「だめだ！」

イラルコスにそう叫んだ。「ここを動くな！」

イラルコスはあっけに取られている。「ですが、若君《わかぎみ》……」

視線《しせん》をめぐらせると、一瞬《いっしゅん》、アレクトと目が合った。弱気は捨てろ。もう一度心のなかでつぶやいた。

テラモンは奥歯《おくば》をぐっと嚙《か》みしめ、おばに背《せ》を向けた。水しぶきの音があがり、ゴボゴボというくぐもった不気味な悲鳴がまた絶叫に変わって……いきなりかき消えた。

ふりむくと、アレクトは消えていた。残されたのは深紅《しんく》の水だけだ。テラモンは深々《ふかぶか》と息を吐《は》きだした。これも、神々が決められたことだ。アレクトは死ぬ運命だった。ぼくの勝利のために。

そして、自分の使命は、よそ者を殺すことだ。

＊

テラモンはピラを西岸に面した船べりまで引きずっていき、ナツメヤシの木立にかくれているヒュラスに見せつけるように、前につきだした。恐怖のあまり、ピラの胸《むね》がむかついた。耳の奥《おく》ではまだアレクトの断末魔《だんまつま》の叫びがひびいている。抵抗《ていこう》する気力も残っていない。

「これを見ろ、ヒュラス！」テラモンが背後《はいご》で声を張《は》りあげ、ピラの両腕《りょううで》を背中《せなか》でねじりあげた。激《はげ》しい痛《いた》みが走ったが、ピラは必死で悲鳴をこらえた。声を出したりしたら、ヒュラスがナツメヤシの陰《かげ》から飛びだして、矢でねらわれてしまう。

テラモンはたくましい片腕《かたうで》でピラをかかえ、恐《おそ》ろしいほどの力でしめあげてくる。嚙みついてやろうとしても、とどかない。力はいっそう強くなり、指がピラの二《に》の腕《うで》に食いこむ。テラモンはそれを楽しんでいるのだ。

黒っぽい影《かげ》が船の上をかすめた。テラモンが命令を発すると、そばにいた射手《いて》が弓をかかげ、空にねらいをさだめた。頭上で旋回《せんかい》するエコーを見て、ピラはぞっとした。「やめて！」思わず悲鳴がもれた。

矢ははずれ、エコーは無傷《むきず》で太陽の下を横切った。

「聞いたか、ヒュラス」テラモンがにやりと笑ったのが、声を聞いただけでわかった。

「ピラに手を出すな！」木立のなかからヒュラスの叫び声がした。「短剣《たんけん》ならわたす！　そっちへ投げると約束する……でも、ピラをはなすのが先だ！」

テラモンの笑い声が耳につき刺《さ》さる。「だめだ、先に短剣《たんけん》をよこせ。それからこいつをわたす！」

ナツメヤシの木立はしんと静まりかえった。

「ヒュラス、こっちは本気だぞ！」テラモンは叫《さけ》ぶと、空いたほうの手でピラのあごにナイフをつきつけた。「短剣をこっちへ投げるんだ！　それまでこいつはわたさない！」

＊

コロノス一族の短剣は空中を飛んでくると、テラモンの足元の甲板《かんぱん》に音を立てて落ちた。

ピラをイラルコスのほうへつきとばし、テラモンは短剣を取りあげた。なめらかな柄《つか》はしっくりと手になじみ、高くかかげると、刃《は》が日の光を浴びて、炎《ほのお》のように燃《も》えたった。体じゅうをパワーがかけめぐり、痛《いた》いほどの誇《ほこ》らしさが胸《むね》にこみあげる。

「ぼくはコロノス一族のテラモンだ！　一族の短剣を取りもどしたぞ！」川面《かわも》にひびきわたるような高らかな声でそう告げた。テラモンを主とはみとめず、不満を言ったり、あざ笑ったりしている者たちすべてに向かって。自分こそ、神々《かみがみ》に選ばれし一族の長《おさ》なのだ。

「約束したはずだ。ピラをはなせ！」ヒュラスの叫びに、テラモンの夢想《むそう》はさえぎられた。

テラモンはヒュラスの言葉を無視《むし》したまま、短剣をためつすがめつしながら、刀身の中央をつらぬく力強い筋《すじ》や、細くとがった切っ先をほれぼれとながめた。

「船にいかだが積んであるはずだ」ヒュラスがまた呼《よ》びかける。「家来ふたりにこがせて、ピラを岸まで送りとどけろ！」

テラモンはピラに目を移《うつ》した。「だめだ！」

ピラがテラモンの顔につばを吐《は》きかけ、鼻で笑う。「コロノス一族の誇りなんてそんなものなのね」

テラモンはほおに飛んだつばをゆっくりとぬぐった。そして、ピラを船べりに立たせるようにと冷ややかな声でイラルコスに命じた。「よそ者によく見せてやるんだ。それでいい。今度は、ナイフを首につきつけろ」それから、主らしい堂々《どうどう》としたしぐさで奴隷《どれい》から弓を受けとって、矢をつがえた。

「よそ者め！」テラモンは呼びかけた。青銅《せいどう》のように力強く揺《ゆ》るぎない声で。祖父《そふ》のコロノスのように。「木の陰《かげ》にこそこそかくれるのはやめて、姿《すがた》を見せろ！」

「だめ、ヒュラス、だめよ！」ピラが悲鳴をあげる。「矢でねらわれてるわ、殺されちゃう！」

テラモンは笑った。「めずらしく、こいつの言うとおりだ。ヒュラス、おまえを殺してやる！　でも、出てこなかったら、先にこいつが死ぬところを見せてやるぞ！」

30 ウジャトのお守り

「出てこい、ヒュラス！」テラモンが怒鳴《どな》った。「でないと、こいつを殺す！」

船は小島のそばに泊《と》められている。そこから矢を放てば、いまいる木の陰《かげ》まで難《なん》なくとどきそうだ、とヒュラスは思った。テラモンは甲板《かんぱん》の上で弓を引きしぼり、そのとなりには、たしかイラルコスとかいう名の戦士が立って、ピラをつかまえている。たくましい片腕《かたうで》でピラの上体をしめつけ、もう一方の手に持ったナイフをのどにつきつけている。顔は風雨にさらされ、ちらりとも揺《ゆ》れない目は、命令にしたがうよう訓練された人間のものに見える。ピラを殺すのだって、ためらいはしないだろう。

「ヒュラス、だめ！」ピラがイラルコスの腕《うで》のなかでもがきながら、声をあげた。

「ひと声かけるだけで」とテラモンがまた怒鳴る。「たったのひと声で、のどをかき切らせてやれるんだぞ！」

テラモンは本気だとヒュラスはさとった。目には凶暴《きょうぼう》な光が宿っている。親友だった少年はもういない。権力《けんりょく》を求める欲望《よくぼう》の炎《ほのお》に焼きつくされてしまったのだ。そして、先ほど肉親を見殺しにしたことで、最後の一線さえ越《こ》えてしまった。ぞっとするような深紅《しんく》の色に染《そ》まった川面《かわも》の光景は、脳《のう》裏《り》に焼きついている。白い腕が虚空《こくう》をつかもうとつきあげられ、やがて水中深くどこまでも引きずりこまれていくところも。

「本気だぞ、ヒュラス！　ピラが死ぬところを見たいのか」

ここで逃《に》げだして、アカイアへもどったとしても、幸せになんてなれない。たとえイシを見つけて、カラス族から遠くはなれたところで暮《く》らせたとしても。ピラといっしょじゃないとだめだ。

そんな思いが頭をよぎった。

ヒュラスが飛びだした瞬間《しゅんかん》、テラモンがその胸《むね》めがけて矢を放った。

＊

ヒュラスはあおむけに倒《たお》れ、目を細めてナツメヤシの木もれ日を見あげていた。ピラが大声で名前を呼《よ》ぶのが聞こえる。死ななかったらしい。

頭がズキズキする。まぼろしが見える前ぶれだ。胸をだれかに蹴《け》られでもしたように、息をするたびに痛《いた》みが走る。空いているほうの手で、テラモンの矢が当たったあばらのあたりをまさぐってみる。血は出ていない。指先に、ずっしりと重い青銅《せいどう》のお守りがふれた。

ウジャトのおかげか……矢が当たってはねかえった場所に、へこみができている。

ピラはまだヒュラスに呼びかけている。「ヒュラス、かくれて！」

ヒュラスのそばに落ちているテラモンの矢は黒曜石の矢尻《やじり》のところでへし折れている。矢尻をつかんで立ちあがると、くらりとめまいがした。時の流れがゆっくりになる。そして、霊界《れいかい》の入り口をへだてている垂《た》れ布《ぬの》がめくれ――目の前の景色ががらりと変わった。

渦巻《うずま》く川の水は、巨大《きょだい》な緑色のワニに変わり、尾《お》をのたくらせている。背後《はいご》の砂漠《さばく》では、砂《すな》の柱が高々《たかだか》と巻《ま》きあげられ、それが巨大《きょだい》な女の姿《すがた》に変わった。頭はライオンで、赤い砂《すな》の髪《かみ》をなびかせている。頭上では、空をおおわんばかりに大きな翼《つばさ》が広げられ、それが閉《と》じられたかと思うと、黒い稲妻《いなずま》が太陽から飛びだしてきて……。

「ヒュラス、早くかくれて！」ピラがまた叫《さけ》んだ。

その声でまぼろしがかき消え、また時間が流れだした。

船の上のテラモンが、次の矢を放とうとしている。

ヒュラスは脇《わき》へ飛びすさった。と、黒い稲妻が船につっこむ。テラモンはわめき声をあげてよろめき、弓を川へ落とした。額《ひたい》の傷《きず》から血があふれだしている。エコーがばかにしたようにひと声鳴いて、飛び去った。

テラモンを助けようとしてイラルコスが腕《うで》の力をゆるめた。ピラがすかさず川へ飛びこむ。

「ピラ！」ヒュラスは叫んだ。

けれど、ピラは流れにのまれ、姿を消した。

＊

泥《どろ》まじりの水が目にも口にももぐりこみ、耳がワンワン鳴っている。水がにごっているせいで上も下もわからず、後ろ手にしばられたまま、ピラはやみくもに足を動かした。

でも、水しぶきをあげるわけにはいかない。ワニが寄《よ》ってきてしまう。先ほど見た光景を思いだし、恐怖《きょうふ》がおしよせる。ワニたちがアレクトをたいらげて、こっちへ向かってくるまで、あとどのくらいだろう？

胸《むね》がつぶれそうに苦しい。早く空気を吸《す》わないと。足が川底にめりこむ。泥に足を取られ、必死にもがく。死にものぐるいで川底を蹴《け》り、ザバッと水面に飛びだした。

ピラはあえぎ、せきこんだ。目の端《はし》にアシ原がちらつくものの、ヒュラスの姿は見あたらない。背《はい》後《ご》の船にいるカラス族たちは矢を射るのをやめ、櫂《かい》をにぎって船を岸からはなそうとしている。

ピラもようやくそのわけに気づいた。崖《がけ》のくぼみの向こうから黒っぽい人影《ひとかげ》がどっとおしよせ、カラス族に矢を射かけている。ケムによく似た、黒い肌《はだ》をした射手《いて》たちだ。なんと、そのなかにはケム本人もいて、カラス族めがけて猛然《もうぜん》と矢を放っている。

わたしにも当たってしまうかも、とピラは思った。気持ちがたかぶり、のどの奥《おく》にくぐもった笑いがこみあげる。テラモンとワニから逃《に》げられたとしても、友だちに殺されてしまうかもしれないなんて……。

必死で岸をめざすと、頭の上をヒュンヒュンと矢がかすめ、こげ、こぐんだ、と叫ぶテラモンの声が聞こえた。

耳はまだワンワンと鳴っている。ハティ・アアの兵たちが〈永遠《えいえん》の家〉からいっせいに飛びだしてくると、ケムと仲間の射手たちは崖のくぼみの向こうに引いていった。テラモンは勝ちほこったようにコロノス一族の短剣《たんけん》をふりかざしている。アレクトの血で赤く染《そ》まった水を切って進みながら、船は川下へとくだっていく。

そのとき、ヒュラスの姿が見えた。ちゃんと生きていて、川のなかへザブザブと入ってくると、ピラをぎゅっと抱《だ》きしめた。ずぶぬれのまま笑ったり泣いたりするあいだ、ヒュラスが腕にこめた力をゆるめようとしないので、ピラは息もできないほどだった。

「でも、矢が当たったはずでしょ！」ピラはあえいだ。「この目で見たのに！」

「ウジャトが助けてくれたんだ」

「ウジャトが……」後ろをふりかえると、深紅《しんく》の水のなかで、ウロコにおおわれた緑の尾《お》がうごめくのが見えた。「ユセレフがあなたにそれを持たせたのは、このためだったのね」ピラは口ごもった。「あなたを助けてくれたのよ。それに、わたしもこれで仇《かたき》をとれたわ」

ヒュラスは聞いていなかった。テラモンの矢尻《やじり》でどうにかピラの手の縄《なわ》を切ると、なにかつぶやきながら、本当に無事かどうかをたしかめるように、両手でピラの腕《うで》や顔をなでつづけた。

ふたりともワニには気づいていなかった。知らないうちに、なによりも危険《きけん》な敵《てき》にしのびよられていたことに。

巨大《きょだい》なワニがおどりかかってきた瞬間《しゅんかん》、ふたりは浅瀬《あさせ》に立ちつくすしかなかった。そのとき、岸辺からなにかが飛びだした。金色の大きなかたまりがピラの頭上を飛びこし、ワニに襲《おそ》いかかる。ハボックだ。ライオンとワニは取っくみあい、転げまわりはじめた。激《はげ》しく身をよじるワニをハボックがかぎ爪《づめ》でおさえつけ、相手ののどに牙《きば》を食いこませた。

ワニはとほうもなく大きいが、ハボックのほうが力は強かった。もう子ライオンではなく、一人前の雌《めす》ライオンだということに、ようやくハボック自身も気づいたようだ。怪物《かいぶつ》ののどに食らいついたまま、水から引きずりあげると、すさまじい勢《いきお》いで首をひとふりして背骨《せぼね》をへし折り、動かなくなったその体をぬかるみのなかにドサッと落とした。それからくるりとふりかえり、真っ赤に染《そ》まった鼻づらと燃《も》えるような金色の目をふたりのほうへ向けてから、空に向かって勝利のおたけびをあげた。

しばらくして、やってきたハティ・アアの兵たちは、肝《きも》をつぶして立ちつくした。そこにエジプトの偉大《いだい》な神、ヘルとセクメトのしもべに守られたふたりの野蛮人《やばんじん》がいたからだ——ハヤブサを肩《かた》にのせた黒い瞳《ひとみ》の少女と、巨大な雌ライオンをしたがえた、太陽の色の髪《かみ》をした少年が。

31

遠ざかる短剣《たんけん》

黒い肌《はだ》の射手《いて》たちが砂漠《さばく》に消え、ハティ・アアの兵たちもパ・ソベクに引きあげると、西岸は静けさにつつまれた。

ふたりはレンシに連れられて、ネベツクの工房《こうぼう》に向かった。ヒュラスは〈日のもとにあらわれるための呪文《じゅもん》〉をユセレフの棺《ひつぎ》のなかに置いてきたことを語って聞かせた。うそではないと証明《しょうめい》するために、〈つつまれし者〉がどんな姿《すがた》をしていたかも話すと、ようやくネベツクも納得《なっとく》したようだった。

そのあと、ベレニブに言われて体を洗《あら》い、豆の粥《かゆ》とナツメヤシのケーキとザクロのワインで腹《はら》を満たしてから、ふたりは横になって、夜が来るまで眠《ねむ》りつづけた。

ヒュラスは真夜中に目をさました。ピラはまだ静かに寝息《ねいき》をたてていたが、もう眠れそうにないので、砂漠へハボックをさがしに行くことにした。

無事に生きのびられたものの、その興奮《こうふん》もすっかり冷め、谷間の奥《おく》へと歩くヒュラスの心は乱《みだ》れ、沈《しず》んでいた。コロノス一族の短剣をふりかざすテラモンの姿と、逆巻《さかま》く川のなかで見たむごたらしい光景が目の前にちらつく。短剣はカラス族の手にわたってしまった。アカイアから遠くはなれ、こんなところまで来たあげく、すべてがふりだしにもどってしまった。

なによりも気になってしかたがないのは、まぼろしのことだった。これまでよりもずっとはっきり見えるようになってきたからだ。そのせいで無防備《むぼうび》に立ちすくんでしまい、あやうくテラモンに殺されるところだった。今度まぼろしが見えたとき、自分じゃなくハボックやピラを危険《きけん》にさらすことになったら、どうすればいい？

ハボックのことはさがしまわらずにすんだ。ハボックのほうが見つけてくれ、いかにもライオンらしく、暗がりから音もなくあらわれて、ヒュラスに飛びついた。大きな前足で肩《かた》にのしかかり、毛むくじゃらのほおを顔にこすりつけて、うまく獲物《えもの》をしとめられたでしょ、とうなり声でうったえてくる。それで少し気持ちが晴れた。それに、子どもっぽかったハボックが、自分はもう大きくて強いライオンなのだとようやく気づいてくれたのもうれしかった。

とつぜん、ハボックが興奮《こうふん》したようにウーッとうなると、暗がりのなかへ飛びこんだ。叫《さけ》び声《ごえ》が聞こえ、黒っぽい人影《ひとかげ》が目に入った。ハボックの熱烈《ねつれつ》な歓迎《かんげい》を受けて、おし倒《たお》されないように必死で立っている。

ケムがハボックをおしのけ、にっこり笑った。

「崖《がけ》を越《こ》えてきた射手《いて》たちのなかに、きみもいたってピラから聞いたよ」ヒュラスは声をかけた。

ケムの笑《え》みが満面に広がった。短い髪《かみ》には赤土がすりつけられ、ほおの傷《きず》あとは黄色く縁取《ふちど》られている。長い弓を肩にかけ、額《ひたい》には予備《よび》のつるを巻《ま》きつけている。手には三日月形をしたエジプトの戦士の斧《おの》をにぎっている。

「もうだれにも意気地《いくじ》なしなんて呼《よ》ばれないな」斧に目をやりながら、ヒュラスは言った。

ケムが笑った。「馬屋から盗《ぬす》んだんだ。番兵はひとり残らず墓を見張《みは》りに崖のところに行って、空っぽだったから」そこでひと呼吸《こきゅう》置く。「カラス族が逃《に》げだすのを見とどけたら、すぐにかくれなきゃならなかったんだ。ハティ・アアの兵たちに見つからないように」

「あぶないところを救ってくれて、ありがとう」

いいってことよ、というようにケムが手をふる。

「でも、なんでここまでもどってきたんだ？　国境《こっきょう》の番兵の武器《ぶき》を盗めばよかったのに。そのほうが、ずっと早く故郷《こきょう》に帰れるだろ。危険も少ないし」

ケムは肩をすくめた。「助けがいるかと思って。借りも返さなきゃならないし」

「うん、たしかに返してもらった。そうそう思いだした、ピラも感謝《かんしゃ》してたよ。疑《うたが》ったりして悪かったって言ってた」

ケムはうれしそうな顔をした。「ピラはたいした子だよな」と言って、かかとで砂《すな》を蹴《け》る。「あんな子はめったにいない。おれの国なら、牛何頭分もの値打《ねう》ちがある」

また笑い声。「やめてくれ！」

「それ、伝えようか？」

ふと思いつき、ヒュラスはライオンのかぎ爪《づめ》のお守りを首からはずして、さしだした。「ほら、きみにやる」

ケムは顔を輝《かがや》かせた。「こいつはうれしいな！　おれの本当の名前はこういうんだ」そう言って、舌《した》を鳴らした。「〝ライオン〟って意味さ！」

「へえ、そりゃいいや」ヒュラスはにっこりした。

ケムが後ろをふりかえった。そちらに目を向けると、暗がりのなかに黒い肌《はだ》をした長身の若者《わかもの》が数人しゃがみこんでいるのが見えた。おそれ多いようなまなざしでヒュラスとハボックを見つめている。「丸木舟《まるきぶね》をかくしてあるんだ。これから国まで帰るよ。おれたちがここに来たのは内緒《ないしょ》なんだ。父さんにも」

「それじゃ、父さんと会えたんだな」

ケムが誇《ほこ》らしげにうなずくのを見て、ヒュラスはちらりとうらやましさをおぼえた。それと同時に、恥《は》ずかしさも感じた。顔も知らない自分の父親は、臆病者《おくびょうもの》として死んだからだ。

「ヒュラス。おれがいないあいだ、父さんはずっと希望を捨《す》ててなかった。おまえの妹のことも……あきらめるんじゃないぞ」

ヒュラスは返事をしなかった。ハボックが寄《よ》りそってきたので、ぶあついごわごわの毛皮を指でなでた。短剣《たんけん》はカラス族の手にわたり、自分は世界のはてにいる。アカイアははてしなく遠い。希望にすがって生きるのにも、いいかげん疲《つか》れてしまった。

川岸にもどるころには、月はすでに沈《しず》んでいた。村人たちはまだ眠《ねむ》っているだろうと思っていたのに、ネベツクの工房《こうぼう》の外には人々《ひとびと》が集まり、体をゆすりながらすすり泣いていた。レンシとヘリホルも身を寄せあって、涙《なみだ》にくれている。

「少し前に亡《な》くなったの」とピラが言った。「でも、悲しむのはやめるわ。死は安らかなものだって、ネベツクが自分で言ってたから」

＊

川での戦いから一夜が明け、村々《むらむら》からはパンが焼けるにおいが立ちのぼりはじめた。牛が鳴き、女が子どもを呼《よ》ぶ声がする。オオコウモリがアシ原を飛びかっている。

川はますます水かさをまし、きのうヒュラスがかくれていたナツメヤシの根元もいまは水につかっている。エコーは水ぎわから遠くはなれたギョリュウの木の上に止まっている。ピラはその下にすわって、きのうはかわいた地面だった浅瀬《あさせ》を泳ぎまわる黒い小魚たちをながめていた。

「ユセレフ」声に出してそう呼びかけてみた。もう一度、またもう一度。名前を呼ぶことで、亡くなった者は永遠《えいえん》に生きつづけることになるのだと、前にユセレフから教わったからだ。

きのうはカラス族との戦いと、アレクトのむごたらしい死のせいで、すっかりおびえきっていた。そのあと眠っているあいだに、アシ原の国で安らかに暮《く》らしているユセレフが夢《ゆめ》にあらわれた。それで、気持ちがずっと楽になった。

それに、顔のお化粧《けしょう》を洗《あら》い流して、飾《かざ》りけのないひざ丈《たけ》のチュニックに着がえられたのもありがたかった。ベレニブは汚《よご》れた衣装《いしょう》のことなど気にもせず、せっせとピラの身づくろいを手伝ってくれた。

ついさっき、ヘリホルとレンシがピラのところにやってきた。洪水《こうずい》がとどこおりなく起きるだろうとお告げが出たそうで、上きげんのヘリホルはピラにきれいな革《かわ》の籠手《こて》をくれた。ありがたく思えよとレンシが言った。ヘリホルが生きている者に贈《おく》り物をするなんて、めったにないことなんだから、と。

そのすぐあと、メリタメンもたずねてきた。ケラシェルといっしょに東岸で一部始終を見守っていたのだそうだ。野蛮人《やばんじん》同士が戦うところも、アレクトが命を落とすところも、勝ちほこったテラモンがおたけびをあげながら短剣をふりかざすところも、そして船が川下へとくだっていくところも。それでようやくメリタメンも、パ・ソベクからカラス族がいなくなったと確信《かくしん》できたのだという。ケラシェルも、ペラオの命令が実行されるところを見とどけることができた。

「といっても、ケラシェルがペラオにことの次第《しだい》を報告《ほうこく》するときは」とメリタメンは皮肉っぽくつけくわえた。「野蛮人《やばんじん》の短剣《たんけん》を見つけたのは、ヒュラスじゃなく、自分だと言うでしょうけど」

メリタメンはひどいしうちをしたことを気にしているようで、カラス族を追いだしてくれてありがとうとしきりにくりかえし、河口《かこう》までの通行手形とこぎ手つきの舟《ふね》を用意すると約束した。おまけに、ピラに贈《おく》り物《もの》まで持ってきた。持ち手のところに馬が彫《ほ》られた、小さくてきれいな象牙《ぞうげ》のくしだ。ピラはそれをそっけないそぶりで受けとった。一族を守るためだとはいえ、メリタメンがユセレフの魂《たましい》を犠牲《ぎせい》にしようとしたことはまだ忘《わす》れられずにいた。

メリタメンはヒュラスにも贈り物を用意していた。真新しい青銅《せいどう》のナイフで、牛革《ぎゅうかわ》を編《あ》んでつくったりっぱなさやにおさめられていた。

「自分でわたしたらどう」とピラは言った。「ライオンといっしょに砂漠《さばく》にいるはずだけど、じきにもどると思うから」

けれど、メリタメンはほおを染《そ》めて首をふると、あわてて言った。「いえ、いいの。もう顔を合わせないほうがいいから」目には涙《なみだ》が浮《う》かんでいた。「あの人、あなたのためなら命だってさしだすわ、ピラ」うらやましそうな声だった。「あんな恋人《こいびと》がいて、ほんとに運がいいわね」

恋人じゃないわ、とピラは思った。そうなるかどうかもわからないし。

木の上にいるエコーは、くちばしを開け、翼《つばさ》も半開きにして、体の熱をさましている。ピラのほうをちらりと見おろしたが、おりてこようとはしなかった。見なれない籠手《こて》を警戒《けいかい》しているようだ。

しばらくするとヒュラスがもどってきて、ピラのとなりに腰《こし》をおろし、ひざをかかえた。草をよじってつくったひもで髪《かみ》を結んでいて、いつものヒュラスらしく見える。肩《かた》に腕《うで》をまわしてくれるといいなとピラは思ったが、そうしてはくれなかった。ピラのほうも自尊心《じそんしん》がじゃまをして、自分から腕をまわすこともできなかった。ヒュラスのためらいが感じとれるからだ。ほおの傷《きず》あとのせいかと思っていたけれど、いまはそうじゃないのを知っている。なにか別の理由があるのだ。教えてくれればいいのに。

ハボックは見つかったかとたずねると、ヒュラスは「うん」と答え、ケムに会ったことを話した。でも、そのあとになにか悪い知らせを告げようとしているのがわかった。

「レンシのところに川下から知らせがあったんだ。カラス族はすごい勢《いきお》いで川をくだっているらしい。こぎ手は四十人、おまけに川の流れがどんどん速くなるから、何日もかからず海まで出られるみたいだ」

「そう。ということは、わたしたちが北の海岸にたどりつくまで、のんびり待っててはくれないってことね」

「だろうな、とっくにいなくなってるさ」ヒュラスはくやしげに言った。「テラモンは一刻《いっこく》も早くミケーネにもどろうとするはずだ。コロノス一族の短剣を持って、意気揚々《いきようよう》と」顔をしかめ、こぶしをにぎりしめては、また開く。「やっと手に入れたのに！　やつらにうばわれて、またふりだしに逆《ぎゃく》もどりだ」

ピラはヒュラスの首にさげられたウジャトに目をやった。あやうく命取りになるところだった矢の跡《あと》が残されている。あのとき、ヒュラスは物陰《ものかげ》から飛びだしてきて、テラモンの矢の前にむきだしの胸《むね》をさらしたのだ。ピラのために。「テラモンに短剣をわたしたの、後悔《こうかい》してる？」ピラは静かにそうきいた。

「そんなわけないだろ、きみが殺されかけてたんだから！　でも、これでまた最初に逆もどりだ。ときどき、このまま一生さまよいつづけたままなんじゃないかって気がするよ。リュコニアにももどれず、イシにも会えないまま」

ピラはだまって聞いていた。リュコニアのこともイシのことも、名前しか知らない。ヒュラスにとっては、そこは生まれ故郷《こきょう》で、イシはピラよりもずっと長くいっしょに生きてきた妹なのだ。

「イシがどうしてるかわからないのが、たえられないんだ」ヒュラスは低く言った。「ずっと心配ばかりして。このまま見つけられなかったら、どうすりゃいい？」

はげましの言葉を思いつけず、ピラはだまったままでいた。

ふたりは魚を口にくわえて岩に舞《ま》いおりた縞模様《しまもよう》のカワセミをながめた。カワセミは魚が動かなくなるまで岩に打ちつけ、ひと口で飲みこんだ。

「でも、むだじゃなかったわ、ヒュラス。エジプトに来なかったら、ユセレフの魂《たましい》は永遠《えいえん》に迷子《まいご》のままだったし、ネベツクだって、弟と永遠にはなればなれだったんだから」ピラははっと思いだした。「あなたが砂漠《さばく》に行っているあいだ、夢《ゆめ》を見たの。ユセレフとネベツクがアシ原の国にいる夢よ。ふたりとも元気そうで……すごく幸せそうだった。あなたが巻物《まきもの》を取りかえたおかげよ。ユセレフはもうアシ原の国にいて、ネベツクもじきにたどりつけるわ」

ピラはしきりにまばたきをして涙《なみだ》をこらえながら、レンシに教わった呪文《じゅもん》をとなえた。「われはとむらいの衣《ころも》をぬぎ、スイレンのごとくよみがえれり。空への扉《とびら》は開かれた。われはハヤブサとなり、光のなかを飛びたちぬ。わが魂は自由なり」そしてアカイア語でつけくわえた。「どうぞ安らかに、ユセレフ。水が川上へ流れ、カラスが白くなるときまで……どうぞ安らかに」

32

戦いの兆《きざ》し

翌《よく》朝《あさ》、ふたりはパ・ソベクをあとにして、北へ出発した。

メリタメンが見つけてくれた舟《ふね》は、なんと医術師《いじゅつし》のイティネブと弟たちのものだった。ヘブが終わり、川の流れも速くなったため、ちょうど村へ帰るところだったそうで、ヒュラスとピラと、そしてハボックのことも、喜んで乗せてくれた。なにしろ、メリタメンにたっぷりとはずんでもらった謝礼《しゃれい》を持って故郷へ帰れるからだ。

ヒュラスは胸《むね》をなでおろした。おかげで、ピラがケフティウから持ってきた金《きん》の最後の残りをアカイアまでの船賃《ふなちん》にすることができるし、雌《めす》ライオンを乗せてほしいと見ず知らずのエジプト人たちにたのみこまずにすむ。「いつも腹《はら》いっぱいにさせとこう」とピラには伝えた。「牛を追いかけたりしないように」

「それに、ネコも犬も、子どももね」とピラはつけくわえた。

力強い流れに乗って、舟は勢《いきお》いよく進んだ。通りすぎていく岸をながめながら、ヒュラスはエジプトでのことが、色あざやかな夢のように遠ざかっていくのを感じていた。あるいは、たいまつに照らされた墓《はか》の壁画《へきが》が、ふたたび闇《やみ》のなかに消えていくように。

舟《ふね》はワニたちが日光浴をする砂州《さす》の横を通りすぎた。ヒュラスはアレクトのことを思いだした。ピラも同じことを思ったらしく、顔をくもらせながらふりむいた。「アレクトが死んだのは、わたしのせいなの」

「どういうことなんだい」

「ネベツクにたのんで、呪文《じゅもん》を書いてもらったの。それを持っている者をほろぼすための。ネベツクが赤いインクでそれを書いて、わたしが蜜《みつ》ろうで小さなワニをこしらえたの。それから、呪文を書いた紙でワニをつつんで、小袋《こぶくろ》に入れておいた。アレクトと舟に乗ったとき、わざとそれをうばわれるようにしむけたのよ」

「でも……それじゃきみだってあぶなかったじゃないか。舟が沈《しず》みかけたとき、なんでアレクトに言わなかったんだ？　そしたら川に投げすてただろうから、きみも安全だったのに」

ピラはくるりと背《せ》を向けて、川に目をやった。「ユセレフの仇《かたき》をとるって誓《ちか》ったからよ」

ヒュラスはピラを見つめた。タカを思わせる横顔は、ケフティウの大巫女《おおみこ》だった母親と同じ強さをたたえていた。

「テラモンはアレクトを助けられたのに、あなたを襲《おそ》うために、見殺しにした。でも、ワニが寄《よ》ってきたのは、わたしのせいなの」

ヒュラスはあらためてピラに感心した。ケムの言うとおりだ。こんな子はめったにいない。

*

真夜中ごろ、川岸から騒《さわ》がしい物音が聞こえ、ヒュラスははっと飛びおきた。ハボックはそばにいないが、ピラも目をさましていて、ヒュラスと同じようにナイフをぬいている。

ふたりは太鼓《たいこ》や叫《さけ》び声《ごえ》や武器《ぶき》がぶつかりあう音に耳をすました。舟から少しはなれたところにある大きな村から聞こえてきている。空に向かって武器をかかげた人影《ひとかげ》が、たいまつの火に照らしだされている。

「戦ってるんじゃなさそうね」とピラが言った。「あれは……なにかを追いはらおうとしてるみたい」

「ほら、月を見ろよ」ヒュラスは答えた。見たこともないような、奇妙《きみょう》にくすんだ赤い色をしている。

イティネブが勢《いきお》いよく舟に乗りこみ、舟底がぐらりと揺《ゆ》れた。「悪霊《あくりょう》が月を襲ってる」低い声でそう言う。「村人たちがそれを追いはらおうとしてるんだ。ほら、うまくいきそうだ！」

月が端《はし》のほうから銀色にもどっていく。

「月が血に染《そ》まるのは、戦いの兆《きざ》しだ」イティネブがつけくわえた。「村のまじない女と話をしてきた。ありがたいことに、エジプトじゃなく、はるか北のどこかだそうだ」

ヒュラスとピラは目と目を見交《みか》わした。「アカイア」ふたりの声が重なった。

イティネブは指のない手で、ずれたかつらを元にもどした。「まじない女に、月の模様《もよう》を読んでもらった。〝北風の国がわざわいにみまわれる。川には血が流れるが、人々《ひとびと》はその水を飲みつづけ……黒き翼《つばさ》を持つ敵《てき》が長い影《かげ》をのばすだろう……〟」

「カラス族だわ」ピラが言った。

ヒュラスの目には、アカイアをつかみとろうとする巨大《きょだい》な青銅《せいどう》のこぶしが見えるようだった。短剣《たんけん》を取りもどしたいま、カラス族は無敵になった。もはや、ミケーネとリュコニアを支配《しはい》するだけではおさまらないだろう。きっとアカイアの北の国、アルカディアにも手をのばす。イシがかくれているメッセニアにも。

すべてを手に入れようとするにちがいない。

＊

ヒュラスはピラとならんで舳先《へさき》にすわり、夜明けを待ちながら、流れゆく黒い川面《かわも》をながめていた。ふたりのあいだにはハボックがすわっている。毛むくじゃらの耳の片方《かたほう》をヒュラスがかいてやると、ピラももう一方の耳を同じようにしてやった。その指にさわりたいと思いながらヒュラスはためらい、ピラもそれに気づいたのか、手をひざの上にもどしてしまった。

「まだお礼を言ってなかったわね」しばらくして、ピラが口を開いた。「その、テラモンの前に飛びだしてくれたこと……」

ヒュラスはもぞもぞと身じろぎしながら、せきばらいをした。お礼なんて言われたくはない。

ハボックがヒュラスのふくらはぎにほおをおしつけ、もっとなでてとせがむ。手を止めたままでいると、ひざの上に頭をあずけて、月のような銀色をした大きな瞳《ひとみ》でじっとヒュラスを見あげた。

ピラはなにかききたそうにしている。それに答えないといけないのはわかっている。「ピラ」とヒュラスは切りだした。「ぼくがためらってるのは、きみの傷《きず》あとのせいなんかじゃない。最初からそんなこと気にしてなかったし、それに、きみとぼくの身分がちがいすぎるせいでもない」そう言ってこめかみにふれた。「まぼろしがひどくなってきたんだ」

ピラはヒュラスを見た。「どういうこと、ひどくなってきたって」

「前よりはっきり見えるようになってきてる。それに……神さままで見えるんだ。テラモンに矢で射《い》られたあとにも見えた。だから、きみにかくれろって言われても、つっ立ったままだったんだ」ヒュラスはそこで口ごもった。「もしまた同じことが起きて、今度はきみを危険《きけん》なめにあわせるようなことになったら、どうすればいい？　ぼくが……まぼろしを見ているあいだに」

　エコーが舞《ま》いおりてきて、ピラの肩《かた》に止まった。ウロコにおおわれたその足をなでながら、ピラは考えこんでいた。「テラモンが矢を放ったとき、神さまたちはあなたを生かすことに決められたのよ。もしウジャトのひもが指一本分でも長かったり、短かったりしたら、あなたは死んでいた。あなたが助かることが、神々《かみがみ》の思《おぼ》し召《め》しだったのよ。それは、幸運だってことだと思うわ」

　ヒュラスはふうっと息を吐《は》きだした。それから、ゆっくりとうなずいた。「かもな」

「そうよ、わたしにはそれでじゅうぶん。先のことなんてだれにもわからないし。でも、希望だけはなくならないわ」

＊

　少女は丸くなって眠《ねむ》ってしまったが、少年は起きていた。少年があいかわらず不安げで悲しそうなので、雌《めす》ライオンは元気づけようと寄《よ》りそった。

　少年のあごの毛がのびてきたのが雌ライオンはうれしかった。じきに、顔じゅうに生えてきて、りっぱなたてがみになるだろう。早くのびるように、これからもなめたり鼻をこすりつけたりしてあげないと。

〈光〉がやってきた。もうすぐ〈大ライオン〉が〈上〉に昇《のぼ》って、さんさんと輝《かがや》きはじめるはずだ。おなかがいっぱいの雌ライオンは少年のそばでごきげんにのどを鳴らした。よかった、水に浮《う》かぶアシの束に乗っていても、もう胸《むね》がむかつくこともなくなった。

　さっき、〈闇《やみ》〉のあいだに焼けつくような川岸へ狩《か》りに行って、雄《お》ジカをしとめてきた。おなかが真ん丸になるまで食べたあと、残りをジャッカルたちや、ブチのある笑う犬たちにゆずってやった。

みんな、おびえたようにこそこそと遠くでようすをうかがっていた。それでいい。犬がライオンをこわがるのは当然だ。

ハヤブサはアシの束から生えた木のてっぺんで休んでいる。いつものように、片足《かたあし》をおなかの下にしまって、片目《かため》を開けたまま眠《ねむ》っている。変わったくせだなと思うけれど、もう見なれてしまった。

それに、ようやくハヤブサも自分が群《む》れの一員だと気づいたようで、そのことがうれしかった。

大あくびをひとつすると、雌《めす》ライオンは立ちあがり、少年のあごをぺろりとなめた。少年が手でおしゃろうとしたので、こちらもちょいとつつきかえした。起きあがったところをもうひとなめすると、少年はケラケラと笑い声をあげた。すると少女も目をさまし、ハヤブサも舞《ま》いおりてきて、みんながひとつに集まった。

雌ライオンはとびきりごきげんになった。そう、群れはこうでなくちゃ。


（第五巻《かん》につづく）

作者の言葉

この物語は、いまから三千五百年前の古代エジプトを舞台《ぶたい》としています。もちろん、ヒュラスとピラはエジプト人ではなく、古代ギリシア人です。ですから、最初にふたりの国のことに少しふれてから、エジプトの話に移《うつ》りたいと思います。

ヒュラスとピラが住む世界

青銅器《せいどうき》時代のギリシアについてわかっていることは多くありません。そのころの人々《ひとびと》は文字をほとんど残していないからです。それでも、その当時に驚《おどろ》くべき文明が栄えていたことはわかっています。それがミケーネ文明とミノア文明で、ヒュラスはミケーネ人、ピラはミノア人です。

そこにはいくつもの族長領《ぞくちょうりょう》が大きな山脈や森にへだてられて点在《てんざい》していたと考えられ、現在《げんざい》よりも雨が多く、緑も豊《ゆた》かだったため、陸にも海にもはるかに多くの野生動物が生息していたと言われています。また、この時代は、神々《かみがみ》にもゼウスやヘラやハデスといったはっきりとした名前はつけられていませんでした。ヒュラスとピラが神々をちがう名前で呼《よ》んでいるのはそのためです。ふたりが信仰《しんこう》しているのは、のちの時代の神々の先がけのような存在《そんざい》だと言えるでしょう。

ヒュラスとピラの世界を生みだすにあたって、わたしは青銅器時代のギリシアの考古学を学びました。そのころの人がどんな信仰を持っていたのかについては、もっと最近の、いまも伝統《でんとう》的生活を送る人々の考えかたを参考にしました。以前にわたしが『クロニクル　千古の闇《やみ》』というシリーズ作品で石器時代を描《えが》いたときと同じです。ヒュラスの時代の人々の多くは農耕《のうこう》や漁で暮《く》らしを立てていましたが、石器時代の狩猟採集民《しゅりょうさいしゅうみん》の持っていた知識《ちしき》や信仰の多くは、まちがいなく青銅器時代にも引きつがれていたはずです。ヒュラスのように、貧《まず》しい生活を送る人々のあいだには、とくに色濃《いろこ》く残っていたことでしょう。

物語に登場する地名についてもふれておきたいと思います。アカイアはギリシア本土の昔の名前で、リュコニアは現在のラコニアをもじって、わたしがつけたものです。ミケーネという名前は、よく知られているので、そのまま使うことにしました。クレタ島の大文明は、ミノア文明と呼ばれていますが、この作品では〝ケフティウ〟という呼び名を使っています（当時の人々が自分たちのことをどう呼んでいたかは、さだかではありません。ある文献《ぶんけん》には、彼《かれ》らが〝ケフティウ人〟と名乗っていたらしいと書かれていますし、別のところでは、それは古代エジプト人が使っていた呼び名だとも書かれています）。

〈神々と戦士たちの世界〉の地図には、ヒュラスとピラが生きている世界が描かれています。ですから、物語に関係がないためはぶいた土地や島々《しまじま》もありますし、背《せ》びれ族の島やタラクレアのように、わたしがつくりだした島々《しまじま》もふくまれています。

古代エジプト

古代エジプトに興味《きょうみ》のあるかたならおわかりかと思いますが、この物語は新王国時代のはじめ、つまり第十八王朝期のエジプトを舞台《ぶたい》としています。これは、第二中間期にナイルデルタを支配《しはい》していたヒクソスという民族をエジプト人が追いだした直後の時期にあたります。このヒクソスは、物語のなかで、ペラオ（ファラオ）がコロノス一族の青銅《せいどう》の力を借りて東の領土《りょうど》から追いだした異邦《いほう》の民《たみ》として描《えが》かれていますが、くわしいことは明らかにされていないため、わたしも軽くふれるだけにしました。

古代エジプトの言葉や文字についても説明しておきましょう。ヒュラスやピラの国の人々《ひとびと》とはちがい、古代エジプト人は大量に文字の記録を残しています。人名や地名には、できるだけ本物の古代エジプト語を使ったつもりですが、大きな問題がひとつあります。それがまた興味深《きょうみぶか》い点でもあるのですが、ヒエログリフと呼《よ》ばれる古代エジプトの文字には、母音《ぼいん》がふくまれません。a、e、i、o、uが省略《しょうりゃく》されているのです。ある意味、インターネットの略語《りゃくご》のような表記法だと言えるでしょう。

そのため、考古学者たちは、母音を推測《すいそく》であてはめたり、後代の言語をもとに言葉を復元《ふくげん》したりしなければなりません。たとえば、太陽を示《しめ》す古代エジプト語は、アルファベットで表記すると〝r〟になりますが、考古学者たちは、これが〝レー〟

（あるいは〝ラー〟）と発音されていたと考えています。物語のなかで、イティネブがヒュラスに〝シェムウ〟について話すくだりがありますが（一二二ページ）、これは古代エジプト語で〝ｓｕｍｍｅｒ（夏）〟をあらわす言葉で、表記は〝ｓｍｗ〟になります。

この物語には以下のような神々《かみがみ》が登場しますが、聞きなれた名前ばかりではないため、ふしぎに思われたかたもいるかもしれませんね。これは、わたしが今日広く使われているギリシア語の呼び名ではなく、古代エジプト語のものを使っているためです。

アウサル——オシリス（緑の顔を持つ神）
アヌプ——アヌビス（ジャッカルの頭を持つ神）
ヘル——ホルス（ハヤブサの頭を持つ神）
ヘト・ヘル——ハトホル（雌牛《めうし》の頭を持つ女神）
ジェフティ——トト（トキまたはヒヒの頭を持つ神）
セクメト——セクメト（雌《めす》ライオンの頭を持つ女神《めがみ》）
ソベク——ソベク（ワニの頭を持つ神）

緑の大地、タ・メヒについても軽くふれておきましょう。かつての考古学界では、これは海をあらわす古代エジプト語だと考えられていましたが、現在《げんざい》はナイルデルタを指すものとされているため、わたしもそれにならいました。また、〝エジプト〟

という言葉も、もともとはギリシアでの呼び名だったとされていますが、変えてしまうと不自然になってしまうので、そのまま使用しています。

エジプトの地図には、ややこしくならないように、物語に重要な場所だけをのせてあります。また、ここに登場するパ・ソベクは、現在《げんざい》のコム・オンボ神殿《しんでん》を少しだけ参考にしましたが、場所はやや南に移動《いどう》させてあります。

ミイラ（サフ）づくりについても説明しておきましょう。エジプトでは、ある時期、動物のミイラがさかんにつくられていましたが、この物語はそれよりも前の時代に設定《せってい》されています（サッカラにある動物の地下墓地《ぼち》などの、有名な動物のミイラがつくられたのも、のちの時代です）。とはいえ、それより千年以上も前から、少しずつ動物のミイラはつくられていたので、話のなかにワニの墓《はか》とミイラを登場させてもいいだろうと判断《はんだん》しました。

ピラとヒュラスが目にするエジプト世界を生みだすにあたっては、長年のあいだに何度もエジプトをおとずれた経験《けいけん》をもとにしました。砂漠《さばく》にはたびたび足を運んで、神殿遺跡《いせき》をたずね、たくさんの王墓や庶民《しょみん》の墓のなかにも（ときには這《は》いずりながら）入ってみました。実際《じっさい》に経験したかたには、そこがどれほど暑く、せまくるしい場所か、おわかりいただけるでしょう。

また、大英博物館で一日をすごし、正式な古代エジプト流の文字の書きかたも習いました。灯心草《とうしんそう》でつくったペンと、煤《すす》をおもな原料にしたインクを使い、本物のパピルス紙にヒエログリフを書いてみました（ペンは左利《き》きでも使いやすいように、特別にカットしてもらいました！）。教えてくださったのは、ヒエログリフを研究されている西洋書道家のかたでした。現代《げんだい》の書記の仕事ぶりを見学し、お話をうかがうのは、とても印象深い経験でした。鳥のシンボルの描《えが》きかたを習ったのも、このときです。最後にくちばしを描《か》き入れると、すっかり鳥らしくなるのがよくわかりました。

ナイル川はヒュラスとピラの時代から大きく変わりました。パピルスは消え、ワニやカバも見られなくなってしまいました。二十世紀にダムがつくられたため、川の氾濫《はんらん》もなくなりました。それでも、ところどころに残された広大なアシ原は、いまも鳥や虫や爬虫類《はちゅうるい》の楽園となっています。わたしは、季節を変えて何度かそういったアシ原をじっくりと歩いてみました。おかげで、縞模様《しまもよう》のカワセミやハチクイ、黒光りするトキ、シラサギやアオサギ、それにさまざまな種類のカモたちを見ることができました。いちばんのお気に入りは、ヒュラスも見た〝紫《むらさき》色《いろ》のクイナ〟です。これはクイナのなかでもバンという鳥の一種で、大きな紫色のニワトリのようにも見え、あざやかな緋色《ひいろ》の足とくちばしを持っています。

＊

いつものとおり、ユニバーシティ・カレッジ・ロンドン考古学研究所でエーゲ海考古学を研究されているトッド・ホワイトロー教授《きょうじゅ》に深く感謝《かんしゃ》します。青銅器《せいどうき》時代の生活について、さまざまな面から助言をいただきました。また、大英博物館をおとずれたさいに、ヒエログリフの書きかたについて、興味深《きょうみぶか》いお話を聞かせてくださったポール・アントニオにも感謝を捧《ささ》げます。それから、いつも変わらず、根気よくわたしを支《ささ》えてくれるすばらしいエージェントのピーター・コックスにも感謝します。最後に、大変有能《ゆうのう》なパフィン・ブックス編集者《へんしゅうしゃ》のベン・ホースレンは、このヒュラスとピラの物語に、生き生きとした独創《どくそう》的な感想を寄《よ》せてくれました。

二〇一五年

ミシェル・ペイヴァー

神々《かみがみ》と戦士たちの驚《おどろ》きにみちた世界を、さらにくわしく知るために

作者にきいてみました

●もしもエコーになったら、どんな感じですか。

すべてのハヤブサがそうであるように、エコーは驚《おどろ》くほどするどい視覚《しかく》を持っています。高い空の上を舞《ま》いながら、地面にいるコガネムシを見つけることさえできるのです。また、同時に三つの動くものを目でとらえることもできるので、ハトの群《む》れを追っていて、一羽にねらいをさだめるとき、それが役立ちます。人間よりも細かく色を見分けることもできると考えられていて、そのおかげで、カラスの羽も真っ黒ではなく、あざやかな緑や紫《むらさき》や青の色に見えるのです。さらに、片目《かため》を開けたまま眠《ねむ》ることや、獲物《えもの》や大きらいなアリを見つけやすいように首をぐるりと回転させることもできます。

エコーの耳は人間には聞こえない低周波の音を聞きとることができ、音のする方向も正確《せいかく》にとらえることができます。そのうえ、あたりが騒《さわ》がしくても、

ひとつひとつの音を上手に聞き分けるので、人ごみのなかでもピラの声に気づくことができるのです。また、耳で気圧《きあつ》を感じとれるため、どのくらいの高さのところを飛んでいるかを知ることができ、嵐《あらし》が近づいてくるのもわかります。

鼻の穴《あな》はくちばしについていて、嗅覚《きゅうかく》もすぐれています。ただし、風邪《かぜ》を引いて鼻水がたれているときは別ですが。矢のようにとがったかたい舌《した》には、するどい味覚がそなわっています。だから、緑の大地にいるときに縞模様《しまもよう》のカワセミを吐《は》きだしたのです（わたしは食べたことがありませんが、カワセミは本当にまずいそうです！）。

エコーには触覚《しょっかく》もありますが、羽ではなく、くちばしや足の部分がとくに敏感《びんかん》です。それでピラは足の先をなでてやるのです。時間の感覚は、人間とはちがっていて、人間にはびっくりするほど速く思えるものが、エコーにはひどくゆっくりに感じられます。そのため、人間には目にもとまらぬ速さに思えるイトトンボが、〝のろま〟に見えるのです。

そしてなにより、エコーは速く飛べます。ハヤブサは地球上でもっとも速い生き物なのです。水平方向には、全力疾走《しっそう》する競走馬の二倍の速度（時速約百十キロメートル）で飛ぶことができ、垂直降下《すいちょくこうか》するときの速度は、時速約三百キロメートルにもおよびます。それだけ速く飛ぶためには、たくさんの獲物《えもの》をしとめなければなりません。だから、緑の大地では、鳥の群《む》れに気を取られてばかりだったのです！

●物語のなかで、ケラシェルのような大人の男たちも、メリタメンやピラのような娘《むすめ》たちも、目のまわりにお化粧《けしょう》をしています。古代エジプト人は、ほかにどんなおめかしをしていたのですか。

・清潔《せいけつ》さがとても重んじられていました。日に何度も体を洗《あら》い、口臭予防《こうしゅうよぼう》にハーブや聖《せい》なる塩（ナトロン）を噛《か》んだり、イナゴマメの実とお香《こう》でつくった体臭《たいしゅう》消しを使ったりしていました。

・目の化粧は広く行われていて、日ざしよけの効果《こうか》もありました。コールと呼《よ》ばれる黒い粉や、クジャク石を粉にした緑色のワジュが使われていました。

・赤いヘンナの葉の染料《せんりょう》で爪《つめ》や手足に色を塗《ぬ》ることもありました。くちびるにも、赤土やヘンナをまぜた脂《あぶら》を塗って、つやを出していたかもしれません。

・香油《こうゆ》も使われていました。たいていは液体《えきたい》や固体の油脂《ゆし》に、シナモンや没薬《もつやく》、スイレン、乳香《にゅうこう》、ジャスミン、ミント、コリアンダーなどの花やハーブが加えられていました。

・男性《だんせい》はひげをそりあげていたほか、男女ともに、すねや脇《わき》の毛はそったり、ろうでかためてから引きはがしたりしていました。

・髪《かみ》をヘンナで染《そ》めて、蜜《みつ》ろうと樹脂《じゅし》でつくった髪油を使って編《あ》んでいた人もいました。赤土とギンバイカ、カバの脂、ガゼルの糞《ふん》を使ったヘアクリームのつくりかたも記録に残されています（頭皮のかゆみを防《ふせ》ぐためか、髪のつやを出すためか、あるいはその両方かもしれません）。そのほか、犬の骨《ほね》とナツメヤシの種、ロバのひづめを脂《あぶら》で煮《に》こんだ育毛ローションもあったようです。

・だれかに仕返しをしたいときは、スイレンの葉を油で煮て、相手の頭に塗《ぬ》りつけていました。髪《かみ》がぬけ落ちるそうです！

・頭をそって、かつらやつけ毛を使う人も大勢《おおぜい》いました。ケラシェルが使っているような最高級のかつらは、人間の髪でつくられていました。イティネブが使うような安物は、ヤシの繊維《せんい》でできていたため、ずいぶんチクチクしたことでしょう。

・年をとると、若《わか》く見せるために、いろいろな工夫《くふう》をしていました。たとえば、ガゼルの角とネズの実を粉にしたものをすりこんで、白髪《しらが》を染《そ》めていました。また、育毛法のひとつに、ライオンとカバ、ネコ、ヘビ、野生ヤギ、ワニの脂をまぜあわせ、頭に塗るというものがありました。ハリネズミのとげが効《き》くという説もあります（おそらくは粉にして、効き目を強くするためにまぜていたのでしょう）。

●第五巻《かん》では、ヒュラスとピラはどうなるのでしょう。

ヒュラスとピラは（それにエコーとハボックも）、物語のはじまりの地、アカイアへともどります。ところが、故郷《こきょう》はカラス族に支配《しはい》され、ヒュラス自身も、恐《おそ》ろしいまぼろしが日に日にはっきりと見えるようになり、追いつめられていきます。『神々《かみがみ》と戦士たち』シリーズは第五巻で完結します。はたしてピラは山深いヒュラスの故郷《こきょう》でうまくやっていけるのでしょうか。そしてヒュラスは、生き別れになった妹イシの消息をつかめるのでしょうか……。

訳者《やくしゃ》あとがき

　青銅器《せいどうき》時代のエーゲ海世界を舞台《ぶたい》としたこの『神々《かみがみ》と戦士たち』シリーズも、本書でいよいよ四巻目《かんめ》を迎《むか》えました。

　十二歳《さい》の夏、ギリシア本土・リュコニアの山奥《やまおく》でコロノス一族（またの名をカラス族）の戦士たちに襲《おそ》われ、妹イシとはぐれたヒュラス。追っ手をのがれ、たどりついた小さな無人島でめぐりあったのは、自由を求めて逃亡《とうぼう》中の大巫女《おおみこ》の娘《むすめ》ピラでした。そのときから、冷酷非道《れいこくひどう》なカラス族を倒《たお》すための、ふたりの長い戦いがはじまったのです。火山の島タラクレア、そしてピラの故郷《こきょう》ケフティウ（クレタ島）――目に見えない大きな力に導《みちび》かれるように出会いと別れをくりかえしながら、ふたりはカラス族の力の源《みなもと》である家宝《かほう》の短剣《たんけん》をこわすため、力をつくします。

〝イシをさがすために必死にアカイアへもどろうとしているのに、神々はさらに遠いところへ自分を追いやろうとする……〟

　やっかいな運命をうらめしく思いながら、十四歳になったヒュラスがピラと次に向かうことになったのは、なんと地のはての国、エジプト。広大なその土地のどこかにいるピラの世話係のユセレフと、その手にたくした短剣を、一刻《いっこく》も早く見つけださなければなりません。ところが、テラモンとおばのアレクトが率《ひき》いるカラス族の遠征隊《えんせいたい》もひと足早くエジプトに到着《とうちゃく》ずみで……はたしてヒュラスたちは、無事にユセレフと再会《さいかい》することができるのでしょうか。

ふたりの前に立ちはだかるのは、カラス族だけではありません。灼熱《しゃくねつ》の赤い砂《さ》漠《ばく》に、見たこともないほど広く長い川、背《せ》の高いパピルスがびっしりと生いしげる湿地《しっち》、動物の頭をした神々、そしてえたいの知れない生き物たち。ヒヒに、ダチョウ、コブラ、サソリ、カバ、ワニ……奇妙《きみょう》で危険《きけん》な動物たちに次から次へと出くわし、今回も手に汗《あせ》にぎる大冒険《だいぼうけん》の連続です。

いまやすっかり欠かせない仲間になった子ライオンのハボックとハヤブサのエコーも、見るものすべてがふしぎでしかたないようです。ライオンならではのユニークな視点《してん》でいつも楽しませてくれるハボックですが、今回も、ハイエナのことを〝笑う犬〟、ヒョウのことは〝ブチのあるにせライオン〟とユーモラスに表現《ひょうげん》していますね。

さらに今回の旅では、さまざまな身分のエジプトの人々《ひとびと》が登場します。上エジプトの支配者《しはいしゃ》の妻《つま》メリタメンやペラオの使いのケラシェル、村の医術師《いじゅつし》のイティネブ、書記のネベツク、サフ職人《しょくにん》のヘリホルやシャブティ職人のレンシ、そしてワワト人の逃亡奴隷《どれい》、ケム。それぞれの暮《く》らしぶりや心情《しんじょう》が驚《おどろ》くほど生き生きと描《びょう》写《しゃ》されています。

本書は、イギリスの歴史ある週刊誌《スペクテイター》で、二〇一五年のおすすめ児童《じどう》文学のひとつとして紹介《しょうかい》されているのですが、その記事のなかでも、〝作者は登場人物たちをリアルに描写《びょうしゃ》することによって、古代史の空白を埋《う》めることができる稀有《けう》な才能の持ち主だ〟と高く評価《ひょうか》されています。まさにそのとおり、読んでいると、はるか遠い世界であるはずの古代エジプト社会のようすが、ありありと目に浮《う》かぶような気がしてきます。

今回の舞台《ぶたい》となっている紀元前一五〇〇年ごろのエジプトは、作者のあとがきで説明されているとおり、新王国時代最初の王朝である第十八王朝期にあたります。ハトシェプスト女王や、トトメス三世、アメンホテプ四世、ツタンカーメンなど、よく名前の知られた王が数多く登場し、ルクソールにある有名な王家の谷の建設がはじめられたのも、この時期だとされています。この第四巻で、ミノア文明やミケーネ文明と同じころに栄えていたエジプトの文明が描《えが》かれることで、壮大《そうだい》な物語世界に、いっそうの広がりと奥《おく》深さが加わっています。

作中には、ミイラづくりや死者の埋葬《まいそう》の儀式《ぎしき》、古代エジプト人の死生観《しせいかん》などが、わかりやすく紹介されています。ネベツクが死者のために書く〈日のもとにあらわれるための呪文《じゅもん》〉という巻物《まきもの》ですが、これは〝死者の書〟という呼《よ》びかたのほうがなじみ深いかもしれません。さらに興味《きょうみ》がある方は、『ミイラ事典』、『古代エジプト入門』、『エジプトのミイラ』（いずれも、あすなろ書房刊）などのビジュアルブック等を参照して、より深く古代エジプトの世界にふれてみてください。

さて次はいよいよ最終巻《さいしゅうかん》。すべてのはじまりの地、リュコニアで、カラス族との対決が待っています。はたして、テラモンとヒュラスの友情《ゆうじょう》は、失《うしな》われたままなのでしょうか。イシをさがしだすことはできるのでしょうか。そしてお告《つ》げが意味するものとは？　ピラとヒュラスのほほえましい恋《こい》の行方《ゆくえ》も気になります。さらに、なつかしい顔ぶれにも会えるかも……？　どんな結末が待っているか、刊行まで、どうぞ楽しみにしていてください。

二〇一七年三月

中谷友紀子

神々と戦士たち
IV
聖なるワニの棺

2017年 5月30日 初版発行
2018年12月25日 2刷発行

著者
ミシェル・ペイヴァー

訳者
中谷友紀子

ブックデザイン
鈴木成一デザイン室
（協力＝遠藤律子）

イラストレーション
玉垣美幸

発行人
山浦真一

発行所
あすなろ書房
〒162-0041 東京都新宿区早稲田鶴巻町551-4
電話03-3203-3350（代表）

印刷所
佐久印刷所

製本所
ナショナル製本

 ISBN978-4-7515-2869-3 NDC933 Printed in Japan